KiWi 106

Heinrich Böll

Leben & Schreiben 1917–1985

Christian Linder

Heinrich Böll
Leben & Schreiben
1917–1985

Kiepenheuer & Witsch

Überarbeitete und ergänzte Ausgabe
des 1978 im Rowohlt Taschenbuch Verlag,
Reinbek bei Hamburg erschienenen Buches
mit dem Titel *Böll*
Gesamtherstellung Clausen & Bosse, Leck
Umschlag Hannes Jähn, Köln
ISBN 3 462 01766 7

Man erklärt die Menschen nicht durch die Ereignisse, sondern durch das, was in ihnen den Ereignissen widersteht.

Philippe Sollers

Inhalt

Heinrich Böll. 21. Dezember 1917–16. Juli 1985.

Vorwort

Dieses Buch, das nach den Voraussetzungen von Heinrich Bölls Werk fragt, hat natürlich selber Voraussetzungen. Einige sind mir bewußt. Warum soll ich nicht von ihnen erzählen?

Aufgewachsen in einer kaputten Familie und in der Enge einer westfälischen Kleinstadt in den 50er und 60er Jahren, habe ich die Literatur früh schon als Spiegel zu benutzen versucht, um mir eine Vorstellung zu machen von der Welt und von mir selber und zu verstehen, was ich an unerträglich Fremdem mit mir herumschleppte. Mir nahe waren die großen Nicht-Identitäten unter den Schriftstellern, die geheimnisvollen Autoren, bei denen ich spürte, daß sie sich schreibend erst erfinden mußten, indem sie ihre Verhinderungen produktiv machten. Jean Paul Sartre, *Die Wörter*: War das nicht der Beweis, daß ein Mensch sich selbst erschaffen kann? Worum ging es? Es ging darum, sagte mir Sartre, vorzudringen bis zu dem Punkt, wo man weiß: Ich bin in der Welt, aber die Welt ist da auch ohne mich – bis heute ist dieser Gedanke für mich der Ursprung aller Freiheit und Subjektivität geblieben.

Die geheimnisvolle Hand, die unseren Griff nach Büchern lenkt, von der Carl Schmitt gesprochen hat, hat mir dann im Alter von 16, 17 Jahren auch die Bücher Heinrich Bölls aufgeschlagen. Aber die Kriegsgeräusche darin waren nicht die Geräusche des Krieges, der mich hauptsächlich interessierte, jenes Krieges, den jemand mit sich selber führt. Dieser Autor stellte nur die Welt in Frage, nicht aber sich selber, wollte sich auch nicht erschaffen, sondern breitete sich im Gegenteil mit und in seiner vorgefundenen Identität völlig aus. So habe ich Bölls Bücher damals gelesen als etwas mir Entgegenstehendes, in denen ich all das wiederzufinden meinte, was ich verachtete und hinter mir lassen wollte, das Rückgewandte, den Mief, die Sentimentalität, die Enge, den kleinen Blick. Bölls Bücher betrafen mich nicht, und ich legte sie schnell wieder zur Seite.

Eines Tages jedoch, in der Unterprima, kam unser Deutschlehrer in die Klasse und begann sich in eine Erregung über Böll hineinzureden. Er hatte abends zuvor ein Interview im Fernsehen gesehen, in dem Böll erklärt hatte, er brauche keinen Staat, sondern nur eine gut funktionierende Müllabfuhr. Ich weiß nicht mehr, was dieser Lehrer gesagt hat, aber in Erinnerung geblieben ist mir dieser Ausbruch als einer der ersten Belege, welches emotionale Echo Werk und Person Bölls hervorrufen konnten. Also fing ich später noch einmal an zu lesen, denn offenbar hatte ich in den Büchern etwas überlesen. Und was mir jetzt, Ende der 60er, Anfang der 70er Jahre, in den Blick geriet – aufgrund einer gewachsenen Aufmerksamkeit für die politischen Zustände, auf die Böll schreibend und redend reagierte –, das war ein Autor, dem ja auch die Felle wegzuschwimmen drohten und der das, was er einmal als sichere Identität gehabt hatte, plötzlich verteidigen mußte. Was für mich zu Beginn diese Bücher so uninteressant gemacht hatte, war nun gerade das, was sie mir spannend machte: seine Identität, auf der er zwar weiter beharrte, die er aber mit der Gesellschaft, in der er lebte, nicht mehr in Kontakt bringen konnte, auch weil die Gesellschaft, wie er meinte, sich selbst so entfremdet war. Aber hatte Böll recht, wenn er gesellschaftliche Entwicklungen für die Bedrohung seiner Identität verantwortlich machte? Und wieso fühlte er sich in seiner Identität so sehr bedroht, daß er in seinem Werk eine derartige Revolte zu inszenieren versuchte? Das war die Frage nach dem Wesen und der Substanz seiner Identität, und es war die Frage an mich, was mir früher daran so fremd gewesen war; und warum gerade das mich nun so faszinierte. Nun ist es ja so, daß das, was einen an jemand anderem am meisten fasziniert, immer das eigene Fremde ist, das, was in dem anderen lebendig ist, was man sich selbst aber so fremd gemacht hat, daß man es nicht mehr erkennt bei sich selbst, es einfach weggesteckt hat. War ich mir selber also früher so fremd gewesen, daß ich gar nicht mehr hatte wahrnehmen können, was das Eigene in dem Fremden war, was mich an Bölls Bücher so abgestoßen hatte? Zum ersten Mal, herausgefordert durch Heinrich Bölls Werk, war ich in diese beunruhigende Geschichte verstrickt, daß man an anderen immer nur das versteht, was auch in einem selber ist, aber weil dieses Eigene manchmal so schwer wahrzunehmen ist, ist es meistens auch so schwer, etwas Fremdes wirklich wahrzunehmen.

Daß Böll ein exzeptioneller Autor war – in dem Sinne, daß man in der Auseinandersetzung mit ihm viele Gedanken klären kann –, das wußte ich also, bevor ich ihm dann persönlich begegnete; es ist für mich immer wichtig gewesen, das vorher gewußt zu haben, um mich nicht dauernd fragen zu müssen, ob ich nicht wie so viele andere von diesem Werk nur über die Person seines Autors überzeugt worden bin. Natürlich hatte Böll als Person eine Wucht, allein deshalb, weil er vollkommen identisch war mit den Sachen, die er schrieb. Da war in seiner Person auch wieder das Überraschende seiner Bücher, das großenteils nicht in dem lag, was er sagte, sondern wann und wie er was sagte. Da habe ich viele Erinnerungen. 1972, nach dem Nobelpreis, ein Empfang von Kiepenheuer & Witsch. Viele Leute waren da und wollten auch ganz direkt etwas von ihm. Ich erinnere mich, wie Leo Kreutzer, damals Literaturredakteur des WDR-Fernsehens, sich überlegte, wie er sich Böll vorstellen und ihn ansprechen sollte im Zusammenhang mit einem Film, den der WDR über Böll machen wollte. Als Böll aus einer Gesprächsrunde herauskam, sah er Leo Kreutzer, ging auf ihn zu und begrüßte ihn mit Namen: »Guten Tag, Herr Kreutzer.« Der war total perplex; die beiden waren sich zwar schon einmal kurz begegnet und einander vorgestellt worden, aber Kreutzer rechnete natürlich nicht damit, daß Böll sich daran erinnerte. Der aber hatte es nicht vergessen. Das war der Auftritt des Romanciers, der keine Nebenfigur aus den Augen verliert.

Zwei Jahre später, als ich Böll wieder einmal begegnete, kam er auf mich zu und sagte: »Ich habe Ihr Buch gelesen.« Diesmal war ich perplex. Es hat mich auch später immer gewundert, was er alles gelesen hat, auch die entlegensten Texte. Damals hatte ich einen Band mit Schriftsteller-Gesprächen veröffentlicht und irgendwas daran hatte ihm gefallen. Als ich ihm daraufhin ein Gespräch vorschlug, das über mehrere Tage gehen sollte, stimmte er dem Projekt spontan zu. Immer, wenn ich ihn später mal wieder traf, sagte er gleich: »Wir müssen noch zusammen reden.« Ich wußte, daß das Gespräch auch irgendwann zustande kommen würde. Es war nicht eilig, und auf Böll konnte man warten; so geduldig er war, so geduldig machte er einen, wenn man mit ihm zusammenkam. Eines Tages war es so weit: »Jetzt machen wir's«, sagte er. Ich sagte: »Gut, ich komme dann und dann zu Ihnen.« So wie man sich das vorstellt: der junge Mann, ich war damals 26, packt sein Tonband unter den Arm und geht zum Nobelpreisträger. Genau umgekehrt. »Nein«, sagte er, »ich komme zu Ihnen.« Er mußte erst aus seiner Wohnung herauskommen, um über sich sprechen zu können.

Das Gespräch hat an drei Tagen im März 1975 stattgefunden. Böll kam immer nachmittags, zum Kaffee. Am ersten Tag inspizierte er die Wohnung, wollte als erstes die Küche sehen. Dort lagen Stapel von Zeitungen. »Hier wird also gelesen«, sagte er, »gut.« Das gefiel ihm, dem großen Verteidiger der Küchen-Literatur. Ich hatte fast den Eindruck, er bedauerte, daß wir nicht in der Küche das Gespräch führten. Das Tonband lief dann jeden Tag drei, vier, fünf Stunden. Was davon in dem Buch *Drei Tage im März* veröffentlicht wurde, ist nur ein Bruchteil. Vieles sollte nicht veröffentlicht werden. Das war die Zeit nach den Attacken gegen Böll wegen seines *Spiegel*-Artikels *Will Ulrike Meinhof Gnade oder freies Geleit?*, als er und seine Familie als Sympathisanten der Terroristen gehetzt wurden. Das ging so weit, daß Polizei Bölls Landhaus in Langenbroich in der Eifel umstellte und ins Haus eindrang und seine Gäste sich ausweisen mußten. Böll hat in einem Brief an den damaligen Innenminister Hans-Dietrich Genscher, in dem er um Aufklärung bat, die Aktion beschrieben, »die am 1.6.1972 gegen 16.00 um mein Haus und um das Dorf herum, in dem mein Haus liegt, durchgeführt wurde. Ungefähr 12–15 schwer bewaffnete Beamte, teils in Zivil, teils in Uniform umstellten mein Haus, drangen in meinen Garten ein und – wie ich später von Dorfbewohnern erfuhr – staffelten sich zu einem Sicherheitscordon, der sich bis zum zwei Kilometer entfernten Nachbardorf hinzog. – Zwei Kriminalbeamte baten um Einlaß ... und forderten mich auf, ihnen unsere Gäste vorzuführen.« Wie schade, schrieb der damalige Bundespräsident Gustav W. Heinemann, als er von der Aktion hörte, in einem Brief an Böll, daß er und seine Frau damals nicht zu Bölls Gästen gehört hätten: »Leider haben Sie uns zu diesem Staatsakt nicht rechtzeitig eingeladen. Das wäre doch großartig gewesen.« Heinemann, sonst allen pompösen Gesten abgeneigt, ließ es sich nicht nehmen, kurze Zeit nach der Polizeiaktion Böll seine Aufwartung zu machen und mit seinem Dienstwagen in Langenbroich vorzufahren, »Große Anfahrt des Herrn Bundespräsidenten« mit Polizeieskorte etc. Eine Geste, die Böll sicher gutgetan hat, genauso wie es ihm gutgetan hat, daß der damalige Bundeskanzler Helmut Schmidt es sich Jahre später nicht nehmen ließ, bei einem Empfang anläßlich von Bölls 60. Geburtstag zu erscheinen und ihn auch später, während seiner Krankheit, noch einmal zu besuchen. Doch all diese guten Gesten haben nie etwas daran geändert, daß Böll durch diese Sympathisanten-Hetze – »eine bundesrepublikanische Schändlichkeit«, als die der Fall in Erinnerung bleiben werde, wie der *Spiegel* schrieb – tief getroffen blieb. Als ich Böll in diesen drei Tagen im März 1975 näher kennenlernte, hatte er inzwischen zwar schon mit der *Verlorenen Ehre der Katharina Blum* literarisch geantwortet, aber ich spürte an der Art, wie er über die Dinge sprach, daß ihn das alles doch noch sehr beschäftigte und belastete. Ich vermute, auch wegen dieser Hetz-Kampagnen, mit Hausdurchsuchungen etc., wollte er das Gespräch damals nicht bei sich zu Hause führen.

Nach den *Drei Tagen im März* ging die Beschäftigung mit Böll für mich weiter. Was mich in den letzten zehn Jahren zunehmend interessiert hat: aus den Büchern herauszulesen, wie jemand sein Leben in seine Bücher hineingeschrieben hat, auch sein nicht gelebtes Leben, das Leben, das er in der Realität nicht hat führen können, aus welchen Verhinderungen heraus auch immer, weshalb er sich gezwungen sieht, in seinen Büchern imaginär zu handeln, und Schreiben ist ja nichts anderes als imaginäres Handeln. Solche Probleme sind aber mit einem Autor kaum zu besprechen, weil er selber von all den Dingen meist gar nichts weiß und überhaupt in den seltensten Fällen der kompetenteste Beurteiler seiner Bücher ist. Das war für mich der Rest, der nach den *Drei Tagen im März* übriggeblieben war. Deshalb schrieb ich dieses Buch. Es ist entstanden zunächst für Rowohlts Bildmonographien-Reihe, und in dem vom Verlag vorgeschriebenen Muster des Zitierens ist das noch erkennbar. Das Schreiben hat sich dann aber verselbständigt, und ich habe mich nicht mehr an die vorgegebene Aufgabe einer bloßen Gesamtdarstellung gehalten, sondern das, was ich während des Schreibens an Neuem in den Blick bekam, auszuschreiben versucht. So paßte das Buch vom Konzept her nicht mehr in die Bildmonographien-Reihe. Jürgen Manthey hat es dann 1978 bei Rowohlt in seiner Reihe *das neue buch* veröffentlicht.

Vorher, Weihnachten 1977, war daraus ein Vorabdruck in der

Frankfurter Rundschau erschienen. Wenige Tage später kam ein Brief von Böll, in dem er zu intervenieren versuchte. Ich vermute, mein Text war ihm zu intim. So genau wollte er selber gar nicht wissen, woher zum Beispiel seine Motive kamen. Auch daß ich aus seinen Widersprüchen seine Bedeutung herausgelesen habe, wollte er, natürlich, so nicht akzeptieren. Ich habe ihm dann zurückgeschrieben, ein paar Tage später war der nächste Brief da: Ich solle bitte alles vergessen, was in seinem Brief als Einspruch oder Einwand habe empfunden werden können. Natürlich treffe es zu: Im Grunde sei alles autobiographisch, und möglicherweise sogar da am wenigsten authentisch, wo es – im überkommenen Sinn – direkt autobiographisch werde. Ja, so empfindlich war er, und er äußerte seine Empfindung aber so direkt wieder, so ohne jede Taktik, daß der Versuch seiner Intervention völlig selbstverständlich erschien und wir hinterher völlig selbstverständlich weiterhin wie bisher miteinander umgegangen sind; es war nichts anderes vorgefallen als eine völlig selbstverständliche Auseinandersetzung in intellektuellen Dingen ... Ich sehe ihn neben mir sitzen im Auto auf der Rückfahrt vom Schriftstellerkongreß in Saarbrücken, 1983. Eigentlich hatte er mit der Bahn fahren wollen, doch weil die Zugverbindungen so schlecht waren und er unbedingt nach Hause wollte, zwängte er sich mit seinem kaputten Bein ins unbequeme Auto. Er war zu dem Zeitpunkt bereits sehr krank. Was ihn vor allem nur noch interessierte, war seine Familie. Das andere, die Öffentlichkeit: »Scheiße«, sagte er. Auf dieser Rückfahrt von Saarbrücken nach Köln hat er lange erzählt von der Sowjetunion, wie schön das gewesen sei in den 60er Jahren, wenn man mit dem Zug dahin gereist sei. Jetzt wollte er nicht mehr reisen. Die Hotels waren ihm zu unbequem, wegen seiner Krankheit. »Außerdem wird man in Hotels, da kann man machen was man will, immer schmutzig.« Zuletzt gesehen habe ich ihn im Sommer 1984 in der Eifel. Er sprach über die Kriegsereignisse in der Eifel, die er gerade nachrecherchierte. Ich hatte den Eindruck, daß er sich wieder in Arbeit stürzen wollte, um sich am Leben zu halten. Die ihn zuletzt gesehen haben, hatten ebenfalls diesen Eindruck von Aktivität. Als die Nachricht von seinem Tod kam, auf die man wegen seiner schweren Krankheit innerlich ja lange hatte gefaßt sein müssen, waren alle doch überrascht, weil sie ihn zuletzt noch einmal so produktiv und voller Pläne erlebt hatten.

Nun ist dies also das Buch über einen Toten geworden. Wo anfangen, und wie? »Das ist nebensächlich: In einen Toten tritt man ein wie in eine offene Stadt«, hat Sartre gesagt. Man kann folglich aus Bölls Werk irgend etwas herausgreifen, um irgendwo in dieses Werk hineinzukommen. Da gibt es zum Beispiel Bölls Hinweis, er habe geschrieben, um ein Versteck einzurichten, »ein kleines Versteck, so wie ein Junge, der sich im Baum oben ein Häuschen baut ... Auch in einem scheinbar ganz durchsichtigen Werkchen, einer Erzählung oder einer Kurzgeschichte, ist natürlich immer noch dieses Versteck drin.« Also versuchen wir, dieses Versteck aufzuspüren und hinter die poetische Formel des Widerstandes zu kommen, die er uns hinterlassen hat.

Köln, 10. Januar 1986 *Christian Linder*

1973

Wovon reden die Bücher?
Wer schreibt sie? Warum?

Warum das sechste Kind des Schreinermeisters Victor Böll, Köln, Teutoburger Straße 32, Schriftsteller geworden ist, dafür brauchen wir eine Erklärung. Denn normalerweise wird man nicht Schriftsteller, wenn man Sohn eines Schreinermeisters ist, auch heute noch nicht; es ist ungewöhnlich schon gar, wenn der Sohn in eine kinderreiche Familie hineingeboren worden ist, zumal im Jahr 1917, in einer Zeit, in der die Vorstellung von gleichen Bildungschancen für alle noch als exotisch galt. Warum ist ausgerechnet dieser eine Sohn des Schreinermeisters Böll, Heinrich Böll, nicht ebenfalls Schreinermeister oder Bankangestellter oder Pastor geworden, sondern Schriftsteller?

Wir wissen es nicht. Aber es ist eigenartigerweise in der riesigen, kaum noch zu überblickenden Literatur über Heinrich Böll bislang auch kein einziges Mal ernsthaft danach gefragt worden. Über Joyce, Proust, Faulkner, Hemingway, Camus, Beckett, Sartre oder Thomas Mann hat man sich in diesem Punkt verständigt; was sie alle zum Schreiben motiviert hat, ist zwar auch nie ausreichend geklärt worden, weil man natürlich auch nie an alle nötigen Informationen herankommt, aber ein ahnungsweises Verstehen hat sich in ihrem Fall doch breit gemacht; noch genauer hat man ausmachen können, was für sie dann später im bewußten Leben das Schreiben dargestellt hat, den Versuch etwa, sich einen Ersatz für verhindertes Leben zu schaffen, oder in die politische Geschichte verändernd einzugreifen, oder bloß die Zufälligkeit der eigenen Existenz für sich zu widerlegen, oder sich selber sehen zu lernen, die unbewußten Phantasien auszuschreiben und auszuagieren und zu objektivieren.

Warum Böll schrieb, das müßte erst noch herausgefunden

werden. Auch er gilt zwar, wie Brecht etwa, als engagierter Schriftsteller, der mit Hoffnung auf politische Wirksamkeit schrieb und auch aus jahrzehntelanger Erfahrung mit dieser Wirksamkeit rechnen konnte; aber woher sein Schreiben, sein Engagement, seine Kritik, sein ganzes Protestpotential die Energien bezog, das liegt noch im dunkeln. Um jedoch sein Leben erklären zu können, und die Literatur, die dieses Leben hervorgebracht hat, muß man seine Antriebe kennenlernen, und eine Möglichkeit dazu wäre, zu untersuchen, warum er seine Bücher *so* geschrieben hat, *wie* er sie geschrieben hat, und vor allem, warum er *das* geschrieben hat, *was* er geschrieben hat, warum er nichts anderes geschrieben hat.

Selbstverständnisse. Öffentliche Bilder. Bücher als Wohnung

Böll selbst wußte auf keinen Fall, warum er schrieb, vielleicht wollte er es auch nicht wissen; vielleicht kann ein Autor selber das auch nicht erkennen. In dem Aufsatz *Das Risiko des Schreibens*[1] berichtet er vom Besuch bei einem Lektor, dem er zwei Erzählungen zu lesen gibt. Vorher will dieser Lektor von Böll aber erst einmal wissen, warum er überhaupt schreibt. »Ich habe keine andere Wahl«[2], sagt Böll nach einigem Überlegen. Das war 1949, als er noch Angestellter beim statistischen Amt der Stadt Köln war, aber nebenbei schon zu schreiben begonnen hatte und in der Freizeit Redaktionen aufsuchte und Manuskripte anbot und immer wieder neue Texte schrieb, auch wenn ihm alte zurückgeschickt wurden. Neun Jahre später, 1958, beendete er eine kurze autobiographische Skizze mit den Worten: »Schreiben wollte ich immer, versuchte es schon früh, fand aber die Worte erst später.«[3] Dreiundzwanzig Jahre später, bei der Entgegennahme des Nobelpreises für Literatur 1972, beschreibt er – »der ich wie viele Millionen aus dem Krieg heimkehrte und nicht viel mehr besaß als die Hände in der Tasche«[4] – seinen weiten Weg nach Stockholm und spricht von der »Leidenschaft, schreiben und wieder schreiben zu wollen«[5], die ihn einzig von den anderen unterschieden habe. Das klingt alles sehr ungenau, zum Teil mysteriös. Man könnte diese Antworten zwar dahingehend interpretieren, daß am Anfang ein unartikuliertes Ausdrucksverlangen stand, aber sehr viel weiter führte diese Antwort nicht. Auch andere von Böll selber vorgebrachte Antwort-Versuche gehen nicht unter die Oberfläche. Etwa, wenn er den Spieltrieb nennt, die Lust, mit Formen zu spielen.[6] »Wie Kunst entsteht«, das ist seine in der 1960 gehaltenen *Zweiten Wuppertaler Rede* formulierte Überzeugung, »wird immer

ein Geheimnis bleiben; es gibt Annäherungen an dieses Geheimnis, aber immer bleibt ein Rest, und dieser Rest, so gering er auch sein mag, muß eine Gesellschaft wo sie sich institutionell mit der Kunst abgibt, in einem mehr oder weniger hohen Grade in Verlegenheit bringen.«[7] Lassen wir es dabei, das wollen diese Sätze sagen, es ist gut, daß dieses Geheimnis bleibt, dieser unerklärliche Rest. Eine sehr alte Vorstellung vom Schriftsteller scheint da hindurch, der Schriftsteller immer ein bißchen undurchschaubar, entrückt, geheimnisvoll, mit der Aura des Besonderen; zwar auch Handwerker, aber eben auch Schöpfer, immer ein bißchen leidend, an seiner Last tragend, nie ganz verstehbar, auch sich selber nie ganz verstehend. »Ich stelle mir vor«, heißt es in dieser *Zweiten Wuppertaler Rede* weiter, »ein gewisser, rothaariger, verrückter Maler mit blutgetränktem Kopfverband, der eben sein Ohr abgeschnitten, es in Packpapier einer Dirne überreicht hat – dieser Verrückte würde Einlaß in eins unserer Museen begehren, um seine Bilder noch einmal zu sehen, möglicherweise zu korrigieren; der Museumswärter würde ihn nicht über die Schwelle lassen; der Wärter würde schlimmstenfalls die Polizei holen ... Unausgesprochenes und Unaussprechliches ruht auf jenem Bindestrich, der hier in meinem Manuskript die Worte Kunstträger-Kulturträger voneinander trennt; auf diesem zarten Balken, dem Bindestrich, liegt auch das Wort Tragik, und das ist nun wahrlich ein Wort, das unsere Verlegenheit noch steigert; es gibt kein anderes, um das Verhältnis des Künstlers zur Kultur zu erklären ... Der Bindestrich wird zum Abgrund. Große Worte, ich weiß, Tragik, Abgrund, es gibt keine anderen.«[8]
Das alte, weit in die Romantik zurückreichende und später vom Bürgertum bestätigte, zuletzt von Thomas Mann am intensivsten ausgeschriebene Bild vom Schriftsteller ist hier noch intakt; es zeigt zudem – das kommt bei Böll atmosphärisch noch hinzu – den Schriftsteller als Heimarbeiter, der

noch das Glück hat, eine personennahe, nicht entfremdete, nicht industrialisierte Arbeit zu machen, was ja auch ansatzweise stimmt, aber es liegt schon etwas Kokettierendes darin, wenn Böll auf diese Produktionsweise extra pocht. »Kunst wird unter geringem Aufwand geschaffen; ein Fetzen Leinwand, Farbe, Pinsel, ein Stoß Papier, ein Bleistift, ein Paket Tabak.«[9] Daß er extra den Tabak hervorhebt, gibt der Sache dieses gewisse, für Böll typische atmosphärische Flair: die Arbeit wird dadurch privatisiert, vermenschlicht, der Eindruck der Besonderheit und Außergewöhnlichkeit dieser Arbeit wieder zurückgedrängt.

Immer wenn Böll über Literaturproduktion spricht, vor allem über seine eigene, taucht dieses Flair auf. In seiner Nobelvorlesung *Versuch über die Vernunft der Poesie*[10], auf die Frage eingehend, wie und warum er geschrieben hat, spricht er hauptsächlich von solchen äußeren Dingen, etwa von seiner alten Schreibmaschine »Marke Remington, Ausführung Travel Writer de Luxe, Baujahr 1957«[11], oder von dem Tisch, an dem er arbeitet; er erwähnt nicht nur, daß dieser Tisch 76,5 cm hoch und seine Platte 69,5 cm mal 11 cm groß ist, er gedrechselte Beine und eine Schublade hat, sondern die Erzählung geht gleich bis in die Familiengeschichte hinein: »er mag siebzig oder achtzig Jahre alt sein, er stammt aus dem Besitz einer Großtante meiner Frau, die ihn, nachdem ihr Mann in einem Irrenhaus verstorben war und sie in eine kleinere Wohnung zog, ihrem Bruder, dem Großvater meiner Frau, verkaufte.«[12] Böll erwähnt im Anschluß daran noch, daß der Tisch während des Zweiten Weltkriegs von einem Bombensplitter durchbohrt worden ist und die Möbelpacker sich beinahe geweigert hätten, ihn zu transportieren. Er resümiert: »Ich erwähne Tisch und Schreibmaschine, um mir darüber klar zu werden, daß nicht einmal diese beiden Utensilien mir ganz erklärlich sind.«[13] Eine Erklärbarkeit dieser Utensilien ist auch nicht erforderlich; ob er seine Texte mit der Hand geschrieben hat, ob auf einer alten mechanischen Schreibmaschine oder auf einem modernen IBM-Schreibsystem, damit läßt sich ja wohl nicht erklären, warum er seine Bücher wie geschrieben hat. Böll zählt dann noch andere Dinge auf, die ihn eventuell beim Schreiben beeinflußt haben könnten – »ein Reporterwort im Fernsehen, eine Reklame ... jedes Telefongespräch, das Wetter, die Korrespondenz, jede einzelne Zigarette, ein vorüberfahrendes Auto, ein Preßlufthammer, das Gackern eines Huhns«[14] –, aber er verrät durch solche Aufzählung nur, daß er gar kein wirkliches Interesse hatte, sein Schreiben zu verstehen, denn er wußte ja wohl genau, daß der Zusammenhang solcher Dinge mit dem Schreiben immer beliebig und unerklärbar ist. Statt die Literaturproduktion zu einem weniger mythischen Vorgang zu machen – was Böll sich durchaus wünschte, wie er sagt –, wird dieses Mythische durch Betonung solcher Dinge nur noch verstärkt. Böll war keiner der intellektuellen Schriftsteller, die sich selber beim Schreiben kritisch beobachten und das eigene Schreiben in ihren Büchern auch zu einem Thema machen; sein theoretisches Bewußtsein war nicht sehr ausgeprägt, da werden keine Begriffe gebildet, keine Rationalisierungen vorgenommen, sondern es handelte sich hier um ganz persönliche Äußerungen. Schriftsteller, das war für Böll ein Mann, der, wie er in seiner Erzählung *Warum ich kurze Prosa wie Jakob Maria Hermes und Heinrich Knecht schreibe*[15] berichtet, immer mit einem geheimnisvollen siebten Koffer reist, in dem das Leben »entsteht und von selbst herausspringt«.[16] Warum schrieb Böll?

Er selbst – und auch seine Kritiker, anders ist nicht zu erklären, daß außer diesem Lektor niemand die Frage bisher gestellt hat – er selbst wird diese Frage zuletzt vielleicht schon als anmaßend empfunden haben. Denn er hat immerhin seit 1947 ein umfangreiches Werk geschrieben, Böll hat gut vierzig Jahre ständig unter Schreibzwang gestanden, hat Seite an

Seite gereiht, Tausende von Seiten, und er selbst wird einfach gesagt haben: ich bin immer Schriftsteller gewesen, ich habe auch nie etwas anderes tun wollen als schreiben; er wird auch zuletzt noch gesagt haben: ich hatte keine andere Wahl. Für ihn selbst mag das Problem damit erledigt gewesen sein. Er hat sich immer in seinem Schreiben wohlgefühlt. Er war einer der wenigen Schriftsteller, die, wie er selbst zugab, auch immer sehr gerne geschrieben haben, ohne sich, wie die meisten Autoren, andauernd zu fragen, was sie da eigentlich machen im Zusammenhang mit sich und anderen, das war für ihn immer relativ unproblematisch, diese Kreativität, die Kinder haben, wo Erwachsene nicht viel reinreden, wo einer ganz aus sich heraus etwas holt und sich entwickeln läßt, in seine Welt eingesponnen bleibt – die ist bei ihm nie beschädigt worden; er hat deshalb auch nie an der Literatur gezweifelt und brauchte sich folglich auch nie mit der Frage zu beschäftigen, warum er überhaupt schrieb.

Er wird gemeinhin als redlicher konventioneller Erzähler gesehen. Aber gerade als konventioneller Erzähler ist er immer umstritten gewesen. Er habe keine Ästhetik; das ist der Hauptvorwurf, der von linken Ästhetik-Theoretikern gegen sein Werk vorgebracht wird, die gleichwohl immer die Person Böll vor politischen Angriffen von rechts verteidigt haben. Das war stets die Situation: politisch galt Böll als fortschrittlich, literarisch als altmodisch-antiquiert; so sah und sieht man ihn von links. Die aktuelle Argumentation von rechts lautete stets: Böll ist politisch gefährlich, weil seine Stellungnahmen oft unüberlegt sind, und sein Werk stellt Legitimationen für Gewaltanwendung bereit, zeigt zumindest Verständnis dafür; literarisch ist das Werk unbedeutend, die Bücher sind einfach schlecht geschrieben, voller Klischees, oft bloße Kolportage, Trivialliteratur mit etwas gehobenem Anspruch. Ebenso gibt es in der großen Leserschaft seit jeher zwei Positionen: für die einen hatte er den Habitus des vertrauenswürdigen Menschen, der mit den Mächtigen umzugehen wußte, er galt da als der Wortführer der Kleinbürger, da hat sein Werk etwas an Massenbedürfnissen getroffen: es gibt in dieser Gesellschaft sehr viele Menschen, die voller Mißtrauen und Argwohn sind und sich als die Betrogenen und Mißhandelten und Unterdrückten sehen, und alle die fühlen sich in seinem Werk vertreten. Andererseits hatte Böll gerade in den letzten Jahren den Haß vieler Leute auf sich gezogen, die der rechten konservativen These gefolgt sind, Böll unterstütze geistig Terroristen. So kam es etwa in Köln bei der Entführung des Arbeitgeberpräsidenten Hanns Martin Schleyer durch Terroristen, bei der Schleyers Chauffeur und drei Sicherheitsbeamte kaltblütig erschossen wurden, zu Zuschauer-Ausrufen wie dem, die Polizei solle doch einmal Bölls Wohnung durchsuchen, da säßen die Terroristen jetzt sicher bereits und tränken Kaffee. Es verging damals kaum ein Tag, in dem nicht in Leitartikeln oder Leserbriefen zum Thema Terroristen und Gewalt der Name Heinrich Bölls fiel.

Von welcher Position aus man ihn nun auch sieht, objektiv kann man zu seinem Werk sagen: Böll stand nicht in den ästhetischen Produktionsverhältnissen unserer Zeit. Ein literarisch linksstehender Schriftsteller war er auf keinen Fall. Aber als Walter Benjamin in einem Vortrag 1934 in Paris den Autor als Produzenten beschrieb und darin als auch politisch fortschrittlichen Schriftsteller denjenigen ansah, der eben in diesen ästhetischen Produktionsverhältnissen seiner Zeit steht[17], da war Heinrich Böll siebzehn Jahre alt. Von den literarischen Diskussionen der zwanziger, der beginnenden dreißiger Jahre hatte und konnte er nichts mitbekommen. Er war damals in seiner Familie aufgehoben; sobald er davon sprach, womit er sich damals beschäftigt hat, immer wieder sagte er nicht »Ich«, sondern »Wir«: »wir redeten über ...«, »wir lasen«; und in der Familie las man damals eben nicht Tretjakov,

den Benjamin als Beispiel des operierenden, literarisch wie politisch fortschrittlichen Schriftstellers genannt hat, sondern Kleist und Johann Peter Hebel, Georges Bernanos und Leon Bloy, dann die russischen Schriftsteller, Dostojewski vor allem und Tolstoi. Aus dieser Tradition kam er. Er ist immer ein ungebrochener Erzähler gewesen, der sich breit in den Erzählstrukturen des 19. Jahrhunderts niedergelassen hat – und das auch wollte; aber warum? Natürlich wäre es leicht, von links gegen einen solchen Schriftsteller-Typ zu argumentieren. In Benjamins Sinne ist Böll literarisch ein irrelevanter Autor. Ästhetisch uninteressant. Letztlich das System stabilisierend. Aber so einfach ist es natürlich nicht. Heinrich Böll, sein Werk und seine Person, sind immerhin einer der größten Widerstände, die in der westdeutschen Nachkriegsgesellschaft zu besichtigen sind. Auf jeden Fall aber hatte man Schwierigkeiten, ihn zu erkennen. Überall in der literarischen und politischen Landschaft sind zwar Schilder aufgestellt, die zu ihm hinweisen, doch beinahe jeder hat sich sein eigenes Schild beschriftet, und es sind immer nur Ausschnitte seiner Person, die benannt werden. Der gute Mensch aus Köln. Der Humanist. Der Katholik. Der Moralist. Der Kommunist. Der Anarchist. Das ganze Unverständnis führt vor allem daher, daß eben noch niemand versucht hat, seine geheimsten Motive zu untersuchen, den wirklichen Hintergrund seiner Person offenzulegen.
Dabei meinten alle, ihn genau zu kennen. Kein anderer Schriftsteller in der Bundesrepublik, kein anderer deutscher Schriftsteller in diesem Jahrhundert hat eine solche Präsenz in der Öffentlichkeit erhalten wie Böll; mit der Entwicklung der Medienindustrie nach 1945 ist die Person Böll in jedes Wohnzimmer nicht nur in Deutschland, sondern ganz Europa, auch weite Teile Amerikas gedrungen; eine solche Bekanntheit, Präsenz, hatte jemand wie Thomas Mann noch nicht. Als Mitte der 70er Jahre eine westdeutsche Zeitschrift unter

führenden Meinungsmachern der Bundesrepublik umfragte, wen sie zu den zehn einflußreichsten Personen der Bundesrepublik rechneten, da wurde, hinter dem damaligen Bundeskanzler Helmut Schmidt, dem SPD-Vorsitzenden Willy Brandt und dem CSU-Vorsitzenden Franz Josef Strauß, an vierter Stelle »der Schriftsteller Heinrich Böll« genannt, als »der Mann, der für das Gewissen steht«, der »mit priesterlicher Strenge einem umfassenden moralischen Imperativ für Gesellschaft, Staat, Politik und Demokratie« diene. Das war und ist die Situation. Nobelpreis für Literatur 1972. Weltruhm. Einer der mächtigsten Schriftsteller Europas. Die Fernschreiber der großen Nachrichtenagenturen brachten seine Stellungnahmen in fast jeden Winkel der Welt. Das Büro der *Deutschen Presseagentur* in Köln erbat von Bölls Sekretariat sofort Durchschriften etwa von öffentlichen Briefen. Das war die Situation. Was wissen wir von Böll?

In seine Bücher tritt man ein wie in eine bekannte Wohnung, in der man zwar schon geraume Zeit nicht mehr gewesen ist, aber nach kurzer Zeit ist dieses Gefühl da: hier kannst du erst mal bleiben, hier bist du zu Hause oder mal zu Hause gewesen. Es ist da gleich eine Atmosphäre des Vertrauten, und eine Dimension des Vertrauens. Den Personen, die man in diesen Büchern trifft, meint man irgendwo schon einmal begegnet zu sein; völlig fremd sind sie nicht. Sie heißen Hans Schnier, Robert Fähmel oder Katharina Blum, und es ist sofort einleuchtend, daß sie so heißen müssen; kein Name klingt wie erfunden, exotisch, der Phantasie eines Schriftstellers entsprungen. Und mit der Zeit orientiert man sich in dieser Wohnung, lernt die Personen kennen, und wenn man jemanden aus dem Auge verliert, dann ist immer noch der Erzähler da, der auch die unscheinbarste Nebenfigur nicht aus dem Gedächtnis verliert: in diesem Sinne war Böll Romancier guter alter Tradition, während die meisten Schriftsteller heute nur noch eine einzige Figur durch ein Buch ziehen können.

Es ist eine richtige kleine Gesellschaft, die in diesen Büchern auftaucht, aber innerhalb dieser Gesellschaft bilden sich dann wieder Untergruppen, wobei sich die Aufmerksamkeit und Sympathie des Erzählers am Ende diesen kleinen Subgesellschaften zuwendet, die außerhalb der offiziellen Gesellschaft stehen. Es ist ein ganz konkreter psychischer Komfort, den die Lektüre dieser Bücher vermittelt. Heimat. Häuser der Kindheit. Wohnen. Essen. Schlafen, Trinken. Spielen. Lieben. Dann auch Hunger. Gerechtigkeit. Sühne. Tod. Schuld. Von ganz konkreten alltäglichen Dingen ist die Rede. Mit Walter Benjamin könnte man auch für einen Erzähler wie Böll plädieren. Benjamin schrieb, ausgehend vom Werk des russischen, im 19. Jahrhundert lebenden Schriftstellers Nikolai Lesskow, über den Erzähler: »Immer seltener wird die Begegnung mit Leuten, die rechtschaffen etwas erzählen können. Immer häufiger verbreitet sich Verlegenheit in der Runde, wenn der Wunsch nach einer Geschichte laut wird. Es ist, als wenn das Vermögen, das uns unveräußerlich schien, das Gesichertste unter dem Sicheren, von uns genommen würde. Nämlich das Vermögen, Erfahrungen auszutauschen ... Erfahrung, die von Mund zu Mund geht, ist die Quelle, aus der alle Erzähler geschöpft haben. Und unter denen, die Geschichten niedergeschrieben haben, sind es die großen, deren Niederschrift sich am wenigsten von der Rede der vielen namenlosen Erzähler abhebt.« [18]

Modell der alten Familie

Wenn man Bölls Auffassung vom Schreiben charakterisieren will, so kann man das am ehesten dadurch, daß man nicht sagt, was es darstellt, sondern was es nicht darstellt. Ein deutlicher Kontrapunkt zu Böll ist etwa Ibsen mit seiner Ansicht, Schreiben heiße Gerichtstag über sich selbst halten. Das hat Böll nie getan. Er war eher ein Autor, der seine Welt aufbaut und ausbaut, was zwar die meisten Autoren tun, aber Böll hat seine Welt dann nie objektiviert; er war eher ein Autor, der seine Subjektivität pflegte, nicht in Frage stellte, ich meine das jetzt gar nicht negativ, viele bedeutende Autoren haben mit dieser inneren positiven Haltung zu sich selbst geschrieben, Proust etwa; ich möchte mit diesem Hinweis nur die Positionen abstecken: Böll und Ibsen sind solche Kontrapunkte, auch Böll und Sartre: die Auffassung vom Schreiben ist grundverschieden.

Warum ein Mensch sich so und nicht anders sehen möchte, dafür müssen die Gründe in der Kindheit gesucht werden; in ihr werden die Verhaltensformen und Sehweisen eines Menschen programmiert, die Bausteine zu einer Person gelegt, da entscheidet sich, wie sich diese Person später zu einer Persönlichkeit bildet mit einer Philosophie, mit einer Weltanschauung, mit einer Haltung zum Leben und zum Tod. Warum dann der Wunsch entsteht, schreiben zu wollen, ist wohl bis auf den Grund nicht zu durchleuchten. Hinter dem Schreiben steht später sicher nicht nur eine einzige Triebkraft, etwa in Form von sexuellen Energien – und Sexualität spielt ja in Bölls Büchern, wenn auch nicht immer im Vordergrund, eine bestimmende Rolle –, Energien, die in Büchern maskiert zum Vorschein kommen und deren Ausdruck, beispielsweise, interpretiert werden kann als ein frühes Gezwungensein zur

Erlernung des Triebverzichts, durch Onanieverbot etwa; es können auch weniger elementare Triebe sein, bloße Neugier, Interesse für unbekannte Erfahrungslagen, und so fort.
Wichtig in jedem Fall ist die Eltern-Konstellation. Das Gesicht des Vaters Victor Böll, wie wir es von einem – allerdings nur zufällig – überlieferten Foto kennen, wirkt sehr offen, freundlich; es ist ein verletzlicher Zug darin, er ist sicher ein sehr sensibler Mann gewesen, arbeitete auch als Holzschnitzer, ein Mann folglich durchaus mit künstlerischem Talent und für den künftigen Schriftsteller möglicherweise ein erstes Vorbild; er sei ein sehr unruhiger Mann gewesen, berichtete Böll, der es liebte, von Wohnung zu Wohnung und auch innerhalb einer Wohnung umzuziehen, der das Schlafzimmer etwa ins Wohnzimmer und das Wohnzimmer ins frühere Schlafzimmer verlegte.
Das Gesicht der Mutter, auf einem – ebenfalls nur zufällig – überlieferten Foto, wirkt strenger; sehr willensstark, energievoll, aber mit deutlichen Zügen von Erstarrung, man könnte den Eindruck gewinnen, daß die Energien in ihr gebunden waren; Bölls eigener bestimmender Eindruck von ihr war ein rebellischer Zug, den sie gehabt haben soll, dabei auch sehr leidenschaftlich, sensibel, freizügig und intelligent, so Böll, den Kindern viel Freiraum erlaubend. Eine Frau, die auf jeden Fall eine moralische Stellungnahme gekannt und auch fest behauptet, die Grundsätze des Verhaltens in der Familie sicher geregelt haben wird. Der Vater wird da eine ausgleichende Kraft gewesen sein. Man kann vermuten, daß er ein Mann gewesen ist, der die in einer Familie durch den Vater vertretene Funktion auch gut erfüllen konnte: nämlich die Fähigkeiten des Kindes zu entwickeln in Richtung einer Toleranz für Mehrdeutigkeit, in Richtung von Wahrnehmungen, die von denen der Mutter abweichen, aber auch mit den ihren verknüpfbar sind.
Inwiefern nun diese Elternkonstellation den Weg des Sohnes

Heinrich zum Schriftsteller hin beeinflußt hat, ist schwer zu sagen. Es wäre eine alberne, leichtfertige und völlig unbefriedigende Antwort, wenn man sagte, die vielen, in Küchen sitzenden Personen in den Büchern Bölls seien allein darauf zurückzuführen, daß er in seiner Kindheit stets bei seiner Mutter in der Küche gesessen und sie ihm Kaffee gekocht habe. Wir wissen nur, daß in der Familie Bölls ein reger Sprachaustausch stattgefunden hat; man habe in der Familie viel und über alles mögliche geredet, frei und zwanglos, hat Böll wiederholt berichtet. Über den Inhalt dieser Gespräche mit der Mutter, mit dem Vater, mit den Geschwistern wissen wir allerdings nicht viel; nur hin und wieder hat Böll angedeutet, was die Eltern von der politischen Entwicklung in Deutschland gehalten haben, oder von der Kirche, oder von den ökonomischen Verhältnissen.
Betrachtet man aber die Situation, in der Böll aufwuchs, aus der Totale, so wird sofort dominierend der Eindruck eines geschlossenen sozialen Milieus. Der Vater war selbständig, mit einer eigenen Schreinerwerkstatt, er arbeitete also fast wie zu Hause und war für die Kinder noch eine immer gegenwärtige Größe. Es ist das alte Modell der Familie, das hier zu besichtigen ist. Das, was aus heutiger Perspektive heile Welt genannt wird: eine Handwerkerfamilie mit vielen Kindern in einer übersichtlichen, konkreten, verständlichen Welt, die zudem noch gestützt wurde durch eine Lebensinterpretation, die der katholischen Kirche. Das war nun allerdings auch eine Welt mit engen Grenzen hinsichtlich der moralischen, sittlichen Auffassungen, sicher war auch die Bildung begrenzt – wenn die Eltern dem Sohn dann auch die Welt eröffnet haben, er etwa Abitur machen, dann Buchhändler, schließlich Schriftsteller werden konnte.
Man muß es wohl so sehen: einerseits ist er gebunden gewesen in dieser Familie, in dieser Welt, und andererseits ist er aus ihr herausgewachsen – aber herausgewachsen inwiefern? Das

ist eine der zentralen Fragen, die sein Leben und sein Werk aufwerfen und die bisher nicht behandelt worden ist. Zu sagen, inwiefern er aus der Familie herausgewachsen ist, ist deshalb so schwierig, weil ohne jeden Zweifel auch die Bindung an die Welt seiner Kindheit geblieben ist.
Es ist auffallend, daß Böll in seinen Arbeiten immer wieder auf seine Kindheit zurückkommt, sehr gerne von ihr spricht, sich auch an alles mögliche erinnern kann. Wie er später zum Beispiel einen Umzug, den er vierjährig erlebte, mit genauesten Details beschrieben hat, das ist schon verblüffend:
»Als ich vier Jahre alt war, zogen wir aus der Vorstadt in einen noch halb ländlichen Vorort. Ich legte den Weg dorthin ... auf der ersten Umzugsfuhre zurück, saß eingekeilt zwischen Stühlen, Kochtöpfen, Kissen auf dem Handwerkswagen, den ein Gehilfe meines Vaters zog; der Gehilfe hieß Köhler, war dunkelhaarig, Schlesier, katholisch ...; als Jackett trug er einen umgearbeiteten feldgrünen Rock ... Links am Anfang der Straße ein vernachlässigtes Bauernhaus; in dessen Hof Zigeunerwagen, ein bellender Hund, den eine junge Zigeunerin vergeblich mit einem Tamburin in Schwung zu setzen versuchte, ... links, zwischen alten Obstbäumen, schon aufgegeben und halb verfallen, das große Tanzlokal, ein seinerzeit beliebtes und bekanntes Arbeiter- und Soldatenbums. Das alte, dunkelblaue Kopfsteinpflaster der Raderbergstraße brachte Stühle, Kisten, Geschirr zwar ein bißchen in Bewegung, doch nicht ins Rutschen ...«[19]
In den Berichten und Erzählungen über seine Kindheit werden von ihm immer nur solche äußeren Dinge genannt; das fällt auf. Es ist auch sehr ungewöhnlich, daß ein Schriftsteller überhaupt ein Interesse hat, einen solchen Umzug bis ins kleinste Detail hinein zu beschreiben: daß da ein Gehilfe war, der Köhler hieß und eine Jacke trug, die ein umgearbeiteter Rock war; daß das Kopfsteinpflaster dunkelblau war. Böll ging es bei der Schilderung seiner Kindheit offensichtlich

nicht um Erkenntnis im Sinne kritischer Auseinandersetzung. Welches andere Interesse aber hatte er, welche Motivation spielte eine Rolle bei der Auswahl der Details?

Schreiben als Verteidigung der Kindheit

Es kann nur eine Antwort geben: in der Welt seiner Kindheit hat er sich wohl gefühlt, er hat sich positiv mit ihr identifiziert; als späterer Schriftsteller vertrat Böll nach wie vor die Werte seiner Kindheit, und das sind die Werte Intimität, Nähe und Vertrautheit, nicht Sachlichkeit; die kleine überschaubare, konkrete Welt der Familie in seiner Kindheit wird in seinen Büchern gegen die heutige Welt gesetzt, gegen die moderne, industrialisierte, bürokratische, verwaltete Welt.
Alle Spuren, die in den Büchern gelegt sind, führen zurück in seine Kindheit. Seine Kindheit war seine Heimat, Heimat und Kindheit sind ja auch nicht von ungefähr zwei verwandte Begriffe. Bölls Schreiben war der Versuch, seine Kindheit zu verteidigen und zu konservieren. Positive Identifizierung mit der Kindheit; und das Leiden der Romanfiguren, weil sie diese Kindheit vertreten, aber in einer anders gewordenen Welt, deren Tendenz gegen die Utopie seiner Kindheit gerichtet ist: das ist der Schlüssel zu seinen Büchern.
Das mag im ersten Augenblick überraschend klingen. Denn seine Romane und Erzählungen scheinen ja zunächst von etwas ganz anderem zu reden, auf keinen Fall von seiner Kindheit. Sie reden etwa vom Krieg, oder von Praktiken der Bauwirtschaft, oder von der Denunziation und Vernichtung einer unbescholtenen Frau durch eine bestimmte Art von Sensationspresse, oder von der politischen Situation im Nachkriegsdeutschland überhaupt. Aber als Schriftsteller im erwachsenen Leben brauchte Böll nicht mehr aktuell auf seine Kindheit zurückzugreifen. Man muß sich das so vorstellen: wenn jemand einen solchen Ansatz gefunden hat, sich zu sich selbst und zur Welt einzustellen, dann gehört das zu seiner Person, zu seinem Leben, die Richtung ist gegeben, in der

Kindheit, und immer dann, wenn dieser Schriftsteller anfängt zu schreiben, wenn die Phantasie sich bewegt, dann läuft sie denselben Weg, zurück in die Kindheit, die akzeptiert wurde, in der er sich heimisch und geborgen fühlte, von der er sich nie ganz gelöst hat.

Es ist sehr kompliziert: Wenn ein Mensch schreibt, weiß er einerseits mehr als er normalerweise weiß, wenn er lebt, in den Tag hinein, denn das Schreiben ist eine bewußtere und intensivere Art zu leben, das Leben kann darin durchgearbeitet und auch umgeformt werden; andererseits weiß dieser Mensch auch weniger, wenn er schreibt, weil er immer denselben Weg geht, auf immer dieselben Motive kommt – im Leben läßt er auch anderes in sich hinein, was er aber sofort wieder vergißt, wenn er schreibt. Es ist durchaus möglich, daß Böll Sartre oder Freud las – und er war ein großer Leser –, aber wenn er schrieb, kam er immer wieder auf seine eigenen Erfahrungen zurück. Eben weil er kein Schriftsteller war, der sich um Selbstanalyse bemühte. Sondern Böll polemisierte gegen die Welt, und die Kindheit war sein Protestpotential. Er fühlte sich, aus seinen Bindungen an die Kindheit heraus, fremd in dieser Welt. Seine positive Identifizierung mit der Kindheit gab ihm den Blickpunkt für seine Kritik an der gegenwärtigen modernen, industrialisierten, bürokratischen Welt. Von daher ist zu verstehen, daß er in all seinen Büchern den Überbau kaputt zu machen versuchte. Von der positiven Identifizierung mit seiner Kindheit her ist sein Unterbau, sein Untergrund zu verstehen. Hier sind die Bedingungen zu finden für seine Größe; und für seine Begrenzungen. Von hier aus lassen sich sowohl sein Leben wie sein Schreiben erklären und der Zusammenhang zwischen Leben und Schreiben.

Die Antwort darauf, warum er schrieb, liegt begründet im Verlauf der politischen Geschichte, die er erlebt hatte. Wenn er selber gesagt hat: »Obwohl als einzelner schreibend ..., habe ich mich nie als einzelnen empfunden, sondern als Gebundenen. Gebunden an Zeit und Zeitgenossenschaft, an das von einer Generation Erlebte, Erfahrene, Gesehene und Gehörte, das autobiographisch nur selten annähernd bezeichnet worden ist, um in Sprache gefaßt zu werden; gebunden an die Ruhe- und Heimatlosigkeit einer Generation ...«[20] – so stimmt das, aber auf eine andere Weise, als er es wohl selber verstanden hat und es von dem Großteil der Kritik bisher verstanden worden ist. Natürlich schrieb er doch als einzelner; er war der Ansicht, daß seine Position in dieser Welt eine isolierte war und die Welt gegen ihn, die Macht bei den anderen und die Tendenz der Welt gegen seine Kindheit gerichtet war. Aber dann empfand er sich auch wiederum nicht als einzelnen, sondern als Mitglied einer kleinen Gegengesellschaft, Subgesellschaft, es gab immer noch Verbündete, das Alte lebte noch in der gegenwärtigen Welt als Enklave, das war eine Art Gemeinde, eine heimliche Gemeinde, eine unterdrückte Kirche der Gerechten – davon sprechen seine Bücher, in ihnen wird immer wieder aufs neue an dieser Gegengesellschaft gebaut. Man kann also sagen: er war gebunden, aber nicht allein an die gegenwärtige Zeit oder Zeitgenossenschaft, sondern gleichzeitig an die Leitbilder seiner Kindheit; und er war in der Tat gebunden an diese Ruhe- und Heimatlosigkeit seiner Generation, dieses Vertrieben-worden-sein konnte er nicht verwinden, er war im Grunde ein Heimatvertriebener, als solcher sah er sich auch selber, als solcher konnte er auch authentisch über alle möglichen Formen von Heimatvertreibungen in seinem Werk sprechen. Diese Heimatvertreibung begann mit dem Aufstieg der Nationalsozialisten 1933, wiederholte sich mit dem Krieg und hörte nicht auf in den Zeiten der Restauration der Nachkriegszeit. In seinen *Frankfurter Vorlesungen*[21] 1963/64 als zeitweiliger Poetik-Dozent an der Frankfurter Universität hat Böll hauptsächlich über dieses Thema der deutschen Nachkriegsliteratur, das in erster Linie sein Thema gewesen ist, gesprochen:

»Humanes, Soziales, Gebundenes, so glaube ich, ist ohne Heimat nicht möglich, Heimat, deren Name Nachbarschaft, Vertrauen einschließt, ohne daß die Urstufe der Gesellschaft, die Familie, nur zu einer feindseligen, vergifteten Festung wird, zum Kreis, zum Kränzchen, das Nichteingeweihte ausschließt, abstößt ...[22] Moral und Ästhetik erweisen sich als kongruent, untrennbar auch, ganz gleich, wie trotzig oder gelassen, wie milde oder wie wütend, mit welchem Stil, aus welcher Optik ein Autor sich an die Beschreibung oder bloße Schilderung des Humanen begeben mag: zerstörte Nachbarschaft, vergiftetes Gelände machen es ihm unmöglich, Vertrauen zu stiften oder Trost zu spenden; der einzige Trost, den meine Altersklasse anzubieten hat, ist der des Vorübergehenden, der Trost des Vergänglichen ...[23] Heimat? Welch eine Frage – aber ich denke, wenn einer nach Auschwitz mit der Bombe leben und dennoch das Wort Zukunft aussprechen lernen soll, müßte er vertrautes Gelände unter den Füßen haben. Er sollte auch lernen, was einem, der ein Kaiserreich, eine Republik, eine Diktatur, ein Interregnum, eine zweite Republik erlebt hat, bevor er dreißig war, was solch einem schwer fällt: an Staaten zu glauben. Die merkwürdige Pflicht, über das Steuerzahlen hinaus Staatsbürger zu sein, kann einer wohl nicht mehr lernen, der zwischen seinem sechzehnten und seinem achtundzwanzigsten Jahr in einem Staat gelebt hat, dem er täglich den Untergang gewünscht hat.«[24]

Diese Begründung seiner Schreibmotivation durch den erlebten Verlauf der politischen Geschichte ist allerdings nur eine Antwort auf die Frage, warum er schrieb. Und das ist nun sicher nicht die primäre Schreibmotivation gewesen. Die liegt stets außerhalb des bewußten Lebens. Inwieweit Böll da von dieser Elternkonstellation, von seiner Kindheit überhaupt auf dem Weg zum Schriftsteller hin primär beeinflußt worden ist, dafür finden wir im bisher vorliegenden Material keine Belege. Manchmal ist es so, daß die Mutter mehr von ihrem Sohn erwartet als von ihrem Mann, daß es also die Träume der Mutter sind, die der Sohn später, ohne es jemals zu erkennen, realisiert. So wird häufig die Motivation geschaffen, daß der Sohn mehr aus sich macht, über den Vater hinausgeht, ein besonderes Bild von sich entwickelt. Die Mutter motiviert ihn, gibt ihm einen Schubs, über den Vater hinauszugehen, und der Vater unterstützt das möglicherweise auch, vielleicht weil er erkennt, daß er auf diese Weise mit der Mutter einig sein kann; andererseits kann auch eine negative Motivation durch den Vater mitspielen, daß er sagt: der Junge hat ja zwei linke Hände, der taugt nicht für einen Schreiner. Schließlich ist auch die Rolle der Geschwister nicht unwesentlich: wer aus der Familie kann überhaupt eine besondere Rolle übernehmen, wer kriegt nur konventionelle Chancen – das sind meistens die Mädchen – und wer kriegt die exquisiten Chancen. Ich sage jetzt nicht, daß das im Fall Heinrich Bölls so gewesen ist. Ich nenne diese Überlegungen nur als ein Modell dafür, wie so etwas ablaufen kann. Unendliche Hypothesen ließen sich aufstellen. Das ist eine Möglichkeit, an Informationen über einen Menschen heranzukommen, um am Ende annähernd unterscheiden zu können zwischen Erfindung, Wahrscheinlichkeit, Möglichkeit, Lüge und Wahrheit. Mit dieser Methode hat Sartre sein Flaubert-Buch geschrieben. Dahinter steht die Frage, ob wir die Informationen, die wir über einen Menschen haben können, totalisieren können. Ist die Wahrheit über eine Person plural? So kann es durchaus auch sein, daß Bölls Kindheit keineswegs so heil gewesen ist, wie er das selber gemeint hat. Die Böll-Familie sei nämlich immer auch auf eine schwer zu erklärende Weise schwierig gewesen, hat er später einmal berichtet, und so müssen wir davon ausgehen, daß es auch viele Spannungen innerhalb der Familie gab, sicher hat es auch die üblichen Spannungen unter den Geschwistern gegeben. Doch wie auch immer: wichtig ist nur, ob und wie diese hypothetischen Annahmen dann später in seinem Werk aufscheinen, und da kann man eben sehen, daß Böll in seinem Werk immer etwas verteidigt hat, was man Kindheit nennt. Ob das seine wirkliche Kindheit war oder nur eine in seinem Werk und seinem Kopf stilisierte Kindheit, ist dabei völlig egal. Eine Utopie ist Kindheit, wie wir nachher sehen werden, nämlich allemal.

Zur Beurteilung eines Schriftstellers kann es erleichternd sein, wenn dieser Autor sich selber nicht kritisch sieht, sich also auch nicht verstellt. Eben weil Böll ungeschützt schrieb, sich gar nicht um Selbstkritik, um objektive Darstellung der Realität bemühte, sondern hauptsächlich schrieb aus dem Verlangen heraus, einen Widerstand gegen die heutige Welt aufzubauen, die Werte seiner Kindheit zu verteidigen und zu konservieren, gerade deshalb sind jede seiner Schreibaktionen leicht zu dechiffrieren, hat man erst einmal diesen Code in den Händen. Sicher ist auch seine enorme Wirkung damit zu erklären: daß er unverstellt sprach, emotionell, direkt, ohne taktische Überlegungen, daß man spürte, hier wollte niemand bloß modische Ansichten aufschwatzen, sondern hier wehrte sich jemand, hier war jemand zutiefst betroffen, hier verteidigte jemand das, was er sagte, mit seiner Person.

Schreiben als Verteidigung der Kindheit; bis in den Stil hinein ist das zu erkennen. Böll hat sich nie, wie die meisten Schriftsteller, gezwungen gesehen, in schönen, auf Harmonie ausgerichteten Sätzen auf die ganze Welt zu reagieren. Er war nie darauf aus, Schreiben in erster Linie als technisches Problem zu sehen, er brauchte nie eine Schreibvirtuosität vorzuführen, brauchte sich erst gar nicht zu bemühen, sie zu entwikkeln. Wer als Schriftsteller dem Leser zeigen will, wie brillant er schreiben kann, der ist meist darauf aus, die Umwelt zu beschwichtigen; der ist unsicher in seiner Identität und will nun in brillantem Schreiben eine extrem anspruchsvolle Identität vor aller Welt aufbauen. Das hatte Böll nicht nötig. Er hatte ja eine akzeptierte, ihm genügende Identität seit seiner Kindheit. Er sah sich nun allerdings gezwungen, die aufrechtzuerhalten und zu verteidigen. Und so konnte und mußte er ganz direkt schreiben; materiell; also notwendigerweise eben auch schmutzig. Diese Schreibweise verteidigte er zuletzt mit seiner ganzen Person; da hatte er Identität hergestellt. Er wollte kein Meister sein, hat er wiederholt erklärt; er hatte keinen Ehrgeiz, heißt das, etwas Perfektes zu schreiben, er lehnte alles nur Modische ab, mißtraute allem, was Glanz hatte. Dieses Mißtrauen war so stark, daß es nicht nur in Details seiner Bücher eingegangen ist – etwa wenn der Verfasser im Roman *Gruppenbild mit Dame*[25] auf seiner alten Jacke beharrt oder über Leni, die Hauptfigur des Romans, gleich auf den ersten beiden Seiten die für wichtig gehaltene Information gegeben wird, Leni halte sich noch an eine Rocklänge, die 1942 Mode gewesen sei, trage auch sonst nur alte Kleider, betrete nie einen Frisiersalon und »tätige ihre Einkäufe nie in einem reich bespiegelten Supermarkt, sondern in einem Einzelhandelsgeschäft, das soeben davorsteht, dem Strukturwandel zu erliegen«[26] – dieses Festhalten am Alten, Bewährten, das für ihn ein Stück Heimat kennzeichnete, ist nicht nur in diesen Details zu erkennen, sondern diese Details tragen seine Bücher entscheidend mit. Der Schriftsteller Heinrich Böll war, besonders im Rahmen dieser Milieudetails, aber auch weit darüber hinaus, mit den Hauptpersonen seiner Bücher positiv identifiziert – auch wenn er solche Identifizierungen immer von sich gewiesen hat. Natürlich vollzieht sich diese Identifizierung nie direkt; während des Schreibens entsteht eine Figur, die deutlich vom Autor unterschieden werden kann, allein äußerlich, wenn es eine Frau ist wie Leni in *Gruppenbild*. Aber das Wertsystem, das die Hauptpersonen seiner Bücher verteidigen, ist eben das Wertsystem Heinrich Bölls, das er auch außerhalb der Romane, in seinen Essays, seinen Rezensionen, seinen politischen Kommentaren und

Reden vertreten hat. Seine Figuren beanspruchen, Repräsentanten einer heimatlosen, heimatsuchenden Menschlichkeit zu sein. Ideologisch werden sie dem Kleinbürgertum zugeordnet, und »kleinbürgerlich, extrem kleinbürgerlich«[27] nannte sich Böll auch selber in der Rolle des Verfassers in *Gruppenbild mit Dame*. Dieses Kleinbürgerliche – seine Herkunft, ein Stück seiner Heimat – hat er immer verteidigt, und zwar um so entschiedener, je mehr dieses Kleinbürgerliche in der westdeutschen Wohlstandsgesellschaft der Nachkriegszeit als etwas Minderes, Niedriges angesehen wurde, Kleinbürgertum als der Abfall der Wohlstandsgesellschaft. Aber: »Was Heimat war, Wohnen, Nachbarschaft, die Menschlichkeit des Abfalls, das könnte deutlich werden an denen, die keine Heimat mehr haben, obwohl sie nicht vertrieben worden sind. Es kann einer den Strom von Reisenden, diese Hast, auch als Flucht aus einem Land deuten, das seiner selbst nicht sicher ist, weil seine Bewohner, seine Politiker nicht wahrhaben wollen, daß am Anfang Vertreibung stand, Menschen für Abfall erklärt, als solcher behandelt wurden, und daß am Anfang dieses Staates ein im Abfall wühlendes Volk stand ...[28] Die Humanität eines Landes läßt sich daran erkennen, was in seinem Abfall landet, was an Alltäglichem, noch Brauchbarem, was an Poesie weggeworfen, der Vernichtung für wert erachtet wird ... Die Literatur kann offenbar nur zum Gegenstand wählen, was von der Gesellschaft zum Abfall, als abfällig erklärt wird.«[29]

Diese Sätze aus seinen *Frankfurter Vorlesungen* lassen erkennen, was Böll motiviert hat, seine Position nach 1945 einzunehmen, in seinen Büchern das Abfällige, das A-Soziale zum Thema zu machen und zu verteidigen. Seine persönliche Motivation reichte dabei sehr weit zurück: nicht nur das Jahr 1945, als das deutsche Volk im Abfall wühlte, sondern die Bedrohung seiner Kindheit, die in seiner Erinnerung »relativ heil«[30] war, ist auch hier wieder entscheidend. Als ein

Kritiker Böll Ende der 50er Jahre nach Erscheinen seines *Irischen Tagebuches*[31] dafür lobte, daß er nun das Armeleutemilieu verlassen habe, seine Bücher von Waschküchengeruch und sozialer Anklage frei seien, da schrieb er sofort eine *Verteidigung der Waschküchen*[32], die natürlich zu lesen ist wieder als eine Verteidigung seiner Kindheit:
»Meine Frau weiß nämlich zu berichten, daß in dem kleinen Städtchen, aus dem ihre Großmutter stammte – zufällig stammte auch meine Großmutter aus diesem Städtchen, und so könnte ich alles recht penetrant beschreiben –, der Waschtag ein besonderer Festtag war ... In der Zeit hochgefüllter Leinenschränke wusch man nur einmal im Monat, wusch ganze Berge, fuhr dann zu den Ruhrwiesen, wo die Wäsche gebleicht wurde, während man von Kutschen Bierfässer, Schinken, Brote, kleine Butterfäßchen ablud; zu den waschenden Maiden gesellten sich die zur Untätigkeit neigenden Halbstarken jener Zeit; es wurde getanzt, getrunken, gespielt – am Abend lud man die gebleichte Wäsche, die geleerten Fässer und Körbe wieder auf die Kutschen und fuhr nach Hause ... Natürlich wusch auch meine Mutter Wäsche, ... sie wusch in der Waschküche, meistens am Montagmorgen. In der ganzen weiten Welt flattern am späten Montagvormittag Hemden und Leinentücher, Taschentücher und die Unaussprechlichen auf den Wäscheleinen, und dieser Anblick hat mich nie deprimiert, vielmehr getröstet, verkündet er doch von der unendlichen Energie der Menschheit, sich des Schmutzes zu entledigen; und die Rheinkähne, wie ich sie von meiner Kindheit bis heute kenne, schleppen immer eine Wäschefahne rheinauf, rheinab.«[33]
In seinen *Frankfurter Vorlesungen* hat Böll das Alltägliche das eigentlich Soziale und Humane genannt. Die Abneigung der Deutschen gegen dieses Alltägliche sei provinzlerisch, genauso wie ihre Abneigung gegen das Provinzlerische. »Provinzen werden zu Orten der Weltliteratur«, sagte Böll da-

mals, »wenn ihnen Sprache zugewachsen ist, zugetragen worden ist: ich nenne nur Dublin und Prag. Wir verlieren zu viele Worte, werfen sie weg, Welt ist für uns große Welt, große Welt ist große Gesellschaft, und der großen Gesellschaft fehlt die Größe; die Politiker sind sprachlos oder nichtssagend. Es ist eine Art Ausverkauf im Gange – die Sprachwissenschaft, gestützt und finanziert vom Staat, könnte billig einkaufen ... Das Vokabular der großen Welt ist so nichtssagend wie das der Politik: in eine Ästhetik der gesprochenen Sprache eingeordnet, würden ein Flickschuster und eine Marktfrau König und Königin, verglichen mit den nichtssagenden Worten, die die große Welt anzubieten hat. Man hat mich mit einiger Herablassung oft einen Autor der kleinen Leute genannt: peinlicherweise empfinde ich solche Einschränkungen immer als Schmeichelei. Sollte ich bisher nur bei kleinen Leuten Größe gefunden haben?«[34]

So hat Böll sich ohne Umwege immer seinem ureigenen Thema zugewandt, und das war nicht der Ausbau einer komplizierten Innenwelt einer Romanfigur, sondern er beschreibt in all seinen Arbeiten den Zusammenstoß seiner Personen mit der alltäglichen Wirklichkeit. Da die Tendenz dieser Wirklichkeit gegen die Welt und die Werte seiner Kindheit gerichtet war, mußte er sich aggressiv verhalten. Als die westdeutsche Gesellschaft sich im Laufe der Jahre immer weiter von seinen Werten entfernte, wurde er immer radikaler: kompromißloser. Hatte man Böll in den 50er, auch noch in den 60er Jahren als kritische Stimme akzeptiert – auch von politisch rechter Seite –, sozusagen in der Funktion des Alibis in der demokratischen Gesellschaft und weil man meinte, jemand, der sich zu seinem Katholizismus ausdrücklich bekenne, könne kein Kommunist und Staatsfeind sein, so wurde er spätestens in den 70er Jahren zunehmend umstrittener, als Bölls Werte schon beinahe außer Sicht geraten waren, er aber um so heftiger auf ihnen beharrte. Er solidarisierte sich jetzt mit allen, die in dieser Gesellschaft unterdrückt werden und nicht zu Wort kommen. Alles, was seiner Meinung nach keine Heimat mehr in dieser Welt hat, ist von Böll mit einer beispiellosen Konsequenz vertreten worden, ohne Rücksicht darauf, bei wem er dadurch auf Einverständnis stoßen würde oder auf Haß. Seine Kindheit als Protestpotential verwendend, hat er sich gegen fast alle etablierten Mächte gewehrt, den hohen Klerus, Staat, Militär, Bürokratie, gegen die etablierte Bildung. Dabei hat er sich dann eben nicht aktuell und direkt auf seine Kindheit bezogen, sondern äußerlich nur etwas vertreten, was keine Heimat mehr in dieser Gesellschaft hat, wie er auch selber meinte, in dieser Gesellschaft keine Heimat zu haben. Obwohl er mit Millionen Lesern wohl doch noch eine Heimat hatte. Aber es ist, könnte man sagen, die Heimat der Heimatlosen, die er vertrat. Wie sehr er sich dabei bedrängt und bedroht fühlte, kann man daran sehen, daß er sich nicht einmal durch die Verleihung des Literaturnobelpreises hat beruhigen lassen.

Zerstörung des privaten Lebens

Bölls literarische und politische Reaktion auf die Entwicklung der Bundesrepublik nach 1945 ist zunächst und primär nie politisch motiviert gewesen; der Anlaß dieser Reaktion war privater Natur. Er war aus seiner Kindheit vertrieben worden. Sein privates Leben war zerstört worden. Das war seine tiefste Verwundung.

Geht man seine Bücher auf diesen Aspekt hin durch, erkennt man, daß Bölls politische Stellungnahmen vornehmlich veranlaßt wurden durch Zerstörung privaten Lebens. In der Erzählung *Die verlorene Ehre der Katharina Blum*[35] etwa wehrte sich Böll dagegen, daß das private Leben, die Intimität einer unbescholtenen Frau durch eine publizistische Macht und Gewalt wie die einer Boulevardzeitung zerstört wird. Die Aktualität der Erzählung beruht zwar darauf, daß diese Frau eine Nacht lang einen vermeintlichen Terroristen in ihrer Wohnung aufgenommen hat – daß er Terrorist war, wußte sie allerdings nicht, sie lernte ihn auf einer Karnevalsparty kennen, empfand Sympathie und gar Liebe zu ihm –, aber diese Aktualität ist nur äußerlich; geheimes Motiv ist für Böll auch hier wieder primär die Zerstörung privaten Lebens, die er anklagt.

»Ich glaube, daß ich angelegt bin auf einen sehr esoterischen Dichter, der in seinem Stübchen sitzt und Gedichte oder Kurzgeschichten oder Romane schreibt, ganz so, wie ich es mit 20, 21, auch später noch gemacht habe; daß aber die Biographie mich politisiert hat, notgedrungen, fast – manchmal – gegen meinen Willen ... Das Politische ist, wie ich einsehe, eine Notwendigkeit, und manchmal tue ich es auch gerne und überzeugt; aber Öffentlichkeit als solche ist mir verhaßt, die widert mich an.«[36]

In diesen Sätzen drückt sich deutlich sein Wunsch nach privatem Leben aus, das ihm aber nur erlaubt gewesen ist in seiner Kindheit. Sobald er sich an sie erinnert, kommt unweigerlich Sentimentalität in seine Texte; aber auch Zorn, daß ihm diese Welt zerstört worden ist. Zunächst wohnte die Familie draußen auf dem Lande, das war für ihn die Erinnerung an einen Park, in dem er einen großen Teil seiner Kindheit verbracht hat, spielend. Später der Umzug in einen ländlichen Vorort von Köln. *Raderberg, Raderthal*[37] heißt ein Text, in dem Böll seine eigene Kindheit konserviert hat; er beschreibt darin diesen Umzug, den er vierjährig erlebte, aus der Teutoburger Straße in die Raderbergstraße. Zunächst hatte er Bedenken:

»Schöner an der Teutoburger Straße: sie lag nicht weit vom Rhein; im Herbst lag auf der Uferpromenade das Laub kniehoch, im Frühjahr stand dort Hochwasser ... Der Rhein roch gut, nicht salzig, doch bitter genug, nach Algen auch; nun, so wie der Rhein riecht (roch). Das Tempo des Rheins, seine Gewalt waren atemberaubend; er riß an den Flößen, wenn sie schwenkten, in den Rufen und Kommandos der Flößer klang Angst mit; und wie rasch war eine Büchse, ein Karton, ein Stück Holz auf die Brücke zu, in die Strudel an den Pfeilern, um die Pfeiler herumgeschwommen, dann stolz mitten im Strom, an der Stadt vorbei, auf den Dom zu verschwunden.«[38]

Bald fühlte der Junge Heinrich Böll sich in der neuen Umgebung der Raderbergstraße zu Hause:

»Acht Jahre lang wohnten wir in dieser Straße, die von zwei ›Lagern‹ bestimmt war, dem bürgerlichen und dem sozialistischen ... oder von den ›Roten‹ und den ›besseren Leuten‹. Ich habe nie, bis heute nicht begriffen, was an den besseren Leuten besser gewesen wäre oder hätte sein können. Mich zog's immer in die Siedlung, die wie unsere neu erbaut war, in der Arbeiter, Partei- und Gewerkschaftssekretäre wohnten; dort gab es die meisten Kinder und die besten Spielgenossen, immer genug Kinder, um Fußball, Räuber und Gendarm, später Schlagball zu spielen. Meine Eltern störte es nicht, daß ich die meiste Zeit bei den ›Roten‹ verbrachte, sie wären nie auf den Gedanken gekommen, was die Professoren, Prokuristen, Architekten, Baudirektoren taten: die verboten ihren Kindern, mit den ›Roten‹ zu spielen. Der bürgerliche Teil war offensichtlich der langweiligere, die Spiele dort in Gärten und Stuben ganz à la Trotzköpfchen: Teeparties, Pfänderspiele, die merkwürdig schwüle Früherotik, aus der man sich sentimentale Erinnerungen strickt. Auf der Straße von den ›roten‹ Kindern lernte ich, was ich bei den ›besseren‹ nie gelernt hätte: Reifenschlagen als Wettlauf, rund um den Park, rund um den Block, barfuß, mit einem Stock die kahle rostige, aus dem Abfallhaufen herausgesuchte Fahrradfelge vor mir herzutreiben, sie, ohne viel Tempo zu verlieren, in die Kurve zu lenken ...«[39]

Die Familie zog später noch mehrmals um, überall fühlte sich Heinrich Böll bald wohl, nie hat er dieses Gefühl von Zuhause und Heimat verloren. Zunächst sei es zwar ein großer Schock gewesen, hat er berichtet: der Umzug mitten in die Stadt hinein, in ein großes Mietshaus, aber nach kurzer Zeit habe er das akzeptiert als eine Lebensform. »Ich werde wohl nie den bitteren Geruch von Rohkakao aus dem Munde bekommen, der den Häuserblock Alteburger Straße – Severinswall – Bottmühle – Ubierring frühmorgens schon umzingelte, wenn ich vom Ubierring aus zur Schule ging, und wenn ich irgendwo in der entferntesten Ecke Deutschlands einen Stollwerkautomaten entdecke oder entdeckte, so ist und war das für mich heimatlich wie die Firmenbezeichnung Theodor Kothoff, Lackfabrik, Köln-Raderthal, die ich auf nicht nur vielen, auf fast allen Güterwagen während des Krieges entdeckte; als Jungen hatten wir auf den Hängen der ›Sausack‹ hinter Kothoffs Lagerfabrik Indianer gespielt. Solche Heimat-Assoziationen sind wohl unauslöschlich wie unzählige andere auch; ich brauchte nicht am Ort zu wohnen, um sie wiederzufinden; im Gegenteil: mit dem Quadrat der Entfernung wächst ihre Intensität; bei gegenseitiger Annäherung ergibt sich die peinliche Differenz zwischen Erinnerung und Sentimentalität; nah besehen, wird alles schal und peinlich; man stelle sich vor, ein Maler würde Apfel und Birne aufheben, konservieren, die ihm einmal Modell zu einem Stilleben gewesen ist. Natürlich verliert einer Kindheit und Jugend, wenn er auszieht, das Fürchten zu lernen, und damit hört alles auf, so zu sein, wie es ›einmal‹ war.«[40]

Daß Böll gleichwohl seine Kindheit und Jugend nicht verloren, er sich nie von ihnen gelöst hat; daß der übliche Bruch mit den Eltern nicht stattgefunden hat, läßt sich erklären aus den historischen Ereignissen. Er hat nie den Wunsch gehabt, sich von seiner Kindheit zu lösen, er brauchte ihn auch nicht, weil die Welt um ihn herum von vornherein disqualifiziert war. Die Weltwirtschaftskrise brachte die Familie in Schwierigkeiten. Dann kamen die Nationalsozialisten. Später die Entwicklung der Bundesrepublik, sie stand gegen die Welt, die er vertrat. Dem entspricht seine Feststellung:

»Es gibt zwei Köln, die in diesem Sinne ›heimatlich‹ waren: das Vorkriegsköln zwischen Raderthal und Chlodwigplatz, zwischen Vorgebirgsstraße und Rhein, dazu noch die Südbrücke und die Poller Wiesen; das zweite Köln, das in diesem Sinne ›heimatlich‹ war, war schon ein anderes, das zerstörte Köln, in das wir 1945 zurückzogen.«[41]

Der Ort seiner Erinnerungen ist also das Köln vor 1933: die Stadt habe damals etwas sehr Gemütliches gehabt, wie ein Wohnzimmer, nicht ganz so sauber, ein bißchen verkommen, aber man habe darin spazierengehen können. Das zerstörte Köln nach dem Zweiten Weltkrieg war Ort seiner Hoffnungen:

»Das zerstörte Köln hatte, was das unzerstörte nie gehabt

hatte: Größe und Ernst. Das Schicksal war in seiner Unbarmherzigkeit genau gewesen. Die Zerstörung war vollständig und kriegstechnisch vollkommen sinnlos: das war der angemessene Zustand für einen Ort, in dem wir leben wollten. Tränen, und von Allerheiligen noch die Kränze und Blumen auf den Trümmergrundstücken. Das unzerstörte Köln war, bis in die wilden Bacchanalien hinein, die in Luftschutzbunkern stattfanden, während die Bomben fielen – es war unernst gewesen, unordentlich auch und, obwohl fast ein Jahrhundert lang Festung und große Garnison, nie militaristisch. Der Härte, die sich unter rheinischem Humor verbirgt, eine Härte, die kriminell werden kann, waren die ordentlichen und korrekten Preußen nie gewachsen. Köln war nie so recht Großstadt, immer Stadt, seine Verdorbenheit saß tiefer als die pointierte Verdorbenheit der gängigen Großstadt, die sich so leicht verfilmen läßt. Köln war richtiger, es war heiler als jede unzerstörte ländliche oder kleinstädtische Idylle, in der einer friedlich hätte Kartoffeln stehlen, Tabak pflanzen, Heiles schreiben, sich ausruhen und hätte einschlafen können.«[42]

Seine Hoffnungen erfüllten sich nicht. Das wiederaufgebaute heutige Köln erwähnte er nicht: es interessierte ihn nicht.

Die Bedrohungen seiner Kindheit waren immer politisch-gesellschaftlicher Art. Die Weltwirtschaftskrise hat die Familie beinahe erdrückt. Bölls Vater geriet in größte Schwierigkeiten durch eine Bürgschaft, durch übernommene Mitverantwortung bei einer Bank für Handwerker. »Die Bank fallierte durch betrügerische Manipulationen, und wir mußten sehr rasch ein Haus verkaufen, es ging alles sehr sehr schwer zu, sehr knapp.«[43] In dieser Situation, hat Böll berichtet, ist zum ersten Mal konkret der Wunsch entstanden, schreiben zu wollen: »Das hing ... mit dem Erlebnis der Weltwirtschaftskrise zusammen, Anfang der dreißiger Jahre, mit dem Zusammenbruch einer relativ heilen Welt, und dieser Zusammenbruch war nun ein totaler, in politischer, ökonomischer, soziographischer Hinsicht. Das passierte sehr früh, ich war fünfzehn, sechzehn, und ein paar Jahre später habe ich angefangen zu schreiben ... Es war schon ein Schock, diese Weltwirtschaftskrise. Die Erkenntnis, daß Wohl und Wehe nicht nur von meinen Eltern abhingen ... Sondern daß außerhalb der Familie ökonomische und politische Ereignisse stattfanden – und sogar außerhalb Deutschlands –; denn es ist uns sehr bald klargeworden, daß alles auch mit der amerikanischen Wirtschaftskrise zusammenhing. Ereignisse, die einen auslieferten. Es war auch Angst dabei. Die normale Angst des Kindes, das sich wahrscheinlich nicht ganz sicher ist: was ist überhaupt da los, geht das so weiter? ... Ich habe also sehr früh gemerkt, daß meine Eltern völlig hilflos waren gegenüber diesen Umständen ...«[44]

Bölls Sensibilität im Reagieren auf politische Ereignisse ist auch wieder im Umkreis der Familie entstanden, während der Kindheit und Jugend. Die Inflation nach dem ersten Weltkrieg ruinierte die Familie finanziell; zum ersten Mal. Später die Weltwirtschaftskrise Ende der Zwanziger Jahre; sie bedeutete für die Bölls zum zweiten Mal die ökonomische Bedrohung der Existenz:

»Mein Vater war 1870 geboren, war also ziemlich alt, als ich geboren wurde, und hat die wirklich rührende – ich meine das nicht abfällig – bürgerliche Zuversicht gehabt. Er hat sich in Köln selbständig gemacht, hat Bildhauerei als Handwerk gelernt und war darin sehr tüchtig. Diese Zuversicht ist wahrscheinlich verloren gegangen mit dem Ersten Weltkrieg und seinen Folgen. Inflation, totale Vernichtung des Vermögens ... Diese vollkommene Unsicherheit gegenüber dem, was man Stabilität nennt. Sie können sich gar nicht vorstellen, was die Inflation für uns bedeutet hat, die erste wie die zweite, als mein Vater das Lohngeld wirklich auf einem kleinen Karren fahren mußte, Milliarden. Das hat ihn wahrscheinlich alles zutiefst verunsichert und meine Mutter natürlich auch. Sie haben das vor uns Kindern so lange wie möglich zu verheimlichen versucht, bis dann der Knall der Weltwirtschaftskrise Ende der Zwanziger, Anfang der dreißiger Jahre kam, und da war nun nichts mehr zu verbergen.«[45]

Diese Milieuerfahrungen haben sein Werk bis in die letzte ästhetische Abstraktion hinein geprägt. Böll selbst hat die Bedeutung dieses Milieus für ihn genau erkannt:

»Weil dieses heruntergekommene Kleinbürgertum, heruntergekommen im statistischen Sinne, nicht im moralischen Sinne, mit einer fast hysterischen Übersensibilität auf die Umwelt reagierte. So habe ich es beobachtet. Nehmen Sie zum Beispiel Charles Dickens. Ich will mich gar nicht mit ihm vergleichen. Aber vielleicht haben wir Ähnlichkeiten. Diese merkwürdige Geschichte mit seinem Vater, der einen Mord begangen hat. Die bürgerliche Fassade war weg. Und ich vermute, daß das bei uns ähnlich war ... Man redet zwar dann sehr leichtfertig von Kleinbürgertum – was ich gar nicht für eine Beleidigung halte, es ist eine sehr fruchtbare Schicht –; aber diese Mischung aus Bohème, heruntergekommenem Kleinbürgertum – in dem Sinne, wie man einen schäbigen Anzug trägt, nicht im schuldhaften Sinne also, Schuld spielt da überhaupt keine Rolle – und nun auch proletarischer Beimischung, die sich aus dem Wirtschaftlichen ergab – das alles hat schon eine Rolle gespielt ... Der Zerfall der bürgerlichen Gesellschaft. Ein Urthema der Literatur. Ein Zerfall, der eben in den Zwanziger und Dreißiger Jahren so sichtbar war, daß er für mich ohne große ideologische Vorbereitungen zum Thema wurde.«[46]

Identifizierung mit dem Los der Familie; bis in Details hinein ist Bölls späteres Leben dadurch geprägt worden. Die Familie hielt zusammen. Je größer die äußere Bedrohung wurde, um so stabiler wurde diese Basis: die Familie. Damals, mit der Weltwirtschaftskrise, entstand in der Familie auch ein Empfinden für Anarchismus, »Anarchismus als eine immanente

Verachtung bürgerlicher Formen. Das ging bis in die Kleidung hinein. Deshalb sträube ich mich heute dagegen, wenn man Anarchisten und Terroristen gleichsetzt ... Dieser anarchistische oder fast anarchische Zug war damals sehr stark, es war kein reiner Trost mehr, es war nur ein Sich-durchschlagen von Tag zu Tag. Ein Zustand der permanenten Improvisation, wo gar keine Regelmäßigkeit und Ordnung – auch im kleinbürgerlichen Sinne – mehr möglich war und ist.«[47] Er könne sich nicht erinnern, hat Böll erzählt, daß es damals auch nur einen Monat gegeben habe, in dem man sicher gewesen sei, die Miete bezahlen zu können. Immer wieder die Angst: »jetzt müssen wir wieder raus oder werden rausgeschmissen.«[48] Die Sehnsucht nach bürgerlichem Leben, wenn sie in der Familie überhaupt noch ausgeprägt war, hat man damals verloren; entstanden ist vielmehr eine rigorose Ablehnung aller bürgerlichen Formen, »etwas, das ich ohne jede Einschränkung proletarisch nennen würde, bei gleichzeitiger sehr hoher Sensibilität gegenüber allen politischen Vorgängen.«[49]

In diesen Zusammenhängen muß die Entwicklung seines Wertsystems interpretiert werden, an dem er bis in die Gegenwart hinein festgehalten hat. Bejahung der einfachen Dinge. Werte wie Wohnen, Essen, Schlafen, Trinken, Lieben und so fort, all solche elementaren Werte und Bedürfnisse hat er in seinem Werk in den Vordergrund gestellt – »... es liegt an meinem Schulweg ... solche Dinge, die Sie als Kind sehr beeinflussen, der durch die vulgärsten und plebejischsten Viertel Kölns führte, neun Jahre lang ... an meinen Eindrükken von dieser Stadt ..., die eine sehr vulgäre Stadt ist, mit der Qualität und dem Negativen des Vulgären, und möglicherweise auch mit der Erfahrung, mit einer sehr plebejischen Erfahrung, daß Essen und Trinken und sehr elementare Dinge – die Miete bezahlen können, die Schuhe besohlen können, sich Schuhe kaufen können – ungeheuer wichtige Dinge sind.

Das ist eine Frage der Erfahrung, die bis heute anhält, obwohl ich mir jederzeit ein Paar Schuhe kaufen kann ... Das ist sehr merkwürdig; diese Dinge bleiben; es bleibt der Triumph über jedes Frühstück, das wir wirklich sicher haben ... Und wenn Sie das plebejisch nennen, dann bin ich einverstanden«[50] – Werte, die in der westdeutschen Nachkriegsgesellschaft als solche immer weniger erkannt wurden. Bölls ungeheurer Erfolg ist aber wohl auch darauf zurückzuführen, daß er sich gerade mit diesen elementaren Dingen beschäftigt hat. Sein Werk gewährt eben keine komplizierten psychischen Genüsse für ausschließlich ästhetisch Interessierte, sondern er hat sich mehr darum gekümmert, wie die Leute wohnen, wie sie ihr Geld verdienen und wie es ihnen wieder weggenommen wird. Ihre alltäglichen, sie bestimmenden Probleme haben die Leute in seinem Werk dargestellt gesehen. Stellte man eine Liste der Themen auf, die er behandelt hat, so könnte man an ihr exakt ablesen, was von 1945 bis heute in der Bundesrepublik Diskussionsstoff war. Währungsreform. Eheprobleme. Frauenemanzipation. Religion. Kommunismus. Wohnungsbau. Faschismus. Jugendschutz. Wiederaufrüstung. Heimat. Korea-Krieg. Adenauer. Sowjetunion. Kriegsgefangene. CDU. SPD. Franz Josef Strauß. Willy Brandt. Cocktail-Parties. Bankgeschäfte. Terroristen. Und so fort.

Kindheit und Heimat; als 1933 die Nationalsozialisten an die Macht kamen, wurde Bölls Kindheit und Heimat durch sie zerstört. Er war damals 15 Jahre alt. Seine Erinnerung war genau:

»Es war damals eine große Grippe-Epidemie im ganzen Reich ... und infolge dieser Epidemie waren nun auch die Schulen geschlossen, ich lag ebenfalls mit Grippe im Bett – und nachmittags kam ein Schulfreund zu mir und sagte, ach, der Hitler ist heute Reichskanzler geworden, das weiß ich alles noch ganz genau, ich lag im Bett und las. Meine Mutter hat sofort gesagt: das bedeutet Krieg ... Meine Mutter hat sehr heftig (auf Hitler, auf den Nationalsozialismus) reagiert, politisch auch, ohne jede Einschränkung; mein Vater, der größtenteils auf Aufträge von Behörden angewiesen war ..., war unserer Meinung, mußte aber, konnte natürlich nicht nach außen hin Propaganda machen. Das habe ich auch kapiert, das hatte ich auch nicht erwartet.« [51]

Auch die Erinnerung an diese Zerstörung von Heimat war für ihn immer unverlierbar:

»Sie können sich gar nicht vorstellen, was das bedeutet: Sie gehen auf der Straße spazieren, plötzlich kommt eine Kolonne SA oder Hitler-Jugend und Sie müssen sie grüßen. Was haben wir getan? Wir sind in die nächste Haustür gegangen. Wir sind regelrecht geflohen. Es war die Zerstörung der Straße als Heimat. Weil man einfach rausgehen und spazierengehen kann, guckt sich etwas an, wenn man ein paar Groschen in der Tasche hat, trinkt man einen Kaffee oder geht ins Kino ... Die Zerstörung ... ist die Konsequenz der Nazi-Aufmärsche gewesen, vor denen wir geflohen sind. Man war nicht mehr sicher auf der Straße, jetzt gar nicht im Sinne von: erschossen oder angerempelt zu werden, sondern: man mußte aufpassen, daß man nicht diesen Gessler-Hut grüßen mußte. Das ist eine sehr schneidende Zerstörung von Heimat gewesen. Gemischt mit dem visuellen und natürlich auch inneren Erlebnis von Straßen-Brutalität, wo Leute einfach zusammengeschlagen und verhaftet und weggeschleppt wurden, nicht nur Fremde, auch Freunde ...« [52]

1937 machte Böll Abitur. Normalerweise hätte er es nicht gemacht, hat er berichtet, er sei nur deshalb noch weiter zur Schule gegangen, weil die Schule relativ unnationalsozialistisch gewesen sei und insofern eine Deckung gegen Nazi- und Berufsorganisationen. Die meisten seiner Mitschüler waren zwar in der Hitler-Jugend, er aber ist nicht eingetreten, »ich hatte einfach keine Lust, es gefiel mir nicht – ganz unabhängig vom Politischen – dieses blöde Marschieren und die Uniformen ... wir waren nachher noch zwei oder drei auf der Schule, die nicht in der Hitler-Jugend waren, und die Strafe bestand darin, daß wir samstags, wenn die anderen frei hatten, das heißt also Staatsjugendtag machten, in die Schule gehen mußten. Wir haben dann die Bibliothek geordnet und so etwas; es war sehr gemütlich, keineswegs bedrückend oder belastend.« [53]

Diese frühe Zeit, Kindheit und Jugend, ist hier so ausführlich dargestellt worden, weil diese frühen Erfahrungen und Einstellungen für ihn immer lebendig geblieben sind; sie erklären, warum er später so hochempfindlich auf die Realität reagiert hat, mit ausgeprägtem Instinkt für alle politischen Ereignisse, die ihn bedrohen konnten, verletzbar aber auch. Hier lagen seine Orientierungspunkte. Diese frühen Erfahrungen und Einstellungen haben bis zuletzt seine Wert-Skala geprägt. Es ist auffallend, liest man Bölls erste veröffentlichte Erzählungen und vergleicht sie mit seinen Arbeiten aus den späten 70er, den 80er Jahren, daß er in seinen ersten Arbeiten sofort mit seiner Person unverwechselbar präsent war und daß seine frühe Identität auch seine Identität in den 60er, 70er und 80er Jahren geblieben war. Es gab nach 1945, nach Ende des Zweiten Weltkriegs, innerhalb seines Lebens und Schreibens keine großen, grundlegenden Veränderungen mehr, was seine Haupteinstellung zum Leben, zum Tod, zur Gesellschaft und zum Staat betrifft. Wie seine Entwicklung ohne Nationalsozialismus und Krieg verlaufen wäre, kann nach seinen eigenen Worten nur Hypothese sein: »... bin ich ziemlich sicher, wenn man sich auf solche Hypothesen einläßt, daß ich, wenn die faschistische Zeit nicht gekommen wäre – die natürlich auch mein politisches Bewußtsein gestört hat in reinem Reflexwiderstand –, daß ich wahrscheinlich spätestens 1936 Kommunist geworden wäre ... Bestimmt hier in dieser Stadt, aus diesem Milieu kommend, und die sozialen Verhältnisse kennend ...« [54]

Nur in einer Hinsicht hat Böll nach 1945 doch eine – auch äußerlich sichtbare – Veränderung durchgemacht. Sie betrifft sein Verhältnis zur Kirche. Nach langen Auseinandersetzungen mit der Kirche als Institution ist Böll 1977 aus der katholischen Kirche ausgetreten. Zunächst gab es eine permanente Auseinandersetzung mit der Kirche in seinen Büchern, dann auch in der Öffentlichkeit, eine Auseinandersetzung, die von beiden Seiten geführt wurde, dann weigerte sich Böll, Kirchensteuer zu zahlen, wollte jedoch nicht aus der Kirche austreten, woraufhin die Kirche sich das Geld durch den Gerichtsvollzieher holen ließ. Schließlich Bölls Austritt aus der Kirche.

Sein Verhältnis zur Religion und zur Kirche ist oft behandelt worden. Von früh an galt er als »katholischer Schriftsteller«. Er selbst hat zu Recht Wert gelegt auf die Unterscheidung: er sei ein Schriftsteller, der katholisch sei, und es könne einer katholisch sein, so wie ein Neger Neger sei. »Es ist zum Teil der Stoff, aus dem ich gemacht bin ... Material, Milieu, auch Erkenntnis ... Und mein Verhältnis zur katholischen Kirche als Institution ist vergleichbar meinem Verhältnis zum Deutschsein: ständige Spannung, ständige Ablehnung – und Wissen: doch dazuzugehören – unvermeidlich, ganz gleich, ob da irgendwelche Inhalte, Formen, Glaubensgeschichten eine Rolle spielen.«[55] Dieses Katholische bei Böll aber hat kaum je etwas Offizielles gehabt; die Schwierigkeiten, die er damit gehabt hat, sind ebenfalls wieder auf seine Kindheit zurückzuführen, seine Behandlung des Katholischen, der Kirche als Institution läßt sich vornehmlich mit seinen Erfahrungen in der Kindheit erklären. Seine religiöse Erziehung ist bestimmt gewesen durch viel Freiheit und Eigenständigkeit, die ihm seine Eltern gewährt haben. Die Eltern waren beide zwar noch streng katholisch erzogen worden; daß sie die religiöse Praxis des Jungen – und es wurde durchaus in der Familie praktiziert – aber niemals kontrolliert haben, hat Böll sich selber auch durch den Verlust einer bürgerlichen Zuversicht bei den Eltern zu erklären versucht. Er sei jahrelang nicht in die Kirche gegangen, und auch nicht zu den Sakramenten; er sei zwar nicht unreligiös gewesen, habe aber seine »Schwierigkeiten mit der Kirche und auch mit dem Drum und Dran«[56] gehabt, hat Böll berichtet. Viel spricht auch dafür, daß bei ihm Eindruck hinterlassen hat, wie sehr die Eltern unter ihrer eigenen religiösen Erziehung gelitten haben. »Meine Mutter hat uns oft erzählt, daß sie als junges Mädchen, als Kind in Düren jeden Tag zweimal in die Kirche mußte, morgens in die Messe, abends in die Andacht, und zwischendurch wurde noch der Rosenkranz gebetet, und mein Vater hat immer mit kaum verhohlener Wut über die schreckliche Tyrannei seines Vaters gesprochen, der seine Jungen zu Pilgerfahrten zwang, bei denen sie das Kreuz durch die Nacht tragen und bis in den nächsten Vormittag nüchtern bleiben mußten ... Mein Zorn oder meine Wut bezieht sich nicht nur auf meine eigene religiöse Erziehung, von der ich mich sehr schnell frei gemacht habe, ohne unreligiös zu werden, sondern auf dieses entsetzliche, auf ein paar rituelle Handlungen beschränkte religiöse Leben, dem die Generation meiner Eltern und viele Generationen vor ihnen unterworfen waren.«[57] Seine Angriffe in den 50er und 60er Jahren gegen die katholische Amtskirche als Institution, damals einer seiner Hauptgegner, sind sicher zurückzuführen gewesen auf solche frühen Erfahrungen und früh gewonnenen Einstellungen; dann auch auf sein Mißtrauen, weil die Kirche im Dritten Reich weitgehend mit den Nationalsozialisten paktiert oder zumindest geschwiegen hatte. Es kommt aber noch ein Motiv hinzu, das bisher nicht beachtet worden ist. Er sah auch durch die Kirche als Institution zerstört, was ihm wesentlich war: Familienleben; privates Leben:

»... der Kirchgang, der ja doch letzten Endes zur Tortur wurde für viele. Ich weiß nicht, ob Ihnen das so erging, Sonntag morgens ... eine sehr anti-familiäre Einrichtung ... Genau um die Zeit, wo die Familie endlich einmal zusammen ist, der Vater braucht nicht zu arbeiten, die Kinder brauchen nicht zur Schule, die Mutter könnte sich etwas entspannen, also ich erinnere mich an diese bürgerlichen Sonntagvormittage mit Schrecken, in dem Augenblick muß plötzlich alles zur Messe gehen. Das heißt, wenn einer fünf Kinder hat, muß er nachgucken, ob alle fünf saubere Hände, saubere Strümpfe, saubere Schuhe, gebügelte Hosen und die ganze Scheiße haben. Im Grunde hat die Sonntagsmesse viel mehr Familie zerstört als aufgebaut. Das ist meine Ansicht und Erfahrung, weil eine gemeinsame Mahlzeit die Familie endlich einmal versammelt, sagen wir mal, sie hätte da beim Frühstück gesessen, der Vater hätte erzählt, die Mutter und die Kinder geplaudert, man hätte Zeit gehabt an diesem einzigen arbeitsfreien Tag der Menschheit, mal wirklich sakramental zusammenzusein, mit Brot und Kaffee, Milch und Wein vielleicht, in diesem Augenblick der Schreckensschrei: wir müssen in die Messe ...«[58]

Von hier aus, scheint es, ist der Weg nicht weit in ein idyllisches Refugium; es steckt sehr viel Anti-Gesellschaftliches, Anti-Politisches überhaupt in solchen Bildern, bloßes Bedürfnis nach Ruhe und Privatheit. Aber Böll hat nach dem Krieg in seinen Büchern eben nicht eine phantastische Fluchtwelt aufgebaut – obwohl natürlich im Ansatz sehr viel Sentimentales und Idyllisches in seinen Büchern steckt –, sondern er hat mit Aggressionen reagiert, ist vor der deutschen Wirklichkeit nicht ausgewichen, sondern hat sie attackiert – warum? Nun läßt sich mit Aggressionen sicher freier und leichter schreiben. Aber das ist hier keine sehr befriedigende Antwort. Die Erklärung muß doch wohl im wesentlichen darin gesehen werden, daß letzten Endes Bölls Voraussetzungen andere waren als die etwa von Hermann Hesse, der im *Glasperlenspiel*[59] solch eine hochverschnurrte Fluchtwelt entwarf. Da ist Bölls Bildungsweg ganz anders verlaufen; seine Herkunft, vor allem seine Milieu-Herkunft, standen einer solchen schriftstellerischen Möglichkeit entgegen. Obwohl, das muß man sich dann sofort auch fragen: hat Böll auf eine andere, weniger vordergründige Weise in seinen Büchern nicht doch eine Fluchtwelt aufgebaut? In einer ausführlichen Analyse wäre zu fragen, mit welchen Schlacken von Regression und Sentimentalität bei ihm das Utopische behaftet ist und wieviel andererseits utopisch ist, sozusagen tauglich, zu einem Instrument vorwärtsweisender Kritik zu werden. Das wäre die Frage, inwieweit Bölls Begriff von Heimat utopisch ist und er selber auf diesem Utopischen des Begriffs Heimat bestand.

Exkurs I: Wie Literatur Wirklichkeit bildet

»Die bloße Nennung des Wortes Wirklichkeit löst im allgemeinen Unbehagen aus. Wirklichkeit – das klingt nach Zahnarzt, und den Besuch beim Zahnarzt schiebt man möglichst hinaus ... Der Zeitgenosse glaubt zu wissen, daß die Wirklichkeit häßlich und quälend sei, daß man sie nicht herankommen lassen darf; nah genug kommt die Wirklichkeit des Alltags, die eigenen Sorgen und Nöte in Permanenz. Wozu da noch ferne, noch fremde Wirklichkeiten an sich herankommen lassen. Aber die fremden Wirklichkeiten sind nur scheinbar fremd, und die fernen sind nur scheinbar fern. Es gibt nichts, was uns nichts angeht, das heißt positiv: alles geht uns etwas an.«[60]

So beginnt ein 1953 geschriebener Aufsatz Bölls über den *Zeitgenossen und die Wirklichkeit*[61]. Es ist einer seiner wenigen direkt programmatischen Texte. Böll erläutert darin sein Verhältnis zur Wirklichkeit; und zur Literatur; und das Verhältnis zwischen Literatur und Wirklichkeit, so wie er es sieht. Dieser frühe Aufsatz gewinnt Bedeutung vor allem dadurch, daß Böll hier zu erklären versucht, wie Literatur die Wirklichkeit überhaupt erst bildet, indem sie Bilder von ihr entwirft. Literatur, heißt das, hat die Wirklichkeit nicht abzubilden, das ist oft auch gar nicht möglich, weil die Wirklichkeit meist unsichtbar ist, die heutige aktuelle Wirklichkeit sich erst morgen und übermorgen zeigt; aber die Literatur ist ein Medium, das diese Wirklichkeit, die wir im Leben erst morgen oder übermorgen einholen, bereits heute sichtbar machen kann, und zwar auf dem Umweg über die Phantasie. Ja die Wirklichkeit, dies ist die Hauptthese des Aufsatzes, kann überhaupt nur erkannt werden, wenn unsere kritische Vorstellungskraft sich in Bewegung setzt, »eine Kraft, die uns

befähigt, uns ein Bild zu machen«[62]. Diese These veranschaulicht Böll an zwei Beispielen:
Er erzählt von den kleinen schwarzen Punkten inmitten einer riesigen grünen Fläche, zu sehen auf dem Schulatlas: Rußland, Sibirien, die Taiga, in der Nähe das Eismeer; diese grünen, öde erscheinenden Flächen würden erst wirklich, sagt Böll, wenn man darüber lese, daß es das Land mit der niedrigsten Temperatur sei, 70 Grad unter Null, daß dort in einem Strafgefangenenlager die Sterblichkeit jährlich zwanzig bis fünfundzwanzig Prozent betrage – und daß diese Wirklichkeit »bis in unser Haus reicht«[63]: daß der Mann, der in der unteren Wohnung wohnte, möglicherweise dort »lebt«[64].
Bölls zweites Beispiel ist die Geschichte von den japanischen Fischern, die bei Atomversuchen verseucht wurden; die Geschichte lief monatelang durch die Presse, die Fischer, und was mit ihnen geschah, das sei »aktuell«[65] gewesen. Was aber an diesem Tag »wirklich«[66] geschehen sei, werde kaum offenbar: »der Regen, der auf uns herabfällt, die Luft, die wir atmen, sie können diesen neuen Tod enthalten. Der Bäcker kann uns – ohne es zu ahnen – diesen neuen Tod ins Brot kneten, der Briefträger kann ihn mit der Post ins Haus bringen.«[67]
Wert legt Böll also vor allem auf diese Unterscheidung zwischen Aktuellem und Wirklichem. Das Aktuelle sei dabei der Schlüssel zum Wirklichen. »Jene, die das Aktuelle für das Wirkliche halten, sind oft sehr weit entfernt, das Wirkliche zu erkennen. Ein sehr weit vom Aktuellen entfernter, irgendein kurzsichtiger, zerstreuter Mann, der die Karikatur eines Professors abgeben könnte – er kann der Wirklichkeit näher sein als jener, der mit hängender Zunge hinter dem Aktuellen herrennt und es für das Wirkliche hält ...«[68]
»Die Wirklichkeit wird uns nie geschenkt«, heißt es an anderer Stelle in diesem Aufsatz, »sie erfordert unsere aktive, nicht unsere passive Aufmerksamkeit. Geliefert werden uns

Schlüssel, Ziffern, ein Code – es gibt keinen Passepartout für die Wirklichkeit: Bücher, Tatsachen, sie sind immer nur – sind es bestenfalls – Teile von oder Schlüssel zu Wirklichem, sie öffnen Wirklichkeiten, wie man Türen zu Gebäuden öffnet, damit der Eintretende sich darin umsehe ... Das Wirkliche liegt immer ein wenig weiter als das Aktuelle.«[69] Das ist das eine. Das andere:

Die Wirklichkeit bewegt sich, sagt Böll. Er gebraucht das Bild vom fliegenden Vogel, »vor«[70] den man schießen muß, um ihn zu treffen, und bezeichnet damit auch die Aufgabe und die Arbeit des Schriftstellers: nicht die Aktualität abzubilden ist seine Aufgabe, sondern realistisch ist ein Blick auf die Welt und die Wirklichkeit, der auch Visionen in sich aufnimmt und auf die Gesellschaft projiziert; ein realistischer Schriftsteller wäre demnach jemand, der eine Gesellschaft nicht in ihrer gegenwärtigen Aktualität beschreibt, sondern mittels seiner Phantasie, seiner kritischen Vorstellungskraft zu zeigen versucht, wohin diese Gesellschaft – so wie sie sich im Augenblick zeigt, agiert, reagiert – treiben, wie sie morgen, übermorgen aussehen könnte. Der realistische Schriftsteller als der Jäger, der die Entwicklung einer Gesellschaft vorauszuberechnen versucht, indem er von ihrer Aktualität ausgeht; der aber eben »vor« den Vogel schießen muß, um ihn im Flug zu treffen; das Buch eines realistischen Schriftstellers hätte demnach nicht auf die aktuelle gegenwärtige Gesellschaft zu zielen, sondern einen Zustand zu beschreiben, den die Gesellschaft auf ihrem Wege noch nicht erreicht hat, aber erreichen wird, wenn bestimmte Entwicklungen, die in der Aktualität zu beobachten sind, nicht in eine andere Richtung gelenkt werden. Der realistische Schriftsteller also als der seine Zeit kritisch kommentierende Beobachter, mit dem Augenmerk dafür, welche Wirklichkeit – bedrohlich oder nicht – hinter dem Aktuellen sichtbar wird. Das Wirkliche, sagt Böll, »ist«[71] phantastisch – »aber man muß wissen, daß unsere menschliche Phantasie sich innerhalb des Wirklichen bewegt«[72]. Böll vergleicht den Zeitgenossen mit einem Reisenden, der auf dem Heimatbahnhof in einen Zug steigt und in die Nacht hinein zu einem ihm unbekannten Ziel fährt, dessen Entfernung ihm ebenso unbekannt ist: »Im Dunkeln wird der Reisende oft aus halbem Dösen aufschrecken und aus dem Lautsprecher eines unbekannten Bahnhofes die Stimme des Ansagers vernehmen, der ihm sagt, wo er sich gerade befindet: es werden ihm Namen genannt, die er nicht kennt, die ihm unwirklich erscheinen, Namen aus einer fremden Welt, die nicht zu existieren scheint: ein phantastischer Vorgang, der aber absolut wirklich ist.«[73]

Das sind sehr plausible Bilder. Das ist, alles in allem, ein modernes Konzept eines realistischen Schreibens, und es wäre zugleich der Maßstab, der an Bölls Bücher angelegt werden müßte. Ist es ihm gelungen, die Realität der bundesdeutschen Gesellschaft vorausschauend zu erkennen? Mit solcher Frage im Hintergrund gewinnt die Lektüre gerade seiner ältesten Arbeiten besonderen Reiz.

Zugleich wird eine der Hauptthesen dieses Buches – daß Böll schrieb, um seine Kindheit zu verteidigen und zu konservieren, daß die Kindheit sein Protestpotential war, daß das von ihm noch erlebte alte Modell der Familie perspektiven-weisend wurde, daß seine positive Identifizierung mit der Kindheit ihm den Blickpunkt gegeben hat für seine Kritik an der gegenwärtigen modernen, industrialisierten und bürokratischen Welt – diese Hauptthese wird auch gerade durch diesen Aufsatz aus dem Jahr 1953, durch Bölls darin erklärtes und gefordertes Verhältnis zur Realität gestützt. Gleich zu Anfang des Aufsatzes heißt es:

»Die Wirklichkeit ist wie ein Brief, der an uns gerichtet ist, den wir aber ungeöffnet liegenlassen, weil die Mühe, ihn zu öffnen, uns lästig ist – oder weil uns die Vorstellung quält, der Inhalt könne unerfreulich sein ... Die Wirklichkeit ist

eine Botschaft, die angenommen sein will – sie ist dem Menschen aufgegeben, eine Aufgabe, die er zu lösen hat.«[74]
Auf den archaischen Charakter dieser Vorstellung hat bereits Dieter Wellershoff hingewiesen: daß jeder Mensch seine besondere Aufgabe gestellt bekommt, er den Brief öffnen kann oder nicht, also, wie Wellershoff diese Vorstellung kommentiert, auszuweichen und damit seine Existenz zu verfehlen oder die ihm zugewiesene Last zu übernehmen.[75] Wellershoff schreibt: »Ich glaube, daß nicht mehr sehr viele Menschen das heute sehen können. Die Lebenspakete, die sie erhalten, sind zu unpersönlich und auswechselbar, als daß die Vorstellung einer persönlichen Berufung sich noch damit verbinden könnte.«[76] Der Hinweis auf die so ganz andere Lebensrealität heutiger Menschen – daß ihr Leben unpersönlicher verläuft, sie morgens auf immer demselben Weg ins Büro fahren, dort eine anonyme, spurenlose Arbeit verrichten, abends wieder auf demselben Weg nach Hause fahren, dort immer dieselben Gesichter sehen, immer dieselben Redewendungen gebrauchen, am Wochenende immer dieselben Ausflüge machen – der Hinweis auf diese ganz andere Lebensrealität heutiger Menschen spricht aber keineswegs gegen Bölls Vorstellung. Wellershoff hat es als das Privileg und die Bürde des Schriftstellerberufes bezeichnet, das so sehen zu können wie Böll, »und das ist wohl auch die Voraussetzung dafür, daß ein Schriftsteller Autorität gewinnt. In dem Maß nämlich, in dem er den ihm bestimmten Text entziffert hat, kann er auch für andere sprechen. Was ihn dabei legitimiert, ist die erreichte und allen sichtbare Authentizität.«[77]

Worin noch niemand war: Heimat

Schreiben als Verteidigung und Konservierung der Kindheit; man kann das sehr verschiedenartig bewerten, und der Exkurs über Bölls Verhältnis zur Realität, seine Überlegungen zu einer realistischen Wahrnehmung von Wirklichkeit, die in sich visionären Charakter hat, kann eine erste Bewertung erleichtern. Auf keinen Fall, das sei vorweg gesagt, kann die Alternative zum »Kind-bleiben« heißen: »Erwachsen-werden«. Theodor W. Adorno hat hier von der »schmählichen Alternative«[78] und von der »Lebensfrage des Intellektuellen«[79] gesprochen. Ebenso hat Jürgen Habermas das Problem wiederholt aufgegriffen, unter anderem in seinem Adorno-Porträt. »Gewiß beschränken die Spuren der Anstrengung, durch die Autonomie erworben wird, den Blick«, schreibt Habermas darin; »und ein Stück Infantilität macht auch sehend, verbürgt jedenfalls Glück. Nicht zufällig gilt ja die Erwachsenheit, die ihre Kindheit festzuhalten vermag, als das Geheimnis des Genies. Wo aber dieses Ingenium selbst zur Utopie gehört; wo objektive Verhältnisse es verhindern, im Erwachsenen das Kind zu erhalten, während doch beides zusammenzubringen nach wie vor gefordert ist, kann vielleicht eine beschwichtigende Regression die Barrieren der beschränkten Mündigkeit, um einer erhärteten Autonomie willen, überwinden.«[80]
Im Falle Bölls haben die objektiven gesellschaftlichen Verhältnisse es verhindert, daß er aus seiner Kindheit herauskommen konnte, er wollte es auch nicht, eben weil die Umwelt von vornherein disqualifiziert war. Und das Schreiben nun als Verteidigung und Konservierung der Kindheit, gesehen im Zusammenhang mit dieser Lebensfrage des Intellektuellen, mit dieser »schmählichen Alternative« – wie soll man das bewerten?

Die Enge, die Bölls Bücher auch ausdrücklich einkreisen, diese einfache Wahrheit, die in all seinen Arbeiten steckt, ist hauptsächlich darauf zurückzuführen, daß er sich immer geweigert hat, die Welt einmal losgelöst von sich selber zu sehen. Zu diesem »kalten Blick« auf die Welt und die Dinge war er immer unfähig; bei ihm war der Blick immer durchsetzt von seiner ganzen Person, von seinen frühen Erfahrungen und Einstellungen, wozu er sich auch äußerte, ob zu seinem eigenen Schreiben, ob zu einem Schriftstellerkollegen wie Ernst Jünger, ob zur Sexualität oder zur Prostitution, ob zum Geld oder zum Militär – immer handelte es sich um ganz persönliche Äußerungen.[81] Er konnte nicht objektivieren, wollte das vor allem auch gar nicht, er konnte auch seine eigene Position nicht beurteilen, genauso wie sich ihm das Thema Kindheit, das Thema Eltern einer Beurteilung entzog. Ideologische Strukturen bestimmten seine Perspektive, deutlich wird das vor allem in seinen frühen Arbeiten, in denen stets genau unterschieden wird zwischen Gut und Böse, zwischen Freund und Feind. Es gibt von ihm dieses bezeichnende Bild von den Büffeln und den Lämmern, ein dualistisches Weltsystem. Insofern war Böll als Schriftsteller auch kein traditioneller Realist, wie es immer heißt, das ist das größte Mißverständnis, das seinem Werk entgegengebracht worden ist; er war höchstens traditioneller Milieurealist innerhalb dieser ideologischen Strukturen, in der Beschreibung des Milieus um seine positiven Romanfiguren herum. In der Darstellung seiner Gegner war er überhaupt kein Realist. In den großen Zügen der Bewertung war er ein Satiriker. Was nicht ausschließt, daß auch ein Satiriker die Welt momentweise realistisch darstellen kann, ganz im Verständnis von Bölls eigenen Vorstellungen eines realistischen Schreibens.

Es gibt eine andere, ergänzende Sicht der Dinge. Denn man muß sich ja auch fragen, ob und inwieweit Böll recht hatte. Es ist die Erfahrung eines nicht-entfremdeten Lebens, die er schreibend aus seiner Kindheit herüberholte, und sollte eine solche Erfahrung nicht erhalten bleiben? Was einmal als Kommunikationsmodell brauchbar war, warum sollte das total, ohne jede weitere Überprüfung, verworfen werden? Es gibt vor allem im Ausland, in Frankreich, auch in Italien eine Tradition, die Böll mit fortgeschrieben hat. In Frankreich gibt es für sie die Bezeichnung »Souvenirs d'enfants«: Kindheitserinnerungen. Proust, Pavese, auch Fellini oder Carlos Saura in ihren Filmen führen solche Kindheitserinnerungen vor; viele andere Autoren ließen sich nennen, fast jeder bedeutende Schriftsteller hat irgendwann seine souvernirs d'enfants aufgeschrieben, Rousseau, Flaubert, Malraux, Sartre, Sollers oder Claude Simon. Vielleicht kommt es nicht von ungefähr, daß gerade in diesen Ländern die Menschen immer widerstandsfähiger gewesen sind gegen alle Rationalisierungen des Lebens; auch gegen politische Strömungen wie den Faschismus. Böll selber hat einmal ein Beispiel genannt: nach vierzig Jahren Franco-Diktatur, nach vierzig Jahren Faschismus haben die Spanier eine Uralt-Kommunistin, als sie nach vierzig Jahren aus dem Moskauer Exil nach Madrid zurückkehrte, anständig und höflich begrüßt; der demokratischen Tradition in Spanien, dem grundlegenden Empfinden für demokratischen Umgang miteinander, hat auch eine Franco-Diktatur nicht allzu viel anhaben können. Während man im deutschen Bundestag 1949 gleich in den ersten Sitzungen begonnen hat, sich gegenseitig zu diffamieren. Möglicherweise – dies muß hier aus Platzgründen ungesicherte Annahme bleiben – gibt es da einen Zusammenhang: zwischen dem Verlauf der politischen Geschichte eines Landes und der Existenz dieser individuellen und auch kollektiven souvenirs d'enfants. Gerade in der westdeutschen Nachkriegsgesellschaft sah Böll Tendenzen, die lebensfeindlich und gar lebensverachtend sind:

»Ich glaube, es ist wirklich fast eine deutsche Tragödie, daß

wir alles lernen, zu Hause oder auch in der Schule – aber leben lernen wir nicht. Die Freude am Leben, am Alltäglichen, etwa am Frühstück, ist schon wieder verdorben durch irgendwelche Hintergedanken, die man hat: was machst du heute, was mußt du alles tun? Daß das Leben also als solches kaum als Wert erkannt wird, und damit auch nicht das gemeinsame Leben oder das Zusammenleben; daß immer alles einen höheren Sinn haben muß, und wenn er auch im abstrakten Geldverdienen besteht ... Das Leben als solches ist deformiert. Ich habe den Eindruck, daß das zum Beispiel in Frankreich anders ist, auch in Italien, auch in England. Natürlich müssen die Leute dort auch arbeiten, sie müssen auch, sagen wir: kämpfen; aber sie leben mehr von einem Tag zum anderen, nicht ständig beschäftigt mit der Sicherung einer Zukunft, die ohnehin niemand kennt. Ich werfe das den Deutschen jetzt gar nicht vor. Denn das liegt an und in ihrer Geschichte: sie waren ja immer ein sehr armes Volk, immer verunsichert, immer in Kriege verwickelt, immer wieder verarmt nach Kriegen, das ist also alles keine Frage der Schuld oder der Unschuld ... Die Aggressivität entsteht eben, weil man zum Leben selbst, zu diesen elementaren Dingen immer mehr das Verhältnis verliert.«[82]
Es mag Leute geben, die die Werte, an denen Böll festhielt, altmodisch nennen – Werte wie konkrete nachbarschaftliche Menschlichkeit statt Anonymität, Liebe statt Sexualität, Wahrheit statt Eloquenz – jetzt einmal abgesehen davon, was Böll unter Liebe oder Wahrheit verstand und was darunter verstanden werden müßte –, aber andererseits muß man sich auch fragen, ob Bölls Standpunkt nicht ein ganz moderner und aktueller ist, ob vieles von dem, was er vertrat, nicht wirklich bewahrt werden muß in einer Zeit, in der alles kaputt geht, Bildung, Erziehung, Natur, wo das Leben in den Städten durch Technik und Verwaltung zerstört wird. Wo gibt es das heute noch: das Herumschweifen, das Tagträumen, aus

dem nach Ernst Bloch alles nach vorn drängende Leben entsteht? Wer kann sich heute noch ein Tagträumen leisten, wo bis in die kleinsten Bereiche das Leben durchrationalisiert und geplant ist, wer kann sich überhaupt noch eine verspielte Kindheit und Jugend leisten, wo bereits ein sechsjähriges Kind in der Schule unter Leistungsdruck steht? Alles ist darauf angelegt, gleichgeschaltet zu werden. Die Biographie jedes einzelnen wird zunehmend von außen, von der Gesellschaft gesteuert. Da liest sich Bölls Werk als Vorschlag, neu zu disponieren. Da bekommt das, was er selber seine »Fortschrittsfeindlichkeit«[83] nannte, eine eminent fortschrittliche politische Dimension:

»Wenn Sie es genau betrachten, war die Vernichtung der Juden in Europa und Deutschland eine ungeheure fortschrittliche Sache. Diese exakte Verwaltungsarbeit, die dazu gehörte, ja?, war eigentlich eine Vorwegnahme des Computers ...Wie das funktioniert hat, geklappt hat, von der letzten Armbanduhr eines jüdischen Mädchens in, was weiß ich, Osnabrück oder Köln-Ehrenfeld bis zur Ermordung in Auschwitz, das kann man auch als fortschrittlich bezeichnen, weil es so geklappt hat, so im Grunde rationell war mit einem irrationalen Hintergrund. In dem Sinne bin ich permanent fortschrittsfeindlich.«[84]

Schreiben als Verteidigung und Konservierung von Kindheit; ich möchte vorschlagen, die vielen möglichen, verschiedenartigen Interpretationen zusammen im Auge zu behalten. Beschränkungen sind in solchem Schreiben, aber auch, zum Beispiel, große Möglichkeiten humaner Nähe – und zwar gleichzeitig. Man kann Böll zwar vorhalten, die Welt nicht losgelöst von sich selber gesehen zu haben, nicht emotionslos, und daß sein Blick auf die Welt und die Dinge immer vermengt war mit seinen bloßen Kindheits- und Jugenderfahrungen, daß er die Welt folglich auch nie vorurteilsfrei, das heißt nicht kalt anschauen konnte, indem er etwa fragte, ob beständiges Glück für alle nicht überhaupt undenkbar sei. Aber was ist diese Kälte? Adorno hat Kälte »das Prinzip der bürgerlichen Subjektivität genannt, ohne das Auschwitz nicht möglich gewesen wäre« (Habermas[85]). Adorno hat, so Habermas, »noch in der unverdächtigsten Normalität erkaltete Lebendigkeit dechiffriert. In diesem zur Virtuosität ausgebildetem Spürsinn bekundet sich nicht der böse Blick des Misantrophen, sondern ein Stück nicht entäußerter, stets aufstörbarer und immer wieder betroffener Naivität[86]«. Solche nicht entäußerte, stets aufstörbare und immer wieder betroffene Naivität hat auch Böll in den letzten vierzig Jahren immer wieder gezeigt. Es ist sehr kompliziert: aus seinen Büchern kann man etwas anderes herauslesen, als was den Autor zu Beginn, nach 1945, motiviert hat, hineinzuschreiben. Am Anfang stand unzweifelbar der Protest dagegen, daß ihm das private Leben zerstört worden ist, und allen Arbeiten Bölls, bis in die Gegenwart hinein, haftet etwas von der Sentimentalität an, die sich in solchem Bedürfnis nach bloßer Ruhe und Privatheit immer verbirgt. Doch seine Forderung nach einem bewohnbaren Land, das wie private Idylle erscheint, ist mit den Jahrzehnten zu einem immer politischeren Programm geworden, und so stellen am Ende die Bücher, zusammen genommen, doch auch noch etwas anderes dar, nämlich sehr deutlich (auch politisch gemeinten) Protest gegen das, was Adorno alles in dem Wort Kälte zusammengezogen hat. Das war eine der Grundüberzeugungen Adornos, die auch Bölls Bücher, manchmal bewußt, manchmal unbewußt, ausdrükken: »Die Gesellschaft in ihrer gegenwärtigen Gestalt – und wohl seit Jahrtausenden – beruht nicht, wie seit Aristoteles ideologisch unterstellt wurde, auf Anziehung, auf Attraktion, sondern auf der Verfolgung des je eigenen Interesses gegen die Interessen aller anderen«, schreibt Adorno. «Das hat im Charakter der Menschen bis in ihr Innerstes hinein sich niedergeschlagen. Was dem widerspricht, der Herdentrieb der sogenannten lonely crowd, der einsamen Menge, ist eine Reaktion darauf, ein Sich-Zusammenrotten von Erkalteten, die die eigene Kälte nicht ertragen, aber auch nicht sie ändern können. Jeder Mensch heute, ohne Ausnahme, fühlt sich zu wenig geliebt, weil jeder zu wenig lieben kann. Unfähigkeit zur Identifikation war fraglos die wichtigste psychologische Bedingung dafür, daß so etwas wie Auschwitz sich inmitten von einigermaßen gesitteten und harmlosen Menschen hat abspielen können. Was man so ›Mitläufertum‹ nennt, war primär Geschäftsinteresse: daß man seinen eigenen Vorteil vor allem anderen wahrnimmt und, um nur ja nicht sich zu gefährden, sich nicht den Mund verbrennt. Das ist ein allgemeines Gesetz des Bestehenden. Das Schweigen unter dem Terror war nur dessen Konsequenz. Die Kälte der gesellschaftlichen Monade, des isolierten Konkurrenten, war als Differenz gegen das Schicksal der anderen die Voraussetzung dafür, daß nur wenige sich regten. Das wissen die Folterknechte, auch darauf machen sie stets erneut die Probe.«[87]

In solcher Welt ist jemand, der sich an eine glückliche und relativ heile Kindheit erinnert, immer ein Demonstrant, auch wenn die Demonstration so eindeutig für den, der sich da erinnert, selber nicht ausfällt: »Die Wirklichkeit des Augenblicks ist die Vergänglichkeit, die unsere Kinder mit so beneidenswerter Intensität genießen, daß sie ihnen ewig erscheint, ohne Ende im Schmerz und ohne Ende in der Freude«, schreibt Böll in seinem Aufsatz über den *Zeitgenossen und die Wirklichkeit*: »Gras und Wind, Wasser und der Ball – und die grell gefärbte Zuckerstange – die Ewigkeit des buntbemalten Luftballons ... Das ist die Verzauberung durch die Zeit, der wir uns hingeben können, wissend, daß wir die Schule schwänzen, und wissend, daß es herauskommen wird – während die Kinder noch glauben dürfen, daß es nicht herauskommt: daß die grellgefärbte Zuckerstange ewig, der Luftballon unsterblich und die Kirmes eine Dauereinrichtung sei.

Aber die Zuckerstange wird dahinschmelzen, der Luftballon wird platzen oder davonfliegen, und die Kirmes wird abgebrochen. Wir wissen es und sind damit der Wirklichkeit ausgeliefert, sind es von jenem uns bekannten Punkt an, wo wir aufhören, Kinder zu sein. Wir müssen den Brief öffnen, die Aufgabe zu lösen versuchen.«[88]

Im verborgenen Netzwerk des Textes bestehe natürlich eine Verbindung zwischen dieser Zuckerstange und dem dann nicht mehr aufschiebbaren Zahnarztbesuch, so hat Dieter Wellershoff über Bölls Aufsatz philosophiert: »Mit leisem, unausdrücklichem Humor sind diese Verkörperungen des Lust- und Realitätsprinzips, wie Freud es sagen würde, aufeinander bezogen, und der Humor zeigt sich als das seelische Klima angstfreier Einsicht in die unvermeidbaren Widersprüche, zwischen denen unser Leben sich abspielt. Humor ist ein Gewinn des Erwachsenseins, der den notwendigen Illusionsverlust, der mit dem Erwachsensein verbunden ist, in etwas Positives verwandelt hat, nämlich in Erkenntnis und Verstehen. Gerade die erweiterte Realitätskenntnis ermöglicht das freundliche, duldende Verstehen der Ausflüchte, Illusionen und Träume, in denen das kindliche Lustverlangen auch der Erwachsenen sich bergen möchte, um nicht zusammenzusinken in Depression und Verzweiflung. Immer wieder muß es dieses Atemholen geben, das ›Schuleschwänzen‹, den Rückzug, das Tagträumen, das Spiel. Der Humor weiß das und billigt es, denn er weiß auch, idyllische Asyle sind unhaltbar und werden gekündigt werden, und dann kommt der Punkt, wo der Zusammenbruch droht oder aus einer Schwäche eine Stärke werden muß, der Humor weiß das aus Erfahrung, und das macht seinen Realismus human. Er hält in sich eine gute Erinnerung an die Kindheit wach, ganz im Gegensatz zu den vielen trostlosen und verbitterten Erwachsenen, die im Erwachsenwerden nichts gewonnen, sondern nur verloren haben, und die nun aus Haß alles verfolgen, was den starren

Normen ihrer eigenen Anpassung widerspricht. Der Humor ist das Gegenteil solcher Abgrenzung. Er nimmt auch das Abseitige, Verquere, Mißlungene, Unreife in seinen Blick auf. Und weil er zugibt, daß er zur Wirklichkeit des Menschen gehört und zuläßt, daß das Normwidrige die Norm kritisiert, öffnet er neue Möglichkeiten seelischen Wachstums und geistigen Verstehens. Humor, so verstanden, ist eine Kraft der Synthese, aber keine Harmonisierungstendenz, wie jener goldene Humor, der eine falsche Beruhigung, eine faule Versöhnung mit dem Schlechten erstrebt. Der realistische Humor richtet sich nicht ein, er neigt sich verstehend dem Individuum zu, aber er gibt sich nicht zur Verklärung der Verhältnisse her. Er wurzelt ja im Realismus, das heißt in dem Bestreben, die Wirklichkeit ohne den Schutz angenehmer Täuschungen und Lügen wahrzunehmen und wenn möglich, entsprechend darauf zu antworten.«[89]

So plausibel die Überlegungen Wellershoffs sind, als eine Sache für sich, so beschreiben sie doch nicht Bölls wesentliche Antriebsquelle. Ich möchte den Akzent an einer entscheidenden Stelle anders setzen. Das Freudsche Lust- und Realitätsprinzip sind bei Böll eben nicht mit »leisem, unausdrücklichem« Humor aufeinander bezogen, die »unvermeidlichen« Widersprüche, zwischen denen unser Leben sich abspielt, sind in Bölls Büchern nie akzeptiert worden. Blickt man auf die schriftstellerische Entwicklung Bölls, auf seine Fortschreibung, so wird als Thema erkennbar, daß Böll gerade an der Beseitigung dieser Widersprüche arbeitete, er hat sie nie als »unvermeidbar« hingenommen, sondern als Ergebnis gesellschaftlicher Entwicklungen begriffen. Ich möchte folgende These aufstellen: Bölls Protestpotential bezog die Energien aus der Sehnsucht nach einem Zustand, in dem das Lust- und Realitätsprinzip wieder miteinander versöhnt sind, und diese Position definierte ihn auch als utopischen Schriftsteller: seine Literatur fordert das geltende Realitätsprinzip

heraus, indem sie auf das Lustprinzip setzt, also die Verteidigung der Kindheit, und dieses geltende Realitätsprinzip wird nun nicht nur politisch angegriffen.
Natürlich ist dies vor allem ein politisches Problem, und ich habe die Bewertung von Bölls Schreiben als Verteidigung der Kindheit bisher auch ausschließlich politisch ausgerichtet – aber nur, um dadurch so deutlich wie möglich machen zu können, daß man dieses Denk- und Beschreibungsmodell »Verteidigung der Kindheit« auch benutzen kann, um Bölls Ästhetik, die literarische Arbeit des Schriftstellers Böll, seine ästhetische Reaktion auf die politisch-gesellschaftlichen Entwicklungen, wie er sie erlebt hat, charakterisieren zu können. Denn diese ersehnte Versöhnung zwischen Lust- und Realitätsprinzip ist zwar vornehmlich ein politisches Problem; aber zu lösen ist es wohl nur auf dem Wege der Ästhetik – das war der Vorschlag Friedrich Schillers, und Böll hat ihn in seinem Werk aufgegriffen. Wenn Böll etwa den Begriff des Spiels gebraucht und ihn stellt gegen Begriffe wie Dienst oder Leistungsprinzip, dann kann man parallel dazu die philosophischen Arbeiten Schillers lesen, dessen Wunschträume »Spieltrieb« – »Schönheit« – »Freiheit« sich auch als Bölls Utopien ausmachen lassen, die ebenso einen wesentlichen Teil seiner ästhetischen Praxis bestimmt haben. Schillers ästhetisches Konzept beruht unter anderem auf der Vorstellung, der Mensch könne nur auf spielerische Art Freiheit erlangen und die Entfremdung überwinden. Nicht von ungefähr kommt dieser Begriff Entfremdung aus der Romantik, Schiller und Novalis haben ihn gebraucht und später Hegel. Schillers Kritik gründet auf der Einsicht, daß die beginnende entfremdete industrielle Arbeit das Spiel des Menschen mit seinen Möglichkeiten verhindert. »Der Genuß«, schreibt Schiller, »wurde von der Arbeit, das Mittel vom Zweck, die Anstrengung von der Belohnung geschieden. Ewig nur an ein einzelnes kleines Bruchstück des Ganzen gefesselt, bildet sich

der Mensch selbst nur als Bruchstück aus; ewig nur das eintönige Geräusch des Rades, das er umtreibt, im Ohr, entwickelt er nie die Harmonie seines Wesens, und, anstatt die Menschheit in seiner Natur auszuprägen, wird er bloß zu einem Abdruck seines Geschäfts, seiner Wissenschaft.«[90] Diese Diagnose hat Böll bestätigt, wogegen Schiller protestiert, dagegen hat auch er protestiert, genau dagegen. Nicht von ungefähr war Bölls Fortschreibung in den 60er Jahren bei Romanen angelangt, die sich mit dem Thema Kunst und Künstler auseinandersetzen, bei den *Ansichten eines Clowns*[91] oder der Erzählung *Ende einer Dienstfahrt*[92]; darin wird ein Bundeswehr-Jeep verbrannt in einer Happening-Aktion. »Eine riesige Organisation, deren Sinn in der Produktion absurder Nichtigkeiten, fast des totalen Nichts besteht – Absurdität einer leerlaufenden Verwaltung unaussprechlicher Langeweile«[93] – diese Stichwörter kennzeichnen die Lebenserfahrungen des Gefreiten Gruhl, der eine Dienstfahrt benutzt, um seinen Vater aufzusuchen; gemeinsam machen sie dann das Happening. »Um diese Zeit dachte ich besonders über die Tatsache nach, daß die komplette Nettigkeit der Gesellschaft der Kunst gegenüber ja nichts anderes als eine Gummizelle ist ... Daß Kunst, also auch Happening, eine, vielleicht die letzte Möglichkeit sei, die Gummizelle durch eine Zeitzünderbombe zu sprengen[94]«, so hat Böll später seine Motivation erklärt. Es ist ein romantisch-anarchistischer Impuls, der hinter seinen Protestvorschlägen steht.

»Der Spieltrieb könnte, würde er tatsächlich als Kulturprinzip Geltung gewinnen, die Realität im wahrsten Sinne des Wortes umgestalten.«[95] Zu dieser Einschätzung ist Herbert Marcuse gekommen in einer Arbeit über das ästhetische Konzept Schillers. »Die Natur, die objektive Welt«, meint Marcuse, »würde dann nicht mehr in erster Linie als den Menschen beherrschend erfahren (wie in der primitiven Gesellschaft) noch als etwas, das vom Menschen beherrscht wird (wie in unserer Welt), sondern vielmehr als ein Gegenstand der ›Betrachtung, der Reflexion‹. Mit dieser Veränderung der grundlegenden, formativen Erlebnisform (Erfahrung) verändert sich das Objekt der Erfahrung selbst. Befreit von gewaltsamer Herrschaft und Ausnutzung, geformt statt dessen vom Spieltrieb, wäre die Natur auch ihrer eigenen Roheit ledig und frei, die Fülle ihrer zwecklosen Formen spielerisch darzustellen, die das ›innere Leben‹ ihres Gegenstandes ausdrükken. Auch in der subjektiven Welt würde sich ein entsprechender Wandel vollziehen. Auch hier würde das ästhetische Erlebnis die gewalttätige und ausbeuterische Produktivität beenden, die den Menschen zum Arbeitsinstrument erniedrigt. Er würde aber nicht zu einem Zustand leidender Passivität zurückkehren. Sein Dasein wäre noch immer Tätigkeit, aber« – und damit zitiert Marcuse einen Satz Schillers – »was er besitzt, was er hervorbringt, darf nicht mehr bloß Spuren der Dienstbarkeit, die ängstliche Form seines Zwecks an sich tragen.«[96]

Es macht keine Mühe, in dieser Beschreibung von Wunschträumen auch wesentliche Ideen Heinrich Bölls zu entdekken. Nichts anderes hatte Böll im Sinn, wenn er für Leistungsverweigerung plädierte. Aber ist diese utopische Vorstellung zu erreichen, ist sie überhaupt utopisch, woran wäre ein Schreiben als Verteidigung der Kindheit, als Beharren auf dem Lustprinzip, als Herausforderung des herrschenden Leistungsprinzips als utopisch – und nicht bloß als sentimental-regressiv – zu erkennen? Um das beurteilen zu können, muß man heranziehen, was Ernst Bloch über Kindheit und Heimat gesagt hat. Bloch denkt Heimat zusammen mit einem Befreiungskampf. »Das alles im identifizierten Sinne ist das Überhaupt dessen, was die Menschen im Grunde wollen. So liegt diese Identität allen Wachträumen, Hoffnungen, Utopien selber im dunklen Grund und ist ebenso der Goldgrund, auf dem die konkreten Utopien aufgegangen sind«,[97] sagt

Bloch. »Jeder solide Tagtraum meint diesen Doppelgrund als Heimat; er ist die noch ungefundene, die erfahrene Noch-Nicht-Erfahrung in jeder bisher gewordenen Erfahrung.«[98] Das ist das Utopische bei Bloch: »Der Mensch lebt noch überall in der Vorgeschichte, ja alles und jedes steht noch vor der Erschaffung der Welt, als einer rechten. Die wirkliche Genesis ist nicht am Anfang, sondern am Ende, und sie beginnt erst anzufangen, wenn Gesellschaft und Dasein radikal werden, das heißt, sich an der Wurzel fassen. Die Wurzel der Geschichte aber ist der arbeitende, schaffende, die Gegebenheiten umbildende und überholende Mensch. Hat er sich erfaßt und das Seine ohne Entäußerung und Entfremdung in realer Demokratie begründet, so entsteht in der Welt etwas, das allen in die Kindheit scheint und worin noch niemand war: Heimat.«[99]

Diese Weite, diese utopische Ausrichtung, die Bloch in *Das Prinzip Hoffnung*[100] entwirft, zugleich die thematische Ausrichtung und die Substanz der Blochschen Hoffnung wären der Maßstab, den man an Bölls Bilder von Kindheit und Heimat legen müßte; diese Blochsche Einsicht, diese hochgesteckte Forderung, dieses Prinzip Hoffnung hätte den Hintergrund der Beurteilung zu bilden. Das wollen wir nicht vergessen: Heimat: worin noch niemand war.

Familienfoto. 1899. In der Mitte sitzend: Bölls Großvater, links Bölls Vater.

Vor Heinrich Bölls Geburt: die Familie im Jahr 1917. Von links nach rechts: auf dem Schoß des Vaters Alois Böll, daneben Mechthilde Böll, Grete Böll, Gertrud Böll und ganz rechts neben der Mutter Alfred Böll.

Der Vater: Victor Böll.

Die Mutter: Maria Böll, geb. Hermanns.

1923: Links außen, sitzend: Heinrich Böll.

Heinrich Böll mit einer Cousine. Mai 1926.

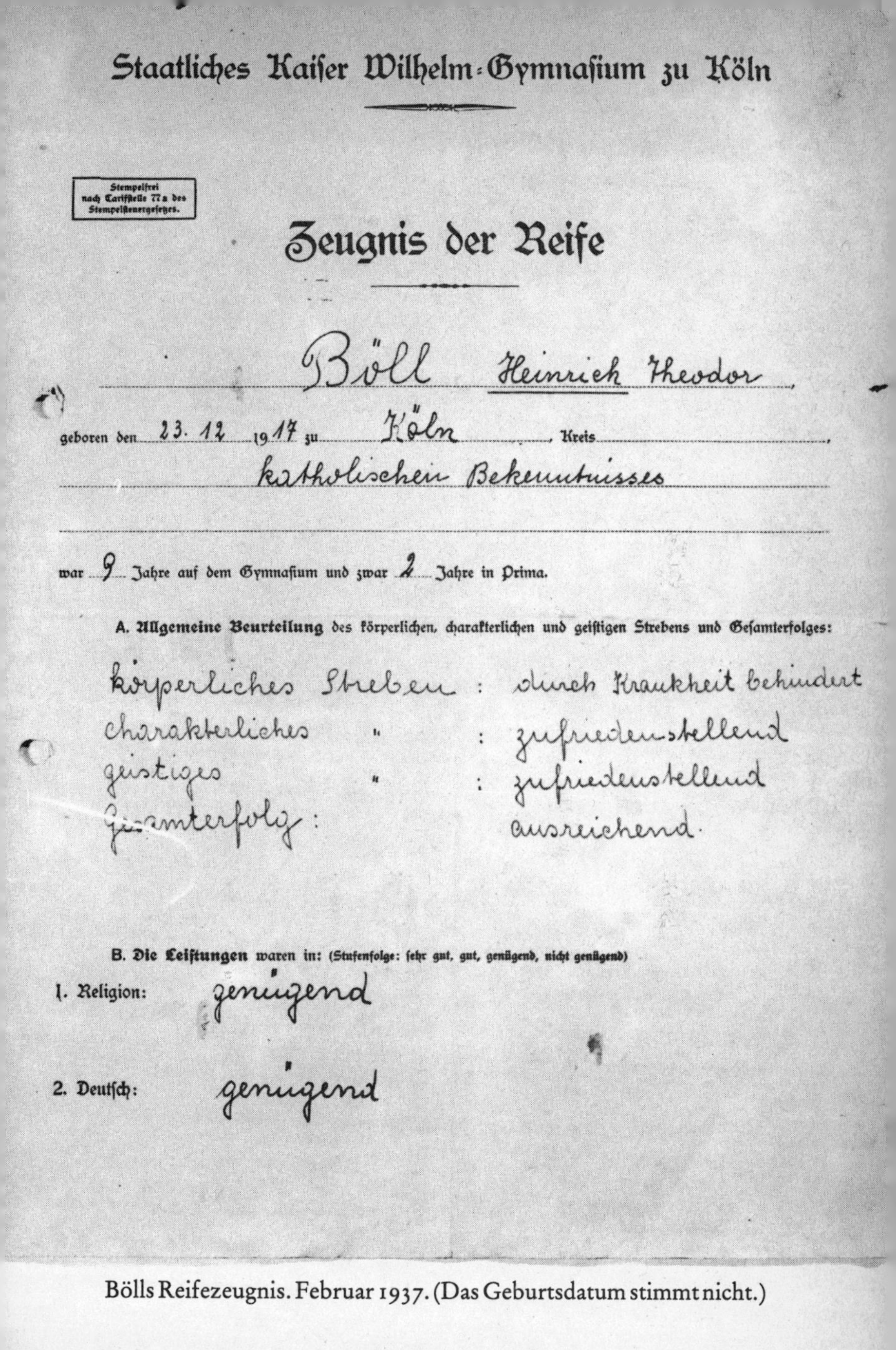

Staatliches Kaiser Wilhelm-Gymnasium zu Köln

Stempelfrei nach Tarifstelle 77a des Stempelsteuergesetzes.

Zeugnis der Reife

Böll Heinrich Theodor

geboren den 23. 12 1917 zu Köln, Kreis

katholischen Bekenntnisses

war 9 Jahre auf dem Gymnasium und zwar 2 Jahre in Prima.

A. **Allgemeine Beurteilung** des körperlichen, charakterlichen und geistigen Strebens und Gesamterfolges:

körperliches Streben : durch Krankheit behindert
charakterliches " : zufriedenstellend
geistiges " : zufriedenstellend
Gesamterfolg : ausreichend.

B. **Die Leistungen** waren in: (Stufenfolge: sehr gut, gut, genügend, nicht genügend)

1. Religion: genügend

2. Deutsch: genügend

Bölls Reifezeugnis. Februar 1937. (Das Geburtsdatum stimmt nicht.)

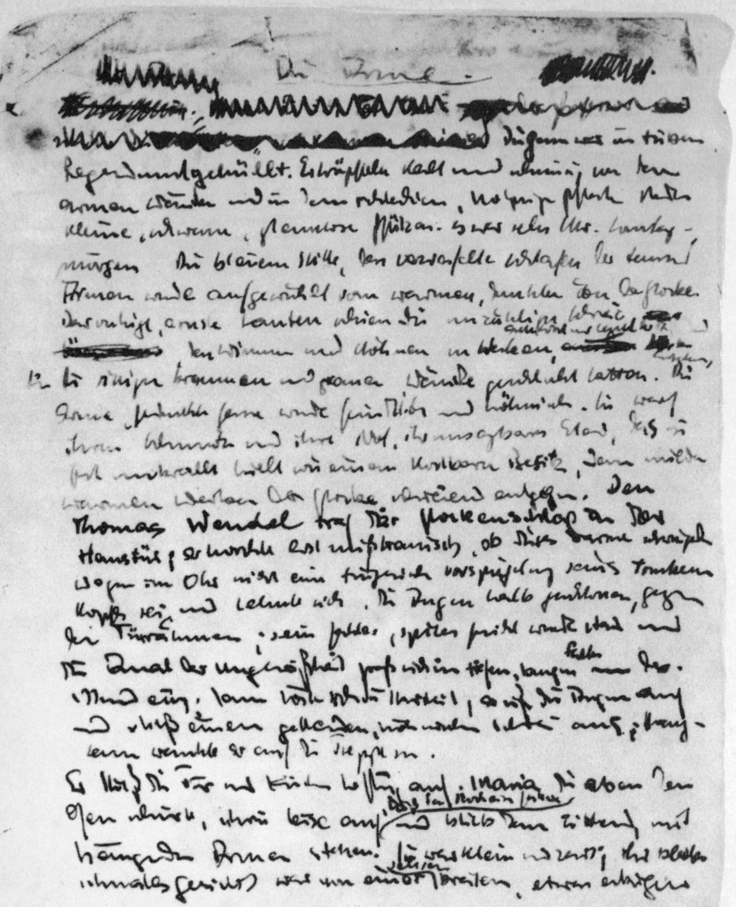

Manuskript einer unveröffentlichten Erzählung aus den 30er Jahren.

[illegible]
(was von einer mächtigen [illegible]. Der [illegible]
Haar [illegible] [illegible] [illegible]
der Vater kniff die Augen halb zu und spähte [illegible]
seligen [illegible]. [illegible] Gesicht [illegible]
plötzlich den Ausdruck von [illegible]. nicht daß ein Engel
[illegible] hätte vor dem Spiegel! [illegible] kaum
würde. Er war so [illegible] Mal [illegible] unter[illegible]
mit den harten, unruhigen Fäusten bearbeitet [illegible] werden,
[illegible], [illegible] gleich, plötzlich [illegible]
[illegible]. [illegible] Hände [illegible]
[illegible] finden sollen! Er stellte sich [illegible]
[illegible] unter den Tisch, und als er dann fragte: „Hörst du Kaffee?",
und ohne eine Antwort abzuwarten auf [illegible], [illegible]
[illegible], [illegible] schnell [illegible] Tisch [illegible]
auf die Tür zu; [illegible] [illegible] [illegible]
die Treppen hinunter. [illegible]
[illegible] stehen. [illegible] sich auf und [illegible]
Schmutz und [illegible] über den [illegible].
Seit ihre Mutter unter den Händen [illegible], [illegible]
der frommen [illegible] Medizin be-
stimmter Studenten [illegible] am
[illegible] Krankenhaus, [illegible]
ihre Leiche [illegible] anatomische [illegible]
gestorben war, vor drei Jahren, [illegible],
einem von Natur aus [illegible] Melancholiker, [illegible]
Rausch – und wann war er nicht [illegible]! – [illegible]
an Tagen [illegible] Haushalt. Still und [illegible]
hatte sie die [illegible] ertragen, [illegible] Wort [illegible]
mal auf ihren armen klei[illegible] [illegible].
Oft war sie lange ganze Nachmittage [illegible]
in [illegible] [illegible]

Klassenfoto. 1924. Böll fünfter von rechts, obere Reihe.

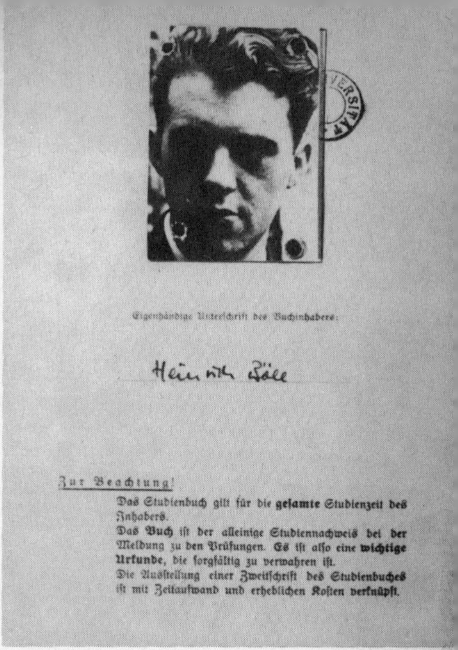

Eigenhändige Unterschrift des Buchinhabers:

Heinrich Böll

Zur Beachtung!

Das Studienbuch gilt für die **gesamte Studienzeit des Inhabers.**

Das **Buch** ist der alleinige Studiennachweis **bei der** Meldung zu den Prüfungen. **Es** ist also eine **wichtige Urkunde**, die sorgfältig zu verwahren ist.

Die Ausstellung einer Zweitschrift **des Studienbuches** ist mit Zeitaufwand und erheblichen **Kosten verknüpft.**

Bölls Studienbuch.

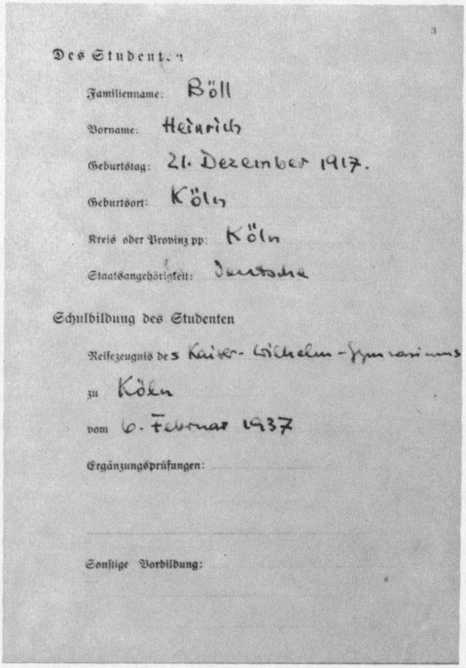

3

Des Studenten

Familienname: Böll

Vorname: Heinrich

Geburtstag: 21. Dezember 1917.

Geburtsort: Köln

Kreis oder Provinz pp: Köln

Staatsangehörigkeit: Deutsche

Schulbildung des Studenten

Reifezeugnis des Kaiser-Wilhelm-Gymnasiums

zu Köln

vom 6. Februar 1937

Ergänzungsprüfungen:

Sonstige Vorbildung:

Annemarie Böll, geb. Cech. Heinrich Bölls Frau. Etwa 1938.

Heinrich Böll im Kriegsdienst. 1941.

Köln 1930.

Köln 1945.

Als der Krieg zu Ende war

»Beruf und Tätigkeit standen für mich seit dem siebzehnten Lebensjahr fest: Schriftsteller.«[101] Böll sagt das in einem 1964 geschriebenen Rückblick auf das Jahr 1945. Erst nach Kriegsende ging er daran, für diesen Berufswunsch Realisierungsmöglichkeiten zu suchen. Seit diesem siebzehnten Lebensjahr hatte er zwar schon enorm viel produziert, mehrere Romane, Erzählungen und Gedichte, Texte, die jedoch zu veröffentlichen für ihn in keinem Augenblick zur Diskussion stand und die er auch nach 1945 – soweit sie überhaupt erhalten geblieben sind – der Öffentlichkeit nicht mehr zugänglich gemacht hat. Es war für ihn damals im Dritten Reich nicht die Zeit, Pläne zu realisieren. Nach dem Abitur begann er eine Buchhändler-Lehre in der Bonner Buchhandlung Matthias Lempertz, brach die Lehre aber bereits nach einem Jahr wieder ab und lebte bei seiner Familie, las und schrieb vor sich hin und half ein wenig in der Werkstatt seines Vaters. Im Herbst 1938 wurde er für ein halbes Jahr zum Reichsarbeitsdienst eingezogen – sein erster direkter Kontakt mit den Nazis, nachdem es ihm fünf Jahre lang gelungen war, mit keiner Nazi-Organisation in Berührung zu kommen. Danach, im Sommer 1939, immatrikulierte er sich an der Universität Köln und studierte unter anderem Germanistik. Er ging jedoch kaum in die Vorlesungen, das Studium blieb fiktiv, es gab keine Erwartung, das Studium jemals beenden zu können: »weil der Krieg einfach zu nahe bevorstand, das wußte jeder«.[102] Einige Monate später wurde er dann auch zur Wehrmacht eingezogen. In den folgenden sechs Jahren bis Kriegsende hat Böll keine einzige Zeile Literatur geschrieben, nur einen großen Briefwechsel geführt mit Annemarie Zech, einer Freundin, die er 1942 auch geheiratet hat. Als Böll 1947 seine ersten Erzählungen veröffentlichte, war er dreißig Jahre alt.

In einer dieser frühen Erzählungen, *Die Botschaft*[103], kommt ein Mann aus dem Krieg zurück und besucht die Frau eines gefallenen Freundes, um ihr dessen private Sachen zu geben. »Ich legte langsam den Trauring, die Uhr und das Soldbuch mit den verschlissenen Fotos auf die grüne, samtene Tischdecke. Da schluchzte sie plötzlich wild und schrecklich wie ein Tier. Die Linien ihres Gesichtes waren völlig verwischt, schneckenhaft weich und formlos, und helle, kleine Tränen purzelten zwischen ihren kurzen fleischigen Fingern hervor. Sie rutschte auf das Sofa und stützte sich mit der Rechten auf den Tisch, während ihre Linke mit den ärmlichen Dingen spielte. Die Erinnerung schien sie wie mit tausend Schwertern zu durchschneiden. Da wußte ich, daß der Krieg niemals zu Ende sein würde, niemals, solange noch irgendwo eine Wunde blutete, die er geschlagen hat.«[104]

In der Literatur über Böll ist gerade dieser zuletzt zitierte Satz aus der Erzählung *Die Botschaft* rückblickend gelesen worden als Ankündigung eines Programms, das von den folgenden Erzählungen auch eingelöst worden sei. Tatsächlich ist in fast allen Kurzgeschichten und Erzählungen, die Böll in den ersten Nachkriegsjahren geschrieben hat und die in dem 1950 erschienenen Band *Wanderer kommst du nach Spa...*[105] gesammelt sind, der Krieg die Kulisse, ebenso in seiner 1949 veröffentlichten ersten längeren Erzählung *Der Zug war pünktlich*[106] und in seinem 1951 herausgekommenen ersten Nachkriegsroman *Wo warst du, Adam?*[107]. Mit Blick auf diese frühen Arbeiten ist der Krieg immer wieder als Bölls »entscheidende Inspiration« ausgemacht worden, als leicht greifbarer Beleg diente die in den Arbeiten beschriebene Kriegssituation.

Bei genauer Lektüre dieser frühen Texte erkennt man jedoch, daß der Krieg in ihnen eine so dominierende Rolle überhaupt nicht spielt. Es ist zwar Krieg und es wird andauernd davon gesprochen, aber der Krieg ist gleichzeitig auch weit weg gerückt, man hört seinen Lärm in der Ferne, er ist meist unsichtbar im Hintergrund, wenn auch deutlich die Aktivitäten der Personen im Vordergrund bestimmend. In Bölls erster veröffentlichter Erzählung *Aus der ›Vorzeit‹* [108] läuft jemand über leere Flure einer Kaserne: »Die Stille der Flure erschreckte ihn. Mitten am Tag des gewohnten Lebens entblößt, zeigte die Kaserne ein fremdes Gesicht.« [109] Schreibstuben, oder Lazarette, oder Bahnhöfe, von wo aus man in den Krieg fährt, sind andere Schauplätze dieser frühen Erzählungen. Nicht der Krieg ist Bölls Hauptthema, sondern diese Geschichten erzählen von einer Zeit, in der Krieg ist und dessen Konsequenz niemand und nichts entrinnen kann.

Auch im eigenen Erleben, als Soldat in Polen, Frankreich, Rußland, Rumänien und Ungarn, ist Böll der Krieg selber »in all seiner blutigen Langeweile gar nicht so wichtig als Erfahrung gewesen; nicht so wichtig wie das, was vorher war, eben die Drohung, die Drohung des Krieges, des Nazi-Terrors ...« [110] Als der Krieg für ihn nun doch als tödliche Bedrohung der eigenen Person Anlaß zur Angst hätte geben müssen, da hat Böll diese Angst nicht verspürt. Er hat das erklärt mit der Komponente Leichtsinn, die bei ihm sehr stark ausgeprägt gewesen sei. So hat er mit dem bürokratischen Apparat der Armee auch gespielt: »Mit Fälschungen, Urkundenfälschungen, ich habe sozusagen in die Bürokratie eingegriffen, ich wollte das nicht einfach über mich ergehen lassen. Manchmal war das vielleicht etwas riskant, aber man muß ja etwas riskieren, um zu leben ... Die verschiedenen Möglichkeiten des Verhaltens kriegen in einer bestimmten Situation schon romanhafte Züge ... Sie gehen gleich zum Bahnhof und wollen meinetwegen nach Wuppertal fahren; Sie kommen also am Bahnhof an und denken, ach, du nimmst einen Zug später, oder früher, egal – was daraus entstehen kann? Das ist ein simpler Trick; aber auch einer, der sehr weit führen kann. Und wenn ich mir nun vorstelle, wie ich Situationen während des Krieges verändert habe, indem ich einfach nicht dahin, sondern dorthin gefahren bin, auf eigenes Risiko, und ausgestiegen und zu meiner Frau gefahren bin und erst mal gewartet habe, was wohl passieren würde, und nachgedacht, was wohl passiert wäre, wenn ich brav dem Befehl gefolgt wäre ...« [111]

Zentrales Thema in Bölls frühen Erzählungen ist der Tod, und zwar meist der etwas schicksalhafte Tod des Soldaten; damit eng verbunden ist das Thema Liebe. Bölls Bemerkung, ihm habe am Anfang seiner Arbeiten eigentlich immer nur eine Liebesgeschichte vorgeschwebt, trifft tatsächlich auf die meisten seiner Bücher zu. Fast immer geht es ihm um die Beziehungen zwischen Mann und Frau. In der Erzählung *Die Botschaft* trifft der Mann, der der Frau seines gefallenen Freundes dessen private Sachen geben will, in ihrer Wohnung einen anderen Mann. Auch die Erzählung *Der Zug war pünktlich* ist eine Liebesgeschichte zwischen dem Soldaten Andreas und der polnischen Jüdin Olina, und was dieser Liebesbeziehung entgegensteht, ist der Tod, den der Krieg repräsentiert. Aber immer denken Bölls Personen an Liebe, an Möglichkeiten, zusammenzuleben und miteinander auszukommen. Auch *Wo warst du, Adam?* ist ein Liebesroman, ebenso *Und sagte kein einziges Wort* [112]. Diese Liste der Böllschen Liebesgeschichten könnte man fortsetzen bis zum Roman *Gruppenbild mit Dame*, einer Liebesgeschichte zwischen Leni Pfeiffer und dem sowjetischen Kriegsgefangenen Boris, und bis zur Erzählung *Die verlorene Ehre der Katharina Blum*. Immer ist ein großes Thema die Liebe und die Bedrohung und auch Zerstörung der Liebe durch Krieg, durch Institutionen oder die Öffentlichkeit.

Ich möchte eine Zwischenbemerkung machen zu Bölls Darstellung von Frauen. In seinen Büchern gehört seine Sympa-

thie mehr den Frauen als den Männern, und ein Grund dafür ist wahrscheinlich, daß ihm der Krieg »die Lächerlichkeit des Mannes« [113] vorgeführt hat. »Das klingt jetzt sehr böse, weil ja Männer im Krieg auch einiges mitmachen, sie sterben, sie werden verwundet. Und trotzdem hat mich der Krieg in seiner Lächerlichkeit, in seiner absurden Lächerlichkeit möglicherweise zum Verächter des Mannes gemacht.« [114] Deshalb hat Böll auch dem großen Einfluß Hemingways auf die westdeutsche Literatur in den ersten Nachkriegsjahren persönlichen Widerstand entgegengesetzt; zwar ist sicher auch Böll von Hemingways handwerklichen Fertigkeiten beeindruckt und beeinflußt worden, doch thematisch standen Hemingways Geschichten von kombatanten heroischen Männern Bölls Auffassung entgegen.
Ein zweites, entscheidenderes Motiv für seine Sympathie gegenüber Frauen liegt auch wieder in seiner Kindheit begründet. Es ist nicht verwunderlich, wenn Böll im Zusammenhang mit seinen Frauendarstellungen von der Mutter spricht als von der ersten Frau, die man kennenlerne und die »die Feierlichkeiten des Alltags« [115] ausübe: »Die Erinnerung an meine Mutter und auch der Rückblick auf die Kindheit meiner Eltern ist es, der mich sehr bewegt, sehr schmerzlich bewegt. Ich möchte meine Mutter oder die Frau befreit sehen. Es könnte sein, daß es Befreiungsversuche der Frau sind, bei Leni Pfeiffer, bei Katharina Blum und auch bei der alten Frau Fähmel in *Billard um halbzehn* ... Ich glaube einfach, daß Frauen ein weniger komplexes und weniger kompliziertes und weniger intellektuelles Verhältnis zu sich selber, zu ihrem Körper und zur Natur haben. Und das macht sie einfach freier und befreiungsfähiger.« [116]
All diese Ansichten des späten Böll sind in den frühen Arbeiten programmatisch angelegt. Insofern trifft der von ihm selbst eingeführte und gern benutzte Begriff der »Fortschreibung« [117] sehr genau. Der 1953 erschienene Roman *Und sagte*

kein einziges Wort liest sich von heute aus gesehen als eine sehr kritische Darstellung der traditionellen Ehe-Form, und es gibt eine durch »Fortschreibung« hergestellte Verbindung zwischen diesem frühen Roman und der Äußerung des späten Böll, er glaube, »daß es ein Irrtum war oder ist, Dinge wie Erotik, Liebe, auch Ehe zu verrechtlichen. Es so zu verankern, daß der eine ein Recht auf den anderen hat«.[118] Den Traum, den Böll in all seinen Arbeiten verfolgt, ist der eines Zusammenlebens, das eben nicht rechtlich verankert ist; denn »Menschen lieben sich, sie leben zusammen, sie kriegen Kinder, sie richten sich ein, sie verabreden sich, treffen bestimmte Vereinbarungen, wie man das unter Freunden und auch unter Liebenden machen kann, und dann kommen von außen die Probleme rein, Schule, Erziehung, Rechtlichkeit, Standpunkt des Kindes in der Gesellschaft, und all dies kommt von außen durch die Kirche und den Staat. Insofern schwebt mir schon eine anarchistische Gesellschaft vor ...«[119]

Bedeutsam in diesem Zusammenhang eine weitere Äußerung Bölls: daß ihn als Autor im Grunde nur zwei Themen interessierten, die Liebe und die Religion. Fortgeschrieben hat er diese beiden für ihn zusammengehörenden Themen derart, daß in seinem Werk mehr und mehr die offizielle Religion verschwand und er seine eigene Religion an deren Stelle gesetzt hat. Da gibt es, wie in der Kirche, auch sakramentale Akte, das Frühstück etwa wird immer wieder dargestellt als ein »Feiertagsmahl«[120], und wie in der Kirche gibt es auch hier das besondere Brot: »unbedingt knackfrische Brötchen«[121], wie es in *Gruppenbild mit Dame* heißt; ich erinnere an Bölls Darstellung der sonntäglichen Frühstückstafel in seiner Kindheit und daran, wie diese sakramental empfundene gemeinsame Mahlzeit gestört und zerstört wurde durch den Zwang, in die sonntägliche Messe zu gehen. Dieser offiziellen Religion hat er in seinen Büchern seine »Theologie der Zärtlichkeit«[122] entgegengesetzt: »Im Neuen Testament steckt

eine Theologie der – ich wage das Wort – Zärtlichkeit, die immer heilend wirkt: durch Worte, durch Handauflegen, das man ja auch Streicheln nennen kann, durch Küsse, eine gemeinsame Mahlzeit.« [123]
Die Fortschreibung hat sich sehr langsam vollzogen. Ganz am Anfang stand die Einsicht, was der Krieg ist, nämlich »eine vielmilliardenfache sinnlose Bewegung, von einzelnen Massen ... eine irrsinnige Bewegung« [124], und diese als sinnlos erkannte Bewegung hat er dann zunächst zu seinem Thema gemacht. Sie beobachte den Krieg jetzt schon drei Jahre, heißt es über Frau Susan in *Wo warst du, Adam*, und was sieht sie? »Schmutzige Soldaten, müde Offiziere auf Pferden und Motorrädern, die hin und her fuhren, einen ganzen Nachmittag lang mit gewissen Pausen.« [125] Eingeleitet wird diese Beobachtung mit der Feststellung: »das hatte richtig nach Krieg ausgesehen.« [126] Oder die immer wieder beschriebene Kulisse des Bahnhofs, wo andauernd Züge ankommen und abfahren, pünktlich, unpünktlich, man von einem Bahnsteig zum anderen geht, in einen Zug einsteigt, aus einem Zug aussteigt, in einen anderen Zug umsteigt, es ist ein dauerndes Unterwegssein, aus dem Krieg nach Hause, aus dem Urlaub zu Hause wieder in den Krieg, von einer Front zur anderen, von einem Graben in den anderen, von einem Hügel zum anderen, und »selbst für die Leute in den Städten: immer wieder in den Keller, dann wieder runter, dann wieder rauf, dann Gepäck zusammengesucht, dann wieder runter in den Keller, dann wieder rauf, dann evakuiert, dann dahin ...« [127] Bölls Attribute für den Krieg lauten: lächerlich, widerlich und sinnlos. »Sinnlos, wie vollkommen sinnlos« [128], denkt der Soldat Feinhals gegen Ende des Romans *Wo warst du, Adam?*, als er vor seinem Elternhaus steht und von einer Granate getroffen wird, die, ohne daß ein Feind in der Nähe war, abgeschossen wurde, nur weil man die tägliche Munitionsrate verfeuert. Dem Roman vorangestellt hat Böll zwei

Zitate, eines von Theodor Haecker aus dessen *Tag- und Nachtbüchern*, eine Notiz vom 31. März 1940, in der zugleich der Titel des Romans steckt: »Eine Weltkatastrophe kann zu manchem dienen. Auch dazu, ein Alibi zu finden vor Gott. Wo warst du, Adam? Ich war im Krieg«; ein zweites Zitat aus Antoine de Saint-Exupérys *Flug nach Arras*: »Früher habe ich Abenteuer erlebt: die Einrichtung von Postlinien, die Überwindung der Sahara, Südamerika – aber der Krieg ist kein richtiges Abenteuer, er ist nur Abenteuer-Ersatz. Der Krieg ist eine Krankheit wie der Typhus.«
Natürlich ist ein Krieg immer auch gemacht. Aber die Ursache des Krieges ist für Böll in diesen frühen Erzählungen kein Thema. Warum aber spielt der Krieg trotzdem im Hintergrund seiner Erzählungen eine so dominierende Rolle, daß die Kritik im Erlebnis des Krieges sogar seine wesentliche Schreibmotivation gesehen hat?
Ich möchte eine erste Erklärung vorschlagen: Einerseits war es damals sicher auch einfach eine Konvention, sich mit dem Krieg zu beschäftigen, andererseits mußte Böll erst aus sich herausschreiben, was sich im Schweigen der Kriegsjahre in ihm angesammelt hatte.
Bald, Anfang der 50er Jahre, ist Böll dann aber mehr und mehr seiner eigenen unbewußten Motivation gefolgt und hat die deutsche Nachkriegsgesellschaft kritisch kommentierend begleitet, indem er nicht mehr auf die Kriegserlebnisse und nicht mehr auf das Ende des Krieges starrte; er bestand jetzt darauf, den Nullpunkt nicht auf den 8. Mai 1945, den Tag der deutschen Kapitulation, zu setzen, sondern auf das Jahr 1933; und er hat bis zuletzt nicht vergessen, daß die Deutschen sich vom Faschismus nicht selber befreit haben, sondern befreit worden sind. Der Faschismus, der den Krieg verursacht hat, und die Kritik an der Gegenwart, in der er die Schatten der jüngsten Vergangenheit überall entdeckte, wurden die Themen, die ihn in seinem Schreiben und Leben

herausforderten. Vorstellungen von Zukunft hatte er damals aber kaum:

»Ich hatte jedenfalls das Gefühl, daß es eine deutsche Geschichte nicht mehr gibt. Das kann man nicht rekonstruieren. Schon im Gefangenenlager ist mir klargeworden – das ist ganz unabhängig vom Faschismus ... –, daß wir Deutsche, ich muß das so nennen, ein völlig rechtloses Volk waren ... Mit Recht rechtlos und damit auch geschichtslos in dem Augenblick. Die hätten mit uns machen können, was sie wollten, und ich hätt's sogar verstanden ... Und da ist, glaube ich, die Schwierigkeit, ich kann das nicht rekonstruieren. Ich hatte den Eindruck, ich war also 27 oder 28 Jahre alt – das machen die Alliierten. Ich habe mich darauf verlassen, natürlich höchst naiv oder auch verantwortungslos und eigentlich geschichtslos, die machen das schon ... Die hatten uns befreit, und ich bleibe bei dem Wort Befreiung, wir hätten ja bis 1995 weitergekämpft, wenn das nicht von außen kaputt gemacht worden wäre. Ich vermute, daß meine Enkel noch als Unteroffiziere oder was weiß ich in Wladiwostok Dienst getan hätten. Ich weiß es nicht. Jedenfalls die Tatsache, besetzt zu sein, also unter Besatzungsstatut zu leben, hatte natürlich etwas Befreiendes und Verantwortungsloses.« [129]

Ende 1944 – seine Mutter war kurz vorher bei einem Fliegerangriff auf Köln ums Leben gekommen – desertierte Böll und versteckte sich bei seiner Frau, die inzwischen ins Bergische Land gezogen war. Dann reiste er kurze Zeit mit gefälschten Urlaubsscheinen durchs Land, ging schließlich wieder zur Armee zurück: »Wo verbirgt der Weise ein Blatt? Antwort: Im Walde« [130] – diesen Rat Chestertons hatte Böll im Kopf, als er herumstreifenden Soldaten begegnete und sie ihm noch einmal, zum letzten Mal, ein Maschinengewehr in die Hände drückten. Am 9. April 1945 geriet er in amerikanische Gefangenschaft und blieb bis zum 15. September des Jahres interniert. Er ging dann zu seiner Frau, die noch im Bergischen

Land wohnte. Im Oktober starb das erste Kind, Christoph, gerade ein halbes Jahr alt. Im November kehrten die Bölls – Heinrich Böll, seine Frau, seine Schwester und sein Bruder – schließlich nach Köln zurück. »Wir kamen über die geländerlose, vom Lehm glitschige Behelfsbrücke von Deutz herüber, ein englischer Panzer, der uns entgegenkam und ins Rutschen geriet, drängte uns fast in den Rhein. Wieder und noch einmal: Todesangst.« [131]

Das zerstörte Köln war »sehr still, wunderbar still« [132]. Der Bruder wußte von einem Haus in der Schillerstraße im Stadtteil Bayenthal, das der Stadt gehörte. Diese Haus-Ruine machten die Bölls bewohnbar. Böll war krank. Aber er konnte beim Aufbau des Hauses helfen, das Dach reparieren, Bretter vor Türen und Fenster nageln. Später immatrikulierte er sich an der Kölner Universität, ohne allerdings wieder eine Vorlesung zu besuchen, einfach weil er eine Berufsbezeichnung brauchte, um Lebensmittelkarten zu bekommen. Es war die Schwarzmarktzeit, Zeit der Improvisation, und er konnte sich wohl nicht vorstellen, daß das alles wieder möglich sein würde, bürgerliches Leben mit Beruf und allem, was gewöhnlich dazu gehört. Wichtiger war für ihn die literarische Arbeit, die er sofort wieder aufnahm, als er sich mit seiner Frau in dem Haus in der Schillerstraße eingerichtet hatte, er schrieb mehrere Romane, Erzählungen, vieles blieb unveröffentlicht und hatte für ihn nur »Atelierwert« [133]; alle übrige Zeit war der Renovierung des Hauses gewidmet.

Was draußen in der Umgebung passierte, interessierte Böll allerdings nicht in diesen ersten Nachkriegsjahren. Verantwortung, was das Trümmer-Beseitigen außerhalb des Hauses betrifft, hat er nicht empfunden. »Es gibt ja so eine Vorschrift, jeder Heimkehrer mußte ein halbes Jahr Trümmer schaufeln ... Und ich habe keine Schippe angefaßt, ich habe gedacht, ihr könnt mich am Arsch lecken, ich habe genug Scheiße hinter mir, räumt ihr eure Trümmer mal selber auf.

Ich weiß nicht, warum ich mich weigerte, zu tun, was als jeden heimkehrenden Bürgers erste Pflicht mit neudemokratischem Enthusiasmus propagiert wurde ... Es war nicht nur das Gefühl, Besseres zu tun und genug getan zu haben, es war nicht nur Faulheit, nicht nur Gleichgültigkeit gegenüber einem ›Aufbauwillen‹, dessen Geist sich nicht artikulierte.«[134]

In seinem 1964 geschriebenen Rückblick auf 1945 hat Böll als seine einzige Möglichkeit damals, Hoffnung zu haben, den Umstand angegeben, in einer zerstörten Stadt zu wohnen. Das Motiv ist bedeutsam für ihn; noch 1977 ist er auf dieses Leben im zerstörten Köln zurückgekommen, ein Motiv, dessen genaue Kenntnis Voraussetzung ist, um Bölls politisches und literarisches Engagement in der Nachkriegszeit zu verstehen. Sein Verhältnis zur westdeutschen Gesellschaft und zum Staat in den 50er, 60er und 70er Jahren, das ihn so umstritten gemacht hat, ist zu verstehen nur mit Blick auf die damalige Situation. So wie die positive Identifizierung mit der Kindheit ein Schlüssel zu seinen Büchern ist, so ist auch das ein Schlüssel: positive Identifizierung mit einem Leben in einer Welt voller Trümmer. Aber beide Motive stehen sich keineswegs gegenüber, sondern ergänzen sich, ja man kann sagen: die Identifizierung mit dem Leben in einer Welt voller Trümmer ist eine Erweiterung und auch Stützung des am Anfang stehenden und die Perspektive bestimmenden Motivs, der Verteidigung der Kindheit. Indem Böll nach 1945 die Trümmer verteidigt hat, sein Nachkriegsengagement sogar einleitete mit einem *Bekenntnis zur Trümmerliteratur*[135] und auch später das Ergebnis der politischen Entwicklung in der ersten Hälfte dieses Jahrhunderts – den zweiten Weltkrieg und, an seinem Ende, ein zerstörtes und geteiltes Deutschland – sich und allen immer vor Augen gehalten hat, beschwichtigte er damit zugleich seine unbewußte Angst, doch noch aus der Kindheit herauskommen zu müssen, die Kindheit vielleicht als Illusion erkennen zu müssen. Zwar war diese Kindheit auch zerstört worden, aber durch die Umwelt, so daß er seine Kindheit nur äußerlich hatte verlassen müssen, nicht aber zu einem innerlichen Abschied von ihr gezwungen worden war. Und nun lag die Welt in Trümmern, und solange er auf diesen Trümmern bestand, brauchte er seine Kindheit nicht zu verlassen, denn die Trümmer zeigten ihm ja, daß er recht hatte, wenn er die Welt seiner Kindheit verteidigte gegen die übrige Welt und Wirklichkeit, die nur zu Trümmern geführt hatten.

Positive Identifizierung mit der Kindheit einerseits, mit dem Leben in einer Welt voller Trümmer andererseits, und dies gesehen als ein einziges großes Motiv – von hier aus kann man große und wesentliche Teile des Böllschen Werkes interpretieren. Ich möchte vor allem verweisen auf seine ganz offenbare Neigung, etwas kaputt zu machen, es steckte etwas Destruktives in ihm, das Dominanz hat in vielen Büchern: da wird – in dem Roman *Billard um halb zehn*[136] – eine Abtei in die Luft gesprengt, oder da wird – in *Ende einer Dienstfahrt*[137] – ein Bundeswehr-Jeep verbrannt, oder da erschießt – in *Die verlorene Ehre der Katharina Blum* – Katharina Blum einen Journalisten, oder da ist die Situation in dem Hörspiel *Die Spurlosen*[138], in dem Böll eine Gruppe junger Menschen beschreibt, die auf einer Insel in einer utopischen Kommune leben und sich alle drei, vier Jahre das nötige Geld durch einen Banküberfall verschaffen. Überall Destruktionen, und dieses Destruktive ist nicht zu kritisieren. Von jeher haben sich Schriftsteller, Intellektuelle überhaupt mehr gegen als für etwas engagiert. Ein großer Teil der Weltliteratur führt Destruktionen vor. Und von den westdeutschen Schriftstellern der Nachkriegszeit hat vor allem Böll das Problem der Gewalt, die Frage, wer Gewalt ausüben darf, ins Zentrum seiner Arbeit gerückt. Natürlich würde er selber Gewalt nie gutgeheißen haben, gleichwohl kommt das Thema in seinen Bü-

chern vor, Gewalt als Attitüde, könnte man sagen. »Die Darstellung von Gewalt in einem Roman ist natürlich keine moralische Rechtfertigung von Gewalt«, so kommentierte Böll das selber, »sondern die Konfrontation von Problemen und Personen, die einfach Gewalt hervorrufen – damit ist sie nicht gerechtfertigt. Wenn ich einen Mord schildere, rechtfertige ich ihn doch nicht, sondern stelle nur die Menschen in ihren Konflikten dar. Wieso sollte ausgerechnet die Literatur einem Phänomen und auch Problem ausweichen, das ansonsten weggeheuchelt wird: Straßenverkehr, Familie, Schule, Ehe; Bankräuber und Banken – überall Gewalt ...«[139] Daß aber gerade Böll sich dieses Themas so sehr angenommen hat, wird erklärbar durch das damals von ihm bejahte Leben in Trümmern. Es hat ihn nicht minder geprägt als seine Kindheit. Seine Utopie der Leistungsverweigerung – daß jeder Mensch nicht arbeiten solle über das hinaus, was er wirklich zum Leben braucht – ist ohne Kenntnis dieses Lebens umgeben von Trümmern gar nicht zu verstehen. Oder seine Vorschläge zum Protest, die auch orientiert sind an diesen ersten Nachkriegserfahrungen. Es gibt etwa in dem Roman *Gruppenbild mit Dame* eine Szene, in der beschrieben wird, wie Müllmänner mit ihren Wagen die Straße sperren, eine Aktion der Solidarität, die verhindern soll, daß Leni gekündigt wird und die Möbel aus ihrer Wohnung geholt und weggeschafft werden. Über diese Szene hat Dieter Wellershoff in einem Interview mit Böll gesprochen und die Ansicht vertreten, dies sei eine groteske Form von Widerstand. Interessant in unserem Zusammenhang der folgende Wortwechsel:
Böll: »Ich empfinde es nicht als grotesk ... es ist eigentlich ein Vorschlag oder eine Utopie.«
Wellershoff: »Eine Utopie des Widerstandes, die nicht als praktischer Vorschlag ernst genommen werden kann.«
Böll: »... ein Vorschlag oder eine Utopie, entwickelt an praktizierbaren Möglichkeiten ...«

Wellershoff: »Es ist also ein praktischer Vorschlag zum Widerstand?«
Böll: »Ein praktikabler.« [140]
Daß Böll so vehement darauf besteht, diese Form des Widerstands als keineswegs grotesken, sondern als praktischen und praktikablen Vorschlag ernst zu nehmen, läßt sich erklären aus den auch hier wiederum für ihn bestimmend gebliebenen Nachkriegserfahrungen. Denn daß die Sperrung einer Straße durch Müllmänner in den siebziger Jahren in Westdeutschland die Kündigung und Räumung einer Wohnung verhindert, kann niemand annehmen; das ist eine Form des Widerstands, die vielleicht in den ersten Nachkriegsjahren eine praktische und praktikable Möglichkeit hätte sein können. Auch seine Schwierigkeiten, sich mit der Bundesrepublik der Adenauerzeit zu identifizieren, sein problematisches Verhältnis zum Staat, den er, wie er gesagt hat, nicht brauchte, er brauchte nur eine gut funktionierende Müllabfuhr und Stromversorgung, also »eine gewisse provinzielle Administration« [141], für die man ja auch Steuern zahle – all das läßt sich nur verstehen, wenn man sich die Situation nach 1945 vergegenwärtigt:
»Ich glaube, diese Situation zurückzukonstruieren ist fast unmöglich, wenn Sie sich vorstellen, wie das, was einmal Deutschland hieß, kaputt war, zerstört innerlich, äußerlich; mit welch einer geschichtlichen Schuld beladen ... die Vorstellung von einem deutschen Staat habe ich nicht gehabt, wohl von einer Gesellschaft, und die gab's ja. Wenn Sie in einer zerstörten Stadt wie Köln gelebt haben ..., da bildete sich etwas sehr Merkwürdiges, im Grunde auch eine Gesellschaft von Besitzlosen und potentiellen Dieben. Ich sag's laut und deutlich: Was da alles so geklaut worden ist und was wir geklaut haben – Fenster, Türen, Ziegelsteine, Brennholz, Bücher, wenn wir sie in zerstörten Kellern fanden –, das war ja klassenlos bis zu einem gewissen Grade; es hatte etwas Klas-

senloses, sagen wir, so in Köln zwischen 1945 und 1949, als es schon die Bundesrepublik ungefähr gab, war etwas – ich will das nicht anarchistisch nennen, das wäre zu bewußt –, aber etwas vom Tag-auf-Tag-Leben, sich so durchschlagen, da ging man mal auf den Schwarzmarkt, wenn man Geld hatte, verkaufte was oder kaufte was, schlug sich gerade durch, und wir Autoren waren ja in der vergleichbaren Lage; wir verdienten sehr wenig Geld, wahrscheinlich nicht viel mehr als ein Arbeiter, wahrscheinlich weniger ... (Ich) habe von meiner Frau gelebt ... (sie) war Lehrerin. Es gab ja eine neue Gesellschaft, eine andere, sagen wir nicht neu, das ist zu positiv, sondern von der Geschichte in eine bestimmte Situation hineingezwungene Gesellschaft, in der ich keinen Klassenunterschied festgestellt habe. Natürlich gab's irgendwo sehr reiche Leute, für die dieser dreckige Alltag gar nicht existierte. Aber ich erinnere mich nicht, daß Unterschiede etwa zwischen einem Oberstudienrat oder einem Arbeiter oder mir bestanden, wenn's ums Fressen ging, um Hausbrand, Kohlen oder Holz – es war kein großer Unterschied, weil, an Schwarzmarktpreisen gemessen, die Einkommen auch sehr relativ waren. Es gab also Ansätze einer neuen Gesellschaft, das behaupte ich, oder einer anderen, in der auch nicht geschnüffelt wurde. Ich habe mich nicht dafür interessiert, ob mein Nachbar ein Nazi war, hat mich nicht interessiert, verstehen Sie. Erst später, als das politisch wieder relevant wurde im Zusammenhang mit der Wiederaufrüstung, fing das an, mich zu interessieren. Ich hätte auch nie jemanden denunziert; ich weiß, daß ich mit einem SS-Mann zusammengelebt habe, das stellte sich später heraus; ich wäre nicht auf die Idee gekommen, den zu denunzieren, verstehen Sie? Es war etwas sehr schwer Beschreibbares, was hoffentlich in der Literatur dieser Zeit noch spürbar ist, soweit sie realistisch placiert ist. Und dann müssen Sie nicht vergessen etwas, das mir sehr wichtig erscheint, etwas Statistisches: Unsere Jahrgänge waren ja fast gar nicht da; es gab – ich habe das mal recherchiert … –, ich glaube, doppelt so viele Siebzigjährige wie Dreißigjährige, 1945, aus sehr leicht erklärbaren Gründen; es gab also auch nicht, sagen wir, die mögliche Kumpanei – die einer Generation, die jetzt sagte, mein Gott, die Opas weg, wir machen das. Wir waren doch alle müde, wir waren krank, wir waren kaputt, jahrelang im Gefangenenlager, nicht als Entschuldigung ist das zu verstehen, nur als realistische Feststellung der Situation. Und dann kam also plötzlich etwas, das uns … erschreckte und immer mehr erschreckte: diese bürgerliche Perfektheit, nicht, in dem Fall kann man sagen bürgerlich, … die uns allen fremd ist, verstehen Sie. Es hat sich schon in zwanzig Jahren so etabliert, nennen wir das Konsumgesellschaft oder wie wir wollen – eine Gesellschaft, in der der Besitz etwas gänzlich Unantastbares ist. Wenn Sie sich vorstellen, daß, ich weiß nicht, wie viele Millionen Soldaten die deutsche Wehrmacht hatte, zwanzig oder fünfzehn …, daß das alles potentielle Diebe waren, die in ganz Europa geklaut haben, was eben möglich war, und daß in den Trümmern, in den zerstörten Städten das gleiche herrschte, so 'ne Art materieller Lastenausgleich, und daß heute Besitz, und wär's auch nur, was weiß ich, ein Feuerzeug oder was, als etwas ganz Heiliges verehrt wird. Verstehen Sie, ich will diesen Reflex erklären und auch eine gewisse, ich möchte sagen, Apathie, die natürlich auch physische Ursachen hatte. Man ist nicht sehr frisch und auch nicht sehr bewußt und auch nicht sehr wach, wenn man aus so einem Krieg nach Hause kommt. Das hat nichts mit Veteranentum zu tun.«[142]

Aus diesen Beschreibungen tritt deutlich das Bild einer anarchischen herrschaftslosen Gesellschaft hervor, in der jeder einzelne frei ist und von niemandem kontrolliert, bespitzelt wird, jeder seine Meinung sagen kann, jeder seine Vergangenheit haben kann, eine Gesellschaft, die nicht dogmatisch auf eine Ideologie festgelegt ist, ohne Reiche und Arme, eine Welt voller Nachbarschaft, humaner Nähe, ohne große Bedrohungen, weil ja sowieso schon alles in Trümmern liegt, eine Gesellschaft, die nicht erdrückt wird von der Konstruktion eines Staates, der, damit er überhaupt bestehen und Ordnung und Ordnungen einteilen und geben kann, Leben einschränken muß, sondern eine Gesellschaft, in der sich jeder frei entwickeln kann. Was dann wirklich kam, war aber etwas ganz anderes, oder etwas Altes: die Restauration. Die Wiederherstellung alter ökonomischer Ordnungen und Organisationen, alter Herrschaftsverhältnisse, das war die politische Wirklichkeit. Gut 25 Jahre später, 1975, als die Bundesrepublik längst einer der stärksten und einflußreichsten Staaten der Welt geworden war, der »freieste Staat auf deutschem Boden« bislang, wie es immer heißt, mit vielen sozialen Sicherungen und oft gepriesenen Freiheiten für alle Bürger, sofern sie sich nicht gegen diesen Staat erklären, 25 Jahre nach wohl erreichtem Höhepunkt der westdeutschen Wohlstandsgesellschaft hat Böll darauf bestanden, daß Bürgerlichkeit als rekonstruiertes Modell »sich eigentlich nach 1950, glaube ich, nicht mehr als tragfähig erwiesen hat. Man hätte natürlich nach diesem Krieg, ganz unabhängig von Entnazifizierungsgeschichten, etwas anfangen müssen, was man möglicherweise Sozialismus genannt hätte, Verbindungen von christlichen mit sozialen Ideen oder sozialistischen. Das gab es ja auch, ansatzweise, es gab im Programm der CDU sogar Vorstellungen dieser Art, sogar in der CSU, die man heute noch mit Erstaunen lesen kann; diese Hoffnung oder diese Chance hat sich sogar politisch ausgedrückt, etwa im Ahlener Programm. Aber es hat sich letzten Endes eben gezeigt, daß das, was wir Restauration nennen und was man so nennen muß, die alten Formen fast zwanghaft wieder kreiert hat: wieder Familienegoismus, wieder Besitzstreben, wieder Bürgerlichkeit.«[143]

Die sich abzeichnenden Tendenzen hat Böll sehr bald gesehen. In seinen ersten Nachkriegserzählungen hat er aber noch nicht direkt darauf reagiert. Das bereits in diesen ersten Nachkriegsjahren zu leisten, war auch für die meisten anderen Autoren fast unmöglich. Böll hat die deutsche Nachkriegsliteratur als Ganzes eine Literatur der Sprachfindung genannt; wahrscheinlich, meinte er, könne sich bis heute niemand vorstellen, wie schwierig es damals gewesen sei, auch nur eine halbe Seite Prosa zu schreiben. Die deutschen Autoren mußten ja in der Tat damals gegen fast die ganze moderne Weltliteratur anschreiben; die Naziherrschaft hatte die Deutschen von fast allem abgeschnitten. Joyce, John Dos Passos, Hemingway, Sartre, Camus und andere dominierten im Westdeutschland der ersten Nachkriegsjahre; da waren neue Ideen, da waren neue, überraschende Schreibtechniken. Gegen diese hereinströmende Flut von ausländischer Literatur zu bestehen, selber als Deutscher schreibend neu anzufangen und nicht nur die neuen Techniken, etwa den inneren Monolog von Joyce oder die Montagetechnik von Don Passos zu kopieren, sondern die eigene Stimme auszuprobieren – das war für das Gros der deutschen Nachkriegsautoren das Problem, und darauf spielte Bölls Hinweis, wie schwierig es damals gewesen sei, auch nur eine halbe Seite Prosa zu schreiben, wohl auch an. Nur ganz wenigen gelang es damals bereits, das Neue aufzunehmen und für sich produktiv zu machen. Am Beginn dieser neuen westdeutschen Literatur steht Wolfgang Koeppens 1951 erschienener Roman *Tauben im Gras*[144], für viele der bis heute nie wieder erreichte Höhepunkt der westdeutschen Nachkriegsliteratur. Koeppen gelang es beinahe als einzigem in diesen frühen 50er Jahren, die modernen experimentellen Schreibtechniken virtuos zu benutzen und dabei zugleich seine eigene Stimme zu finden. *Tauben im Gras* ist der erste politische Roman über die westdeutsche Nachkriegsgesellschaft, Koeppen war sofort an der

Gegenwart orientiert und an den in sie hineinfallenden Schatten der Vergangenheit, unter denen Anfang der 50er Jahre (und bis heute) zu leben war, und unter der beginnenden Restauration, die Koeppen als erster westdeutscher Schriftsteller beschrieben hat.

Warum hat Böll so lange am Krieg als Thema festgehalten? Ich möchte meine erste Erklärung erweitern. Er war damals so sehr fixiert auf den Zusammenbruch, daß er die Tendenzen der ersten Nachkriegsjahre und der Anfangsjahre der Bundesrepublik zwar erkannte, aber nicht darauf reagieren konnte, weil er einerseits wie gelähmt war, andererseits waren seine Energien gebunden an den Versuch, nun endlich gegen die in das Land hereinströmende ausländische Literatur selber schreibend bestehen zu können. Das Thema des Krieges konnte er aus der Distanz bereits bewältigen, aber die verwirrende Situation der Nachkriegszeit war ihm noch zu nah. Es gab unter den Intellektuellen wenige, die die Situation realistisch eingeschätzt und zu reagieren begonnen hatten. Noch viel später, noch Ende der 50er Jahre, sogar noch in den 60er Jahren ist die damalige Zeit dargestellt worden als Zeit des Aufbruchs. Aber das war mehr Möglichkeit als Realität und kurz darauf auch schon keine Möglichkeit mehr. Es gab damals, gerade unter den Intellektuellen, eine Euphorie, die sagte: jetzt beginnt alles neu. Es gab eine große unbestimmte Hoffnung, die sich zum Beispiel artikuliert hat in der Zeitschrift *Der Ruf*. Unter der Überschrift »Das junge Europa formt sein Gesicht«[145] schrieb Alfred Andersch im ersten Heft des *Rufs* im August 1946:

»In dem zerstörten Ameisenberg Europa, mitten im ziellosen Gewimmel der Millionen, sammeln sich bereits kleine menschliche Gemeinschaften zu neuer Arbeit. Allen pessimistischen Voraussagen zum Trotz bilden sich neue Kräfte- und Willenszentren. Neue Gedanken breiten sich über Europa aus. Der auf die äußerste Spitze getriebenen Vernichtung entsprang, wie einst dem Haupt des Jupiter die Athene, ein neuer, jugendfrischer, jungfräulich-athenischer Geist. Die Bedrohung, die hinter uns liegt, und diejenige, die unserer wartet, hat nicht zur lähmenden Furcht geführt, sondern nur unser Bewußtsein dafür geschärft, daß wir uns im Prozeß einer Weltwende befinden. Die Träger dieses europäischen Wiedererwachens sind zumeist junge, unbekannte Menschen. Sie kommen nicht aus der Stille von Studierzimmern – dazu hatten sie keine Zeit –, sondern unmittelbar aus dem bewaffneten Kampf um Europa, aus der Aktion. In Frankreich scharen sie sich um die Gruppe der ›Existentialisten‹ und deren Mentor Jean Paul Sartre, zu dem sich Albert Camus und Simone de Beauvoir gesellen, oder sie bilden Experimentierzellen in den bestehenden Parteien, so etwa Emanuel Mounier mit dem *Esprit* in der jungen Partei Bidaults oder Aragon bei den Kommunisten. Ihr Leben in den letzten Jahren war gleichbedeutend mit dem Leben der französischen ›résistance‹. Kristallisationspunkte des jungen Italien sind der aus der Emigration zurückgekehrte Dichter Ignazio Silone, der eine Synthese von Sozialismus und religiösem Denken versucht, oder Ferrucio Parri, der Leiter der Aktionspartei. Der Sieg der Labour Party in England ist nicht denkbar ohne die innere Erneuerung der Arbeiterbewegung durch ihre jungen Kräfte. Skandinavien gab seine besten Kräfte in diesem Krieg: den dänischen Pfarrer Kaj Munk und den jungen norwegischen Dichter Nordhal Grieg, der über Berlin abstürzte. Diese Namen sind nur die äußerlichen Zeichen einer Bewegung, in der sich ... die europäische Jugend manifestiert. Das Gesetz, unter dem sie antritt, ist die Forderung nach europäischer Einheit. Das Werkzeug, welches sie zu diesem Zweck anzusetzen gewillt ist, ist ein neuer, von aller Tradition abweichender Humanismus, ein vom Menschen fordernder und an den Menschen glaubender Glaube, ein sozialistischer Humanismus. Sozialismus – das meint in diesem Fall, daß

Europas Jugend ›links‹ steht, wenn es sich um soziale Forderung handelt. Sie vertritt wirtschaftliche Gerechtigkeit und weiß, daß diese sich nur im Sozialismus verwirklichen läßt. In einem wirklichen Sozialismus, nicht in ›sozialen Reformen‹. Der Menschengeist hat eine Stufe erreicht, in der ihm der private Besitz von Produktionsmitteln ebenso absurd erscheint wie vor 2000 Jahren die Sklaverei ... ›Links‹ steht dieser Geist ferner in seiner kulturellen Aufgeschlossenheit, seiner Ablehnung nationaler und rassischer Vorurteile, seiner Verhöhnung des provinziellen Konservatismus.« [146]

Heute gelesen, klingen die Sätze etwas befremdend, man spürt sofort, daß etwas Falsches darin ist; statt Analyse Intuition, Pathos, Ungenauigkeit. Urs Widmer hat in einer Analyse besonders der Sprache der Autoren des *Rufs* nachgewiesen, daß der vielzitierte »Kahlschlag« damals nicht nur nicht in der Realität, sondern noch nicht einmal in der Sprache stattgefunden hat oder nur in Ansätzen. So einfach ließ sich der Faschismus nicht abschütteln. »Zwölf Jahre Klischeesprache scheinen schwer auf den jungen Journalisten zu lasten«, resümiert Widmer. »Sie können sich von den vernebelten Begriffen, die das Dritte Reich geschaffen hat, nicht lösen. Im gleichen diffusen Stil wird weitergeschrieben – nur die Vorzeichen haben sich geändert. Es ist ein Symptom, wenn inzwischen ausgezeichnete Stilisten gewordene Autoren wie Alfred Andersch sich so hilflos ausdrücken, wie es im *Ruf* der Fall war.« [147]

Wie illusionär die Hoffnungen der politischen und literarischen Intellektuellen in den ersten Nachkriegsjahren waren, läßt sich mit einem kurzen Blick auf die politischen Realitäten erkennen. Nicht ganz ein Jahr später, nachdem Andersch seinen Artikel veröffentlicht hatte, im April 1947, wurde *Der Ruf* von der amerikanischen Militärregierung verboten; den Amerikanern galt die Zeitschrift als »unbequemes, oppositionelles, demokratisches Blatt der jüngeren Generation« [148], wie Hans Schwab-Felisch in einem Rückblick auf den *Ruf* berichtet hat. Das war die politische Realität: Deutschland war geteilt, es kam die Zeit des Kalten Krieges und der russischen Blockade gegen Berlin, während der die amerikanische Luftwaffe Tag für Tag West-Berlin anflog und so die Versorgung in der eingeschlossenen Stadt sicherte, die Amerikaner halfen den Deutschen beim Wiederaufbau, Konrad Adenauer wurde 1949 mit einer – seiner eigenen – Stimme Mehrheit Bundeskanzler, es gab Krieg in Korea, die Verhältnisse in der Bundesrepublik normalisierten sich, das deutsche Wirtschaftswunder begann mit amerikanischer Hilfe und der Preis war die Eingliederung der Bundesrepublik in das westliche Verteidigungsbündnis. In einem Rückblick auf *Tauben im Gras*, diesen ersten deutschen Roman über die Nachkriegsgesellschaft, hat Koeppen später in einem Vorwort zur zweiten Auflage gesagt:

»*Tauben im Gras* wurde kurz nach der Währungsreform geschrieben, als das deutsche Wirtschaftswunder aufging, als die ersten neuen Kinos, die ersten neuen Versicherungspaläste die Trümmer und die Behelfsläden überragten, zur hohen Zeit der Besatzungsmächte, als Korea und Persien die Welt ängstigten und die Wirtschaftswundersonne vielleicht gleich wieder im Osten blutig untergehen würde. Es war die Zeit, in der die neuen Reichen sich noch unsicher fühlten, in der die Schwarzmarktgewinner nach Anlagen suchten und die Sparer den Krieg bezahlten. Die neuen deutschen Geldscheine sahen wie gute Dollars aus, aber man traute noch mehr den Sachwerten, und viel Bedarf war nachzuholen, der Bauch war endlich zu füllen, der Kopf war von Hunger und Bombenknall noch etwas wirr, und alle Sinne suchten Lust, bevor vielleicht der Dritte Weltkrieg kam.« [149]

Böll hat als die Voraussetzung, unter der einer nach dem Krieg zu schreiben angefangen hat, angegeben »die Voraussetzung völliger Gleichheit, die sich als vorübergehend erwies: jeglicher Avantgardismus, jeder Rückgriff auf revolutionäre Literaturformen wäre lächerlich gewesen; es ist sinnlos, Bürger erschrecken zu wollen, wenn keine mehr vorhanden sind«.[150] Das ist aber nur Bölls persönliche Voraussetzung gewesen, und natürlich gab es sehr bald wieder Bürger, und ein Autor wie Koeppen griff als einer der ersten die Restaurations-Tendenzen in seinem Werk an und tat das auch artistisch. Koeppen, muß man dazu sagen, hatte aber auch schon vor dem Krieg geschrieben und veröffentlicht, und als er nun Anfang der 50er Jahre literarisch sofort souverän auf seine Zeit reagierte, war das kein Debut, sondern eine Weiterentwicklung seiner Mittel aus früherer Zeit.

Gegenüber Koeppens artistischem Schreiben wirkt Bölls Prosa schwerfällig und bieder, konventionell realistisch. Und war Koeppen ein Autor, der sich mit seiner Person entzog, ein Außenseiter, der die Anonymität liebte, niemand, der sich hinters Lesepult stellen konnte, kein Redner, sondern ein Schreiber, so wirkte Bölls Prosa gleich am Anfang nicht zuletzt auch durch die Person, die man dahinter erkannte. Im Herbst 1949 las Böll erstmals in der Gruppe 47. »Weder seine äußere Erscheinung noch seine Diktion waren dazu angetan, besondere Aufmerksamkeit zu wecken, es sei denn, daß er dadurch auffiel, in keiner Weise der üblichen Vorstellung von einem Literaten zu entsprechen«, so hat Hermann Stresau Bölls Wirkung damals beschrieben. »Nichts an diesem schlichten Mann wirkte stilisiert. Er gab sich weder bohemisch, noch betont intellektuell. Er war damals noch Angestellter der Stadt Köln und, obenhin betrachtet, wäre er kaum von seinen damaligen Kollegen zu unterscheiden gewesen. Allein die ruhige Selbstsicherheit seines Auftretens, die freundliche Gelassenheit, mit der er sich der kritischen Prüfung durch die Gruppe stellte, deuteten auf künstlerisches Selbstbewußtsein. Böll las mit leiser Stimme, fast monoton. Dennoch oder gerade deswegen hörte man ihm gebannt zu.

Die von der Gruppe 47 eingeladenen Kritiker, die im Rufe eines besonders scharfen Reagierens und Zensierens standen, schienen verblüfft. Nach der Lesung eines Autors sonst in Grundsatzdebatten verstrickt, war man sich im Falle Böll rasch einig über die Qualitäten eines Schriftstellers, der so wenig Aufhebens von sich machte, der einfach erzählte und damit seine Hörer bezwang. Klassifizierungen, wie sie in der Gruppe 47 sonst gegeneinander ausgespielt wurden – littérature pure gegen littérature engagé –, waren hier fehl am Platz, angesichts einer unprätentiösen und zumindest nicht offen tendenziösen Prosa. Die Kritiker rühmten das handwerkliche Können des jungen Autors, seinen Sinn für das Atmosphärische, sie lobten die Klarheiten seiner Aussage.«[151] Noch 1961 hat Hans Bender die damalige Wirkung der frühen Böll-Texte mit dem Eindruck beschrieben: »Diese Sprache stimmt. Der Kontrast zwischen Profanem und Sakralem, zwischen Religion und Reklame, den Böll aufzeigte – in den Erzählungen des Bandes *Wanderer kommst du nach Spa...* –, war der Kontrast, der auch uns durchschnitt.«[152]
Im selben Jahr, als Koeppens erster Angriff, seine zornige Bestandsaufnahme der deutschen Nachkriegsgesellschaft erschien, *Tauben im Gras*, 1951, erhielt Böll den Preis der Gruppe 47 für seine Kurzgeschichte *Die schwarzen Schafe*[153], auf deren Entstehungsdatum der Text selber in keiner Zeile hinweist, er könnte auch von einem Unbeteiligten nicht erraten werden: diese Kurzgeschichte führt einen gewissen Onkel Otto vor, der als schwarzes Schaf der Familie gilt, alle Verwandten anpumpt, später durch Losgewinn zu Geld kommt und kurz darauf bei einem Verkehrsunfall ums Leben kommt; und sie führt das Patenkind dieses Onkel Otto vor, das in Onkel Ottos Fußstapfen steigt, eines Tages auch durch Losgewinn zu Geld kommt und nicht durch Unfall zu Tode kommt, sondern sich fortan bei allen Verwandten größter Beliebtheit erfreut.

Das klingt sehr läppisch, und von einer literarischen Relevanz dieser Geschichte kann keine Rede sein. Den damaligen Teilnehmern der Gruppe 47-Tagung galt der Text als »humoristische Kurzgeschichte«, und »seine Komik« – so Hermann Stresau – »wurde als Positivum gewertet, lag sie doch der Tragik sehr nahe«.[154] »Was selbst durchaus kritische Hörer überzeugen mochte«, schreibt Stresau, »war gewiß nicht allein die beträchtliche Qualität seines zunächst so harmlos klingenden Textes, sondern wohl im gleichen Maße der Respekt vor der Persönlichkeit, die hinter den Worten steht. Niemand konnte sich der sanft überredenden Stimme eines Autors ganz entziehen, bei dem Person und Werk so unverkennbar übereinstimmten. Vor allem bestach eine Art von unterkühltem Humor, wie er so gar nicht dem Klischee vom rheinischen Frohsinn entsprach.«[155]

Von heute aus gesehen überzeugen die damaligen Argumente – Humor, Komik als Positivum, weil sie in dem Fall »doch« der Tragik sehr nahe liegen – kaum. Interessant daran ist nur, daß auch damals schon niemand Werk und Person Bölls voneinander trennen wollte, die literarische Bedeutung seines Werks immer auch mitbegründet wurde durch den tiefen Eindruck, den seine Person hinterließ.

Betrachtet man die gesamte literarische und politische Szene in der Bundesrepublik der frühen 50er Jahre, so fällt auf, daß die vielleicht wichtigste literarische Stimme, die Wolfgang Koeppens, nicht beachtet wurde. Nicht Koeppen ist später in die westdeutsche Literaturgeschichte als der große politische Schriftsteller eingetragen worden, sondern diese Rolle hat Heinrich Böll übernommen. Sein Engagement setzte ein zu einem Zeitpunkt, als Koeppen das Schreiben von politischen Romanen einstellte. 1953 veröffentlichte Koeppen *Tod in Rom*[156] und 1954 den Bonn-Roman *Das Treibhaus*[157], in dem die Hauptfigur ein Abgeordneter namens Keetenheuve ist, Pazifist, der in seinem Büro Gedichte von Baudelaire übersetzt, ein rigoroser Moralist, der überall nur Korruptionen sieht, Lügen, falsche Verdächtigungen und faule Kompromisse. Koeppens Roman spielt in den Korridoren und im Plenarsaal des deutschen Bundestages, in den Redaktionen der Zeitungen, und wohl noch nie hat sich ein deutscher Schriftsteller so nahe dem Ort des politischen Geschehens genähert. Koeppens Roman greift die damaligen politischen Tendenzen an, es war die Zeit der Diskussionen über die Wiederaufrüstung, gegen die Keetenheuve sich wehrt, aber niemand hört ihm zu. Wer sich nun wehren muß, sind auch nicht die, die für Wiederaufrüstung sind, sondern Keetenheuve; und Koeppen. »Herr Koeppen ist Antifaschist. Er ist vermutlich auch Antikommunist.« [158] Das schrieb 1954 Klaus Harprecht in einer Rezension des Romans, und Jürgen Peters hat recht, wenn er den Satz gelesen hat als eine Denunziation, die er damals im Zeichen des Kalten Krieges ohne Zweifel darstellte.[159]

Ich habe die Stellung Koeppens in der damaligen Zeit hier in Ansätzen beschrieben, um deutlich machen zu können, in welchem Augenblick Bölls Engagement historisch einsetzte. Koeppen kam zu früh. Auch für Böll sind das bedeutsame Daten gewesen – etwa die Währungsreform oder die Wiederaufrüstung –, aber er hat damals nicht mit der Vehemenz eines Koeppen reagiert, und mit einer kleinen zeitlichen Verzögerung: als die Ereignisse schon stattgefunden hatten. Betroffen war er zwar bereits, als sie stattfanden, aber als Schriftsteller darauf reagiert hat er erst später, während Koeppens Kritik zeitlich zu nahe an den Ereignissen dran war und wohl deshalb so heftig abgelehnt wurde. Als Bölls literarisch-politische Opposition relevant und bedrohlich wurde, bestand keine Gefahr mehr, daß seine Kritik die politische Realität noch hätte einholen können. Keiner wäre wohl ernsthaft auf den Gedanken gekommen, Jahre danach oder gar heute noch ernsthaft über die Wiederaufrüstung zu diskutieren, ge-

schweige denn, sie rückgängig zu machen. Es ist zu vermuten, daß das politische Engagement des Schriftstellers Heinrich Böll von der großen Öffentlichkeit wohl nicht zuletzt deshalb akzeptiert worden ist, weil es mit zeitlicher Verspätung die Dinge behandelte. Als in der Bundesrepublik die wichtigen, den Weg dieser Gesellschaft bestimmenden Entscheidungen getroffen wurden, da war Böll noch mit anderem beschäftigt: mit dem Faschismus und dem Krieg, oder mit der Ehe, oder mit dem Schwarzmarkt, oder überhaupt mit dem Alltag in der Bundesrepublik. Böll ist niemandem in diesen frühen 50er Jahren als jemand erschienen, der das westdeutsche Gesellschaftssystem grundsätzlich in Frage stellte. »Sein Ton war von Anfang an unverwechselbar, leise und bestimmt, weder plakativ noch schreiend, mit Anklängen eines noch zaghaften Humors, bisweilen auch weich bis zur Gefühligkeit ... Es ist kennzeichnend, wenn vielleicht auch nicht nur der reine Zufall, daß er in der berühmten Anthologie *Tausend Gramm* von Wolfgang Weyrauch nicht vertreten ist«, hat Hans Schwab-Felisch über den frühen Böll geurteilt: »Böll hat nie einen Kahlschlag in unserem Dickicht unternommen, es dann aber durchsichtig gemacht.«[160]
Vor einigen Jahren, in einem Rückblick auf die deutsche Nachkriegsliteratur, hat mit guten Gründen Heinrich Vormweg, mit Bezug auf diese Äußerung Schwab-Felischs, gerade hier den seiner Ansicht nach vielleicht zentralen Grund für den Erfolg des frühen Böll sehen wollen. »Heinrich Böll war alles andere als ein Radikaler, als ein Revolutionär«, schrieb Vormweg. »Er wollte nicht ausbrechen. Er war Kleinbürger, Christ, Katholik, und das ideologische Dickicht war für ihn zweifellos eine Realität, auf die er unmöglich von außerhalb des Dickichts herabsehen konnte, an deren Stelle er sich auch nicht ohne weiteres etwas anderes vorstellen konnte. In diesem Dickicht starben und lebten die Menschen, und in seinen Augen hätte wohl ein Kahlschlag nicht zuletzt auch Men-

schen erschlagen. Heinrich Böll erzählt gleichsam in diesem Dickicht und für die Menschen in ihm. Die einzige Haltung war für ihn die des Mitleidens, die einzige fragwürdige Hoffnung, sich langsam herauszuarbeiten.«[161]

Es ist sicher kein Zufall, daß in dem Augenblick, als Bölls politisches Engagement als Schriftsteller zeitlich auf selber Höhe war mit den Ereignissen, er etwa aktuell in die Debatte um die Notstandsgesetze in den 60er Jahren eingriff oder sich für eine sozialliberale Koalition einsetzte, ja als er den Ereignissen sogar voraus war Anfang der 70er Jahre, als er die Behandlung des Problems Terrorismus durch einen großen Teil der westdeutschen Medien-Öffentlichkeit diskutierte und bereits den Begriff »Bürgerkrieg« verwendete, die wirkliche Bedeutung des Terrorismus allgemein aber erst Mitte der 70er Jahre erkannt wurde – daß genau in diesen Augenblicken Bölls Umstrittenheit rapide zunahm und er als engagierter, den Weg der Bundesrepublik kritisch kommentierend begleitender Schriftsteller so sehr in Zweifel gezogen wurde, daß ihm als einem angeblich geistigen Vater der Terroristen sogar Morddrohungen ins Haus geschickt wurden, ihm und unbekannten Leuten, die zufällig Böll hießen.

Seit seinem *Spiegel*-Artikel *Will Ulrike Gnade oder freies Geleit?*[162], erschienen im Januar 1972, waren die verschiedenen Positionen im Streit um Heinrich Böll eingefroren. Dieser *Spiegel*-Artikel löste damals einen wahren Medien-Krieg aus. Noch Ende der 70er Jahre schrieb ein Buchhändler an Bölls Verlag, er könne es nach den neuesten Terror-Anschlägen nicht »mit seinem Gewissen« vereinbaren, die Böll-Werkausgabe seinen Kunden anzubieten, und machte die Bestellung rückgängig.[163]

Ich möchte, am Rande, Bölls Motivation, wie sie sich in diesem *Spiegel*-Artikel ausdrückt, erklären. Anlaß war für Böll eine Überschrift in der *Bild*-Zeitung: »Baader-Meinhof mordet weiter«; diese Schlagzeile stand über dem Bericht zu einem Bankraub in Kaiserslautern, bei dem ein Polizist erschossen wurde. Daß Baader, Meinhof und Angehörige den Bankraub verübt hatten, konnte zu diesem Zeitpunkt aber niemand sagen; die Überschrift in der *Bild*-Zeitung war keine zutreffende, gesicherte Nachricht. Bölls Interesse ging aber noch über diesen Angriff gegen die *Bild*-Zeitung hinaus, und in dem folgenden Streit um Bölls Artikel ging es dann auch hauptsächlich nicht mehr um die journalistische Praxis der *Bild*-Zeitung, sondern um Bölls Ansichten über Baader-Meinhof. Böll schrieb: »Es ist eine Kriegserklärung von verzweifelten Theoretikern, die sich in die Enge begeben haben, in die Enge getrieben worden sind und deren Theorien weitaus gewalttätiger klingen, als ihre Praxis ist.«[164] Man wird vermutlich ewig darüber streiten, ob Böll hier die Aktivitäten von Baader-Meinhof verharmlost hat oder nicht; daß er sie verharmlost habe, ist ihm in den letzten Jahren immer wieder vorgeworfen worden. Man kann auf jeden Fall sagen, daß Bölls Motivation, wie sie in diesem *Spiegel*-Artikel zu erkennen ist, überhaupt nicht verstanden worden ist. Woran Böll auch in diesem Artikel sich wieder erinnerte, das war für die meisten schon zu ferne Vergangenheit, ohne Relevanz mehr in der Gegenwart. Aber gerade darauf pochte Böll, daß die Vergangenheit noch Relevanz habe auch in der Diskussion über Baader-Meinhof, dies ist der Zusammenhang, nur in diesem Zusammenhang kann sein *Spiegel*-Artikel sachlich und fair diskutiert werden: »Ich halte es für psychologisch aussichtslos«, so lauten die entscheidenden, Bölls Denk-Zusammenhänge wiedergebenden Sätze, »Kleinbürgern, Arbeitern, Angestellten, Beamten (auch Polizeibeamten), die vom Erlebnis zweier totaler Inflationen geschreckt sind, ihren relativen Wohlstand ausreden zu wollen, wenn man ihnen nicht erst einmal ausführlich und nationalökonomisch exakt darlegt, wie fürchterlich ›gleich‹ ihre Chancen bei der Währungsreform waren. Und hat je einer die jüngeren Polizeibeamten darüber informiert, auf dem Hintergrund welcher Polizeigeschichte sie ihren Beruf ausüben, oder sind die jungen Juristen alle darüber informiert, auf dem Hintergrund welcher Rechtsgeschichte sie ihren Beruf ausüben? ... Für einen so abscheulichen Satrapen wie Baldur von Schirach, der einige Millionen junger Deutscher in die verschiedensten Todesarten trieb und zu den verschiedensten Mordtaten ermutigte, sogar für ihn gab es Gnade. Ulrike Meinhof muß damit rechnen, sich einer totalen Gnadenlosigkeit ausgeliefert zu sehen. Baldur von Schirach hat nicht halb so lange gesessen, wie Ulrike Meinhof sitzen müßte ... Wieviel junge Polizeibeamte und Juristen wissen noch, welche Kriegsverbrecher, rechtmäßig verurteilt, auf Anraten Konrad Adenauers heimlich aus den Gefängnissen entlassen worden und nie wieder zurückbeordert worden sind? Auch das gehört zu unserer Rechtsgeschichte und läßt Ausdrücke wie Klassenjustiz so gerechtfertigt erscheinen wie eine Theorie des Strafvollzugs der politischen Opportunität ...« [165]

Das sind die Voraussetzungen von Bölls *Spiegel*-Artikel: Rückblick auf den Faschismus, auf die Situation im Jahr 1945; der Vorwurf der Verharmlosung des Faschismus nach 1945: »Wahrscheinlich wird die *Bild*-Zeitung bald so weit sein, einen so armen Teufel wie Hermann Göring, der sich leider selbst umbringen mußte, unter die Opfer des Faschismus zu zählen.« [166]

Wie immer man dies nun auch bewertet: ob man von Bölls Privatkampf gegen die Gesellschaft spricht, gerichtet gegen Tendenzen, die bereits in die westdeutsche Wirklichkeit einzementiert sind; ob man Bölls gewachsenen Ruhm in den 50er und 60er Jahren lediglich zurückführt darauf, daß ihm die Gesellschaft die Funktion des Opponenten und kritischen Intellektuellen als lediglich repräsentative Rolle überlassen hat, weil Böll nie ans Fundament dieser Gesellschaft rührte, solange es um Probleme wie das des Katholischen in dieser Gesellschaft oder allgemein um die Beziehung zwischen Kirche und Staat oder zwischen Künstlern und Staat ging – es spricht in jedem Fall für Bölls Konsequenz, wenn er bis zuletzt auf zwei Ereignisse Anfang der 50er Jahre verwies, die Währungsreform und, mehr noch, die Wiederaufrüstung. Diese Ereignisse haben ihn mißtrauisch werden lassen, und man kann in dem Aufbau seiner Kritik an der gegenwärtigen Welt auch eine Logik erkennen: vertrieben aus der Kindheit, die er um so leichter verteidigen konnte gegen die Umwelt, weil diese Kindheit durch die Umwelt zerstört worden ist, bestand er auf einer zertrümmerten Umwelt, weil diese Trümmer ihn, was die Wirklichkeit oder die Utopie seiner Kindheit betrifft, in eine Position des Recht-Habens versetzten, und als dann die kapitalistische Bundesrepublik die Tendenzen seiner Kindheits-Welt genauso bedrohte wie vormals der Faschismus, begann er sich gegen die westdeutsche Wirklichkeit zu wehren, deren Tendenzen er verursacht sah vor allem durch die beiden Ereignisse Währungsreform und Wiederaufrüstung. Durch die Währungsreform, »weil ich bei diesem Ereignis am eigenen Leibe verspürte, wie irrsinnig Geldmanipulationen sind ... Ich kriegte am Tag der Währungsreform plötzlich sehr viele Honorarvorschüsse als Abgeltung von Rechten, die erst später nach der Währungsreform wahrgenommen wurden ... Es war das strikt kapitalistische Modell, das mit der Währungsreform etabliert wurde, aber die Reform war natürlich auch eine Erlösung aus einem permanenten Inflations- und Schwarzmarktgetümmel, wo es ja im Grunde auch um die Herrschaft der Brutalen ging – wer hat das schon überstanden: ein paar Schieber ... Die Währungsreform als solche kann man nicht denunzieren; aber es ist natürlich richtig, daß mit ihr dieses System importiert wurde.«[167] Die Wiederaufrüstung war für ihn persönlich noch entscheidender, weil sie ihm »klar machte, daß uns die Befreier im Stich ließen[168]«.

Die Bundesrepublik wurde gebaut auf dem ideologischen Untergrund des Anti-Kommunismus. Dieser Anti-Kommunismus hat die Literaturgeschichte in der Bundesrepublik wesentlich mitgeschrieben. Die großen deutschen Schriftsteller, die ins Exil gegangen waren, sind nie mehr richtig zurückgekommen, es ist auch gar nicht erst versucht worden, sie zur Rückkehr zu bewegen. Der aufgeklärte Humanismus eines Alfred Döblin etwa ist nach 1945 als Diskussionsmodell nicht mehr aktuell gewesen. Das war die Zeit des Kalten Krieges und nicht die Stunde der Emigranten, sondern der Autoren, die im Dritten Reich in die sogenannte innere Emigration gegangen waren. Da gab es bald den späten Ruhm Gottfried Benns, einen Ruhm, der durch Benns Werk gerechtfertigt war, aber es ist unbestreitbar, daß dieser Ruhm in den 50er Jahren durch die politischen Ereignisse und das politische Klima in der Bundesrepublik besonders begünstigt wurde. Da gab es bald einen deutschen Außenminister, Heinrich von Brentano von der CDU, der Bert Brecht mit dem NS-Autor Horst Wessel verglich. Da wurde Heinrich Mann in der DDR und Thomas Mann in der Bundesrepublik geehrt. Da zeigte sich Konrad Adenauer als ein sehr machtbewußter Bundeskanzler, auf den die intellektuelle Opposition damals nicht so sehr nun auch ihrerseits mit dem gleichen kalten Machtbewußtsein reagierte, sondern nur emotional antworten konnte – nicht verwunderlich angesichts dieses Klimas.[169]

Wie sehr Böll enttäuscht gewesen ist, daß damals Vorstellungen einer sozialistischen oder kommunistischen Gesellschaft nicht realisiert wurden, zeigt sich daran, wie er noch mehr als zwanzig Jahre später, 1967, darüber gesprochen hat. »Von einigen Ausnahmen abgesehen, sind die Angehörigen meiner Altersklasse gar nicht dazu gekommen, Kommunisten zu werden. Sie haben diesen, wie ich finde, notwendigen geistigen Prozeß versäumt, einen Prozeß, den ich aber nicht etwa als Turnübung verstehe, sondern der so vonstatten geht, daß einer tatsächlich Kommunist wird und es möglicherweise auch bleibt. Und ich führe das miserable politische Leben in der Bundesrepublik darauf zurück, daß nicht wenigstens einige von uns Kommunisten geworden und es auch geblieben sind. Dann gäbe es diese linken Flügelchen nicht und nicht diese widerwärtige, schon etablierte Denunziation. Aber meiner Altersklasse ist die Auseinandersetzung mit dem Kommunismus, die Chance und Gefahr, möchte ich sagen, ihm zugehörig zu werden, durch Hitler und Stalin sehr erleichtert und zu häufig erspart worden. Wahrscheinlich wäre ich – solche hypothetischen Spielregeln erlaubt sich ja jeder hin und wieder – Kommunist geworden. Vielleicht bin ich ein verhinderter Kommunist ... Ich möchte nur, daß dem Kommunismus in der Ausübung seiner Macht mindestens so viele Jahrhunderte Zeit gegeben wird, wie sie der Kapitalismus gehabt hat. Denn ich halte den Kommunismus immer noch für eine Hoffnung, für eine Möglichkeit des Menschen, sich die Erde ›untertan zu machen‹, ihr Ordnung zu geben – wobei wir übrigens meinetwegen auch das Wort ›Sozialismus‹ gebrauchen können. Diese Hoffnung teile ich offensichtlich mit allen Völkern der Erde, die jetzt anfangen, sich zu befreien. Aber der Kommunismus-Sozialismus müßte sich aller nationalen und imperialistischen Beimischungen entledigen. Er sollte seine Angst verlieren, eine Angst, die ich nicht begreife: die Angst etwa vor Religion und vor der Kunst. Er müßte ein freies Verhältnis zu beiden gewinnen und auch Vertrauen in beide.« [170]

Und auch noch dreißig Jahre nach Zusammenbruch des Dritten Reiches war einer seiner zentralen Orientierungspunkte dieses Jahr 1945: »Ich kann versichern«, sagte er in einem 1976 geführten Gespräch, »daß das Erlebnis der Befreiung 1945 fortwirkt ... dieser Augenblick, als der Krieg vorüber war, und wir tatsächlich – wir sind ja befreit worden, nicht frei geworden. Das halte ich für sehr wichtig. Deshalb ist auch unsere Geschichte nicht von uns bestimmt, sondern sie ist bestimmt worden von den Mächten, die uns befreit haben; die ganze europäische Geschichte übrigens. Frankreich auch. Da wollen wir uns nichts einbilden. Aber diese Wirkung der Befreiung, das Erlebnis: die sind weg, die Nazis, die deutsche Wehrmacht, da hast du nichts mehr mit zu tun, – wirkt bis heute in mir fort. Und es wirkt auch fort – Dankbarkeit muß ich sagen – für die Leute und Mächte, die uns befreit haben; und das macht die politische Existenz und die politischen Äußerungen eines Autors in Europa, behaupte ich – ob der Italiener, Franzose oder Deutscher ist – eigentlich sekundär. Denn wir sind keine Freien, sondern Befreite. Aber ich versichere Ihnen, dieser Augenblick der Befreiung, der darin bestand, daß ich gefangen genommen wurde – ist ja paradox, nicht? –, den habe ich nicht vergessen. Und auch aus diesem Gefühl heraus ist das Engagement entstanden ...«[171]

»Die Chancen« (einer sozialistischen Gesellschaft) »waren sehr groß, aber ich bin sicher, daß das verhindert worden ist von den Siegermächten ... Sagen wir lieber: verhindert worden wäre, wenn man's versucht hätte. Und wenn ich das jetzt noch gerechterweise hinzufügen will, daß ich die Rolle Adenauers heute anders sehe, nicht besser und schlechter, aber anders, daß auch er, der ja entscheidend, der ja die Bundesrepublik geprägt hat, bis heute, daß er nicht anders konnte, er wollte auch nicht anders. Das ist eine andere Frage. Aber er hätte gar nicht anders gekonnt, weil der Druck der Amerikaner und auch Engländer und wahrscheinlich auch Franzosen zu stark war auf diesen merkwürdigen Staat Bundesrepublik, der da entstand ... Für ihn war es richtig so, und er war überzeugt davon, aber selbst wenn, hätte er gar nicht anders gekonnt.«[172]

1950, 1951 wurde Böll unruhig angesichts der politischen

Entwicklung, war aber nicht so beunruhigt, daß er nun schon meinte, unbedingt mit aller Verve politisch und literarisch darauf reagieren zu müssen. Er hat nach dem Krieg jahrelang gedacht: »Na ja, der Krieg ist verloren, die Nazis sind weg, wir leben in einer demokratischen Zone, und es wird schon gehen.«[173] Die Währungsreform verstärkte wie gesagt sein Mißtrauen, »aber innenpolitische Aktivität habe ich erst entwickelt, als mir klar wurde, daß die Befreier uns im Stich lassen würden, was die Wiederaufrüstung betraf. Das war sehr deutlich so zu spüren 50, 51, daß wir wieder aufgerüstet werden sollten, daß man sehr, sehr gnädig mit den alten Nazis und regelrechten Kriegsverbrechern umging, die alle entlassen wurden und ... irgendwo versteckt, alte Generäle, auch Politiker. Und die Tendenz dieser scheinbaren Milde war deutlich zu spüren dann 52, 53 usw., und damals hatte eine scheinbar linke Zeitschrift wie die *Frankfurter Hefte* etwa sofort nachgegeben, im Gegensatz zu einem konservativen Menschen wie etwa Reinhold Schneider, der gegen die Wiederaufrüstung war als Konservativer und – von da an ist die deutsche Innenpolitik permanent korrumpiert worden, aus äußerem Druck, zum Teil auch aus Anpassung, und von da an hat sich mein politisches Engagement ... entwickelt – verschärft auch.«[174]

Diese Beschreibung seiner allmählichen politischen Bewußtwerdung zeigt Bölls bis zuletzt enge Beziehung zu dem, »was wir Chance genannt haben und was ich auch weiterhin so nennen würde«.[175] Böll schrieb auch in den 80er Jahren noch aus seinen allerersten Antrieben heraus; er maß immer noch alles am Zusammenbruch 1945. Was damals hätte werden können, was versäumt wurde, was daraus gemacht wurde – das hatte er nicht vergessen. Nur so ist zu erklären, daß er Anfang der 70er Jahre, 25 Jahre nach Ende des Zweiten Weltkriegs und nach dem Zusammenbruch des Dritten Reiches, sich motiviert sah, noch einmal weit in die deutsche Geschichte zurückzugehen, bis in die Zwanziger Jahre, und in dem Roman *Gruppenbild mit Dame* den historischen Untergrund der Bundesrepublik Deutschland von frühem Beginn an darzustellen. Er brauchte immer noch den Staub der Trümmer. Er hat selber mal ein schönes und überzeugendes Bild gefunden, von ihm ironisch gebraucht, aber es war durchaus wörtlich zu nehmen: da kam einer seiner Söhne ins Zimmer und schüttete Säcke voller Trümmer auf seinem Schreibtisch aus, und dann fing Böll an zu schreiben. Er hatte nichts vergessen. Er war eines der großen Gedächtnisse dieses Jahrhunderts, mit zwei Haupterinnerungen, die vor allem sein Protestpotential mit Energien versorgten: die Erinnerung an seine relativ heile Kindheit, aus der er vertrieben wurde, und die Erinnerung an den Zusammenbruch 1945, dem nicht die von ihm erhoffte Änderung folgte, sondern die Installierung eines Systems, dessen Tendenz auch wieder gegen die Wirklichkeit oder die Utopie seiner Kindheit gerichtet war.

Geprägt worden ist das intellektuelle politische Leben in der Bundesrepublik von Verdrängung. »Zerstörung von Erinnerung« war einer der Angstträume Adornos, er fürchtete sich vor einer Menschheit ohne Erinnerung. Adorno hat seinen Verdacht des Geschichtsverlusts bestätigt gesehen durch empirische Befunde aus den 50er Jahren, die belegten, daß die junge Generation vielfach nicht mehr wußte, wer Bismarck und Kaiser Wilhelm I. waren; Befragungen von heute ergeben totale Unkenntnis vieler Schüler über Hitler.

»Daß der Faschismus nachlebt; daß die vielzitierte Aufarbeitung der Vergangenheit bis heute nicht gelang und zu ihrem Zerrbild, dem leeren und kalten Vergessen, ausartete, rührt daher, daß die objektiven gesellschaftlichen Voraussetzungen fortbestehen, die den Faschismus zeitigen.« [176] Adorno hat diese Ansicht begründet mit dem Hinweis auf die fehlende Panik im Jahr 1945. Der Nationalsozialismus, so lautet seine

Argumentation, beruhte auf kollektivem Narzißmus. Die narzißtischen Triebregungen des einzelnen, denen die »verhärtete Welt immer weniger Befriedigung verspricht und die doch ungemindert fortbestehen, solange die Zivilisation ihnen sonst so viel versagt«[177], fänden Ersatzbefriedigung in der Identifikation mit dem Ganzen. »Dieser kollektive Narzißmus,« sagte Adorno, »ist durch den Zusammenbruch des Hitler-Regimes aufs schwerste beschädigt worden. Seine Schädigung ereignete sich im Bereich der bloßen Tatsächlichkeit, ohne daß die einzelnen sie sich bewußt gemacht hätten und dadurch mit ihr fertig geworden wären. Das ist der sozialpsychologisch zutreffende Sinn der Rede von der unbewältigten Vergangenheit ... jene Panik blieb aus, die nach Freuds Theorie ... dort sich einstellt, wo kollektive Identifikationen zerbrechen. Schlägt man nicht die Weisung des großen Psychologen in den Wind, so läßt das nur eine Folgerung zu: daß insgeheim, unbewußt schwelend und darum besonders mächtig, jene Identifikationen und der kollektive Narzißmus gar nicht zerstört wurden, sondern fortbestehen. Die Niederlage hat man innerlich so wenig ganz ratifiziert wie nach 1918.«[178]

Adorno meinte, zwar sei die Demokratie in der Bundesrepublik wohl tiefer in das Bewußtsein des einzelnen und der Masse eingedrungen als nach dem Ersten Weltkrieg; der antifeudale, durchaus bürgerliche Nationalsozialismus habe durch Politisierung der Massen, gegen seinen Willen, der Demokratisierung in gewissem Maße sogar vorgearbeitet. »Junkerkasten wie radikale Arbeiterbewegung sind verschwunden; zum ersten Mal ist so etwas wie ein homogener bürgerlicher Zustand hergestellt«, schreibt Adorno. »Aber daß in Deutschland Demokratie zu spät kam, nämlich nicht zeitlich zusammenfiel mit dem wirtschaftlichen Hochliberalismus, und daß sie von den Siegern eingeführt ward, läßt das Verhältnis des Volkes zu ihr schwerlich unberührt. Unmittelbar wird das selten geäußert, weil es einstweilen unter der Demokratie zu gut geht, auch weil es der in politischen Bündnissen institutionalisierten Interessengemeinschaft mit dem Westen, zumal Amerika, entgegen wäre. Soviel wird man sagen können, daß das System politischer Demokratie zwar in Deutschland als das akzeptiert wird, was in Amerika a working position heißt, als ein Funktionierendes, das bis jetzt Prosperität gestattete oder gar förderte. Aber Demokratie hat nicht derart sich eingebürgert, daß sie die Menschen wirklich als ihre eigene Sache erfahren, sich selbst als Subjekt der politischen Prozesse wissen. Sie wird als System unter anderem empfunden, so wie wenn man auf einer Musterkarte die Wahl hätte zwischen Kommunismus, Demokratie, Faschismus, Monarchie; nicht aber als identisch mit dem Volk selber, als Ausdruck seiner Mündigkeit.«[179]

Ich habe diese theoretischen Überlegungen Adornos so ausführlich zitiert, weil sie auch wieder Bölls Grundüberzeugungen ausdrücken. Böll hat das in seinem Werk theoretisch in dieser Stringenz nicht durchdenken und formulieren können, er hat dafür Adornos Einsichten sehr früh als konkretes Erlebnis vorgeführt bekommen. Es gibt Bölls Bericht vom ersten Appell in einem amerikanischen Kriegsgefangenenlager: »Die peinlichste Szene, an die ich mich erinnere, ist das zackige und eifrige Vortreten einiger Mitgefangener ...: Wenige Stunden, nachdem sie noch Durchhalten und Mord gepredigt hatten, erklärten sie sich bereit, sich als Verbreiter demokratischer Gedanken schulen zu lassen.«[180] Das waren Grunderfahrungen, sie waren es geblieben bis zuletzt: »Diese Art Bekehrung war eine sehr peinliche Begleiterscheinung der Nachkriegsentwicklung ..., und dann auch das für mich doch fast lächerliche Demokratiegetue der ehemaligen Hitlerjungen, dieser genauso sehr aufgesetzte demokratische Habitus. Wir waren ja nicht undemokratisch erzogen – ich sage das jetzt für mich –, ich kann das nicht sagen, und in den Städten so wie

Köln hat's immerhin auch schon sogar in der Kaiserzeit und im fünfzehnten, sechzehnten Jahrhundert ja schon Ansätze von Demokratie gegeben; wir wollen's nicht übertreiben. Es gab Zünfte und Klassen, aber es war nicht mehr obrigkeitsbedingt alles, schon gar nicht kirchlich, schon gar nicht! ... Also wir hatten doch eine Ahnung und Erinnerung an demokratische Strukturen ... auch in der Weimarer Republik ... das haben wir ja noch mitgekriegt. Und dann kam also dieses aufgesetzte Demokratische, nicht so sehr etwa bei der Generation von Adenauer, der natürlich auf seine Weise auch aus dieser stadtdemokratischen Tradition kam mit Einschränkungen, die in seiner Person liegen. Das Erschreckende – und bis heute erschreckt mich das noch manchmal, wenn ich so Bundestagsdebatten sehe und höre – diese Posaunen-Demokraten, die jetzt so Mitte vierzig sind und von denen wir ja wissen, daß sie wahrscheinlich alle in englischen Gefangenenlagern zu Demokraten gemacht worden sind.« [181]

Man kann Bölls Werk, seine Romane, Erzählungen und Kurzgeschichten ebenso wie seine Essays, Artikel und Reden, lesen als einen Angriff gegen das »leere und kalte Vergessen«, von dem Adorno gesprochen hat. Zerstörung von Erinnerung, »Auslöschung von Erinnerung« [182] ist immer auch eine Angstvorstellung Bölls gewesen. »Der gute Deutsche«, als der Böll im Ausland galt, und besonders Böll und einige andere Autoren haben nach dem Krieg das Bild der Deutschen im Ausland neu prägen können, das Prestige der Westdeutschen im Ausland ist vor allem das Prestige der westdeutschen Literatur gewesen – Böll ist in den Augen des Auslandes »der gute Deutsche« nicht zuletzt deshalb gewesen, weil er sich gegen diese Auslöschung von Erinnerung gewehrt hat. Er ist der »Moralist Böll« geworden, als in der Bundesrepublik kalte Machtvorstellungen über moralische Kriterien zu dominieren begannen. Da wurde mancher Kritiker etwa Adenauers »kaltgestellt«, zum Beispiel eine so kenntnisreiche Publizistin und Kommentatorin wie Margret Boveri, die schon von den Nationalsozialisten bedrängt worden war und deren Kommentare nun auch bald in der *Frankfurter Allgemeinen Zeitung* nicht mehr erwünscht waren: der Herrschaftsapparat besaß zu allen Zeiten genug Möglichkeiten, um unbotmäßige mißliebige Kritiker ins Abseits stellen zu lassen. Es ist heute kaum noch vorstellbar, welcher Mut dazu gehörte, im Jahre 1958, noch in der Hoch-Zeit des Kalten Krieges, den Satz hinzuschreiben, daß »das bolschewistische Rußland sich im Jahre 1941, als die deutsche Wehrmacht dort einfiel, im Zustand der gerechten Verteidigung befand«[183] – der Satz steht in Bölls berühmtem *Brief an einen jungen Katholiken*[184], der heute so brisant nicht mehr wirkt, seine damalige Brisanz aber aus dem Umstand bezog, daß es für einen Autor damals tödlich sein konnte, solch einen Satz hinzuschreiben. Bölls internationaler Ruf als engagierter kritischer westdeutscher Schriftsteller beruht darauf, daß er Dinge ausgesprochen hat, die einerseits aus dem Gedächtnis aller zu verschwinden drohten, die andererseits – und zugleich – gerichtet waren gegen dieses »gemischte Gebilde, das Bundesrepublik heißt«[185] und für das eine Formel zu finden nach Bölls Worten nicht einmal ein Einstein der Formulierung fähig gewesen wäre. *Hierzulande*[186], das ist ein Text aus dem Jahr 1960, also geschrieben fünfzehn Jahre nach Ende des zweiten Weltkrieges, elf Jahre nach Gründung der Bundesrepublik Deutschland, in der Hoch-Zeit der Adenauer-Ära und der mehr und mehr ökonomisch florierenden westdeutschen Nachkriegsgesellschaft – darin sucht Böll diese Gesellschaft mit einem Blick ab, der nicht oberflächlichen politischen und ökonomischen Erfolg genießen will, sondern Reste von Schmerz und Trauer aufspüren möchte, die aber fast nirgends zu finden sind. »Was unterscheidet die Menschen hier eigentlich von denen im Jahr 1933?« Diese Frage stellt ein Besucher im Jahr 1960, und Böll antwortet zunächst: »Natürlich nichts«, er fügt dann noch hinzu: »Es geht ihnen wirtschaftlich besser als denen damals.« »Gibt es noch Nazis in diesem Land?« Bölls Antwort: »Natürlich, hatten Sie erwartet, ein nacktes Datum, der 8. Mai 1945, habe die Menschen verwandelt ... Sie werden hierzulande niemals jemanden sagen hören: Deutschland ist besiegt worden, immer werden Sie hören: Zusammenbruch. Mit den Worten ›nach dem Zusammenbruch‹ bezeichnet man die Zeit von Mai '45 bis zur Währungsreform, oder zurückblickend nennt man sie: vor der Währungsreform. Die Zeit vom 20. Juni 1948 bis heute nennt man: nach der Währungsreform, im Volksmund schlichter: vor und nach der Währung, wobei mit ›vor der Währung‹ instinktsicher auch die Kriegszeit, in der das Geld strömte, gemeint ist ... Vielleicht ... fragen Sie bei Ihrem nächsten Deutschlandbesuch einen Finanzexperten nach der geheimnisvollen Formel, die die einen 100 Reichsmark in 7, die anderen aber gleich in 5000 oder mehr verwandelte.« Das wird bereits gesagt abends im Taxi auf dem Weg zum Bahnhof, unterwegs durch eine Straße, »da strömen die Gebäude Weihe und Würde aus, bester Stein ist da in bestem Reichsparteitagsstil verarbeitet« und der Fahrer »konnte sich erlauben, noch präziser als der Volksmund zu werden: ›Da steckt Geld mit drin, das mein Vater vierzig Jahre in die Lebensversicherung gezahlt hat‹.«[187] Das Gespräch, berichtet Böll, sei mißglückt gewesen, der Besucher habe von ihm genaue Auskunft über die Bundesrepublik erwartet, aber er sei nicht fähig gewesen, über ein so ungenaues Land Auskunft zu geben. Man steht dann abends auf dem Bahnsteig, »der Zug ... schon abfahrbereit; einige Reisende schliefen schon, andere trösteten sich an Abendzeitungen und warmen Würstchen; nachdem der Besucher eingestiegen war, seinen Platz gefunden, das Fenster heruntergeschoben hatte, blieben noch einige Minuten, zu wenige, als daß wir das mißglückte Gespräch noch einmal hätten aufnehmen können. Ich versuchte mir vorzustellen, was er denken und fühlen mochte; in dieser Stadt geboren, zur Schule gegangen, im Jahre 1937 emigriert; seine Eltern blieben bis 1939; ihr Vertrauen auf die deutsche Anständigkeit hätte sie fast das Leben gekostet; drei Jahre später – im Jahr 1942 – setzte man schon sein Leben aufs Spiel, wenn man einem Juden eine Handvoll Kartoffeln in sein Versteck brachte, oder wenn man als polnischer Kriegsgefangener ein deutsches Mädchen in einem Hausflur küßte; ein Kuß in der Haustür, eine Handvoll Kartoffeln, oder eine politische Randbemerkung im Luftschutzkeller ... Noch drei Minuten bis zur Abfahrt des Zuges; zwecklos, die Gedanken noch formulieren zu wollen; auf dem gegenüberliegenden Bahnsteig warten müde Bummler auf die Abfahrt in ein Provinznest. Vielleicht sind die Juden, die auch 1942 noch auf die deutsche Anständigkeit vertrauten, von diesem Gleis aus nach Polen gefahren. Sie waren auch bei der Abfahrt noch nicht bereit, an das Schreckliche zu glauben. Wer glaubte daran? Ein Kuß in der Haustür, eine Handvoll Kartoffeln, eine politische Randbemerkung unter Nicht-Parteimitgliedern. Sich nur nicht auf den Menschen und seine Psyche verlassen. Man müßte die Sprache der Bahnhöfe entdecken, die Lyrik der Eisenbahnschienen entziffern, den Gesang der Stufen übersetzen können, die auf Bahnsteige hinaufführen: polnische Gefangene, russische Gefangene, Juden, Soldaten, verschickte Kinder, unzählige Füße Todgeweihter haben diese Stufen berührt. Die Menschen, die an heißen Sommernachmittagen, gereizt von mißglückten Landpartien heimkehrend, hier lustlos ihre lauwarme Limonade schlürfen, haben ihre Söhne und Brüder an Züge begleitet, die von hier aus in den Tod fuhren. Womit ist ihre Trauer getötet, ihre Erinnerung verschüttet worden? Wie wenige Gesichter in diesem Land lassen erkennen, daß der Besitzer der Trauer und der Erinnerung fähig ist. Den Trauernden ist Trost versprochen, den Gereizten nicht. Würde eine Mutter auf diesem Bahnsteig in Tränen ausbrechen, weil sie sich erinnerte, daß von diesem Bahnsteig aus ihr Sohn in den Tod fuhr – man würde ihr tröstend auf die Schulter klopfen und sie insgeheim der Sentimentalität zeihen; wie kann man sich ein solches Gedächtnis leisten, das sechzehn, siebzehn Jahre zurückreicht. Wenn dieselbe Frau ohne starke Gemütsbewegung zusehen würde, wie sieben Feuerwehren sich mühen, eine Katze zu retten, die in ein Abflußrohr rutschte, würde man sie für eine gefährliche Bestie halten. Man muß innerhalb der handelsüblichen Sentimentalitätsschablonen reagieren, sonst gilt man als gefährlich; die Erinnerung an den Tod der Nachbarn ist keiner Handbewegung wert. Für alles, was der Erinnerung dienen könnte, hat die Psychologie die Mordwaffe geliefert, die heute jedermann zur Verfügung steht: das Wort Ressentiment; wie ein Messer wird es jedem in die Brust gestoßen, der es wagt, echte Gefühle zu zeigen. Um dieser Mordwaffe zu entgehen, treibt man Erinnerungen und Gefühle ab, es ist dieser permanente Abort, der die Gesichter so leer macht; geweint und geschrieen wird nur noch in den psychiatrischen Kliniken. Gefühllosigkeit, Sentimentalität beherrschen den Markt, der die Objekte liefert, an die man sein Herz hängen kann: Maskottchen jeglicher Größe und Preislage, vom Mecki bis zum Hochhaus. Die Preise für ein Herz und ein Gewissen fallen; für das, was der Mensch wirklich braucht, steigen sie. Ein Beamter, der im Jahr 1936 in die Nazipartei eintrat, um seine Familie vor dem Elend zu bewahren, erscheint mir heute als ein ehrenwerter Mann; für ihn stand wirklich etwas auf dem Spiel, er war bedroht, und keine gesellschaftliche Instanz, keine kirchliche, die ihm das Gefühl des Bedrohtseins hätte in Gelassenheit verwandeln helfen. Die einzige Bedrohung, die einem Deutschen heute Angst einflößt, ist die des sinkenden Umsatzes. Sobald diese Drohung sich zu verwirklichen scheint, tritt Panik ein, stehen alle Zeichen auf Hochalarm. Es gibt sehr viele kluge, sehr gescheite, schreibgewandte junge Leute, die auf eine beunruhigende Weise informiert, die gebildet sind, Zusammenhänge erkennen, über den dritten punischen Krieg so gut Bescheid wissen wie über Faulkner; ich frage mich nur, wo ihr Widerstand anfängt oder anfangen würde. Sie haben weder Angst vor Adenauer noch vor Ollenhauer; wenn man ihnen winzige Konzessionen nachweist, zitieren sie eine Instanz, die viel gefährlicher ist, als der eine ist und der andere je werden könnte: Lieschen Müller, diese mythische Gestalt, die mir eine Erfindung ihres schlechten Gewissens zu sein scheint. Lieschen Müller und der Umsatz hängen eng zusammen. Wer den Umsatz gefährdet – hat eine Chance, die Deutschen zu provozieren. Der Tod ihrer Nachbarn und Freunde hat sie nicht gelehrt, das Leben zu würdigen; Schmerz ist nicht Weisheit, Trauer nicht Kraft geworden, sie sind auf eine absurde Weise arm, da sie angesichts der ständigen Drohung nicht einmal fähig sind, ihren relativen Wohlstand wirklich zu genießen. Der Hunger der Jahre ›vor der Währung‹ hat sie nicht einmal weise genug gemacht, der Segnungen des Augenblicks sich wirklich zu erfreuen; nicht einmal aus dem Elend ist ihnen eine Würze erwachsen; wessen Erinnerung sich auch nur über zehn Jahre erstreckt, der wird für krank gehalten oder gehört in Tiefschlaf versetzt, auf daß er gestärkt für die Gegenwart wieder erwache ... Schrecklich ist, daß es Anlässe genug gibt, über dieses Land und in ihm zornig zu werden, aber an wen den Zorn adressieren? Sie schlucken alles; man könnte ihnen auf dem Fernsehschirm vielleicht bei der Reportage über einen Verkehrsunfall zeigen, wie ihr eigener Nachbar stirbt; sie würden stutzen, möglicherweise noch sagen: ›Den kenn ich aber doch?‹ und schon auf das nächste Bild warten. Bei einer nächsten Währungsreform könnte man ihnen ihr Geld 100 = 0,1 aufwerten, das Vermögen der Schlauen dann entsprechend höher; sie würden seufzen, ein wenig schimpfen, aber dann bald schon die Ärmel aufkrempeln und schuften,

schuften; auf diese Weise kann man noch einige Wunder zustande bringen und braucht nicht zu fürchten, daß sich einer über die Unbekannte in der Gleichung aufregen würde. Die Umkehrung der wunderbaren Brotvermehrung ist der wunderbare Brotraub. Die Gesichter der Fachleute, die das Wunder mit glatten Worten zu erklären vermögen, sind so leer und tot wie der Mond.«[188]

Heinrich Böll
mit Sohn Raimund
und sein Bruder
Alois mit Kindern.

Vater Victor Böll
mit Heinrich Bölls
Sohn René.

D i e n s t v e r t r a g

Zwischen der Stadtverwaltung Köln, vertreten durch den Oberstadtdirektor, und

Herrn Heinrich Böll

wohnhaft . . . . Köln-Bayenthal, Schillerstr. 99 . . . .

wird folgender Dienstvertrag abgeschlossen:

Herr Böll

wird mit Wirkung vom 25.8.1950 bis 3o.9.195o als "vorübergehend Beschäftigter" bei der Stadtverwaltung Köln eingestellt. Vorgesehen ist ein Einsatz beim Statistischen Amt für die Durchführung einer Volkszählung.

Für das Beschäftigungsverhältnis gelten die Bestimmungen der Allgemeinen Tarifordnung für Beschäftigte im öffentlichen Dienst (ATO.), der Tarifordnung für Angestellte (TO.A), der Allgemeinen Dienstordnung zu diesen Tarifordnungen (ADO) sowie der Gemeinsamen Dienstordnung des früheren Reichs- und Preußischen Ministers des Innern (GDO) und außerdem der Besonderen Dienstordnungen der Stadt Köln zur ATO und TO.A vom 1o.8.194o.
Unter Hinweis auf § 19 der ATO und die entsprechende Bestimmung der hierzu erlassenen stadtkölnischen Dienstordnung wird die Beendigung des Dienstverhältnisses beiderseitig mit 24- stündiger Kündigungsfrist vereinbart.

Es gilt als klargestellt, daß die regelmäßige Arbeitszeit wöchentlich 48 Stunden beträgt.

Abweichendvon den normalen Tarifbestimmungen werden noch folgende Sondervereinbarungen getroffen:

Während der vereinbarten Dienstzeit wird eine Vergütung entsprechend der Vergütungsgruppe VII der TO.A gewährt, bei der die Grundvergütung nach dem Lebensalter festzusetzen ist. Eine Änderung dieser Grundvergütung infolge Erhöhung des Lebensalters ist ausgeschlossen. Die Zahlung der Dienstbezüge erfolgt am 3o.9.195o.

Ein Anspruch auf Anrechnung von Dienstzeiten gemäß § 7 der ATO besteht nicht.

Erholungsurlaub wird nicht gewährt.

Im Falle einer Erkrankung, die Dienstunfähigkeit zur Folge hat, werden die vereinbarten Dienstbezüge höchstens für 2 Wochen als Krankenbezüge weitergewährt, jedoch nicht über die Dauer des Dienstverhältnisses hinaus. Der Stadtverwaltung Köln bleibt es unbenommen, in diesem Falle das Dienstverhältnis unter Einhaltung der vertraglichen Kündigungsfrist zu lösen.
Künftige Änderungen der genannten Tarif- und Dienstordnungsvorschriften, soweit sie gesetzlich zustande kommen oder tarifvertraglich vereinbart werden, gelten vom Tage des Inkrafttretens ohne weiteres für dieses Dienstverhältnis, ohne daß es einer besonderen Vereinbarung bedarf.

Köln, den ....   Köln, den ....

Der Oberstadtdirektor
Im Auftrage:

(Verwaltungsdirektor)(Stadtamtmann)

1952.

1952

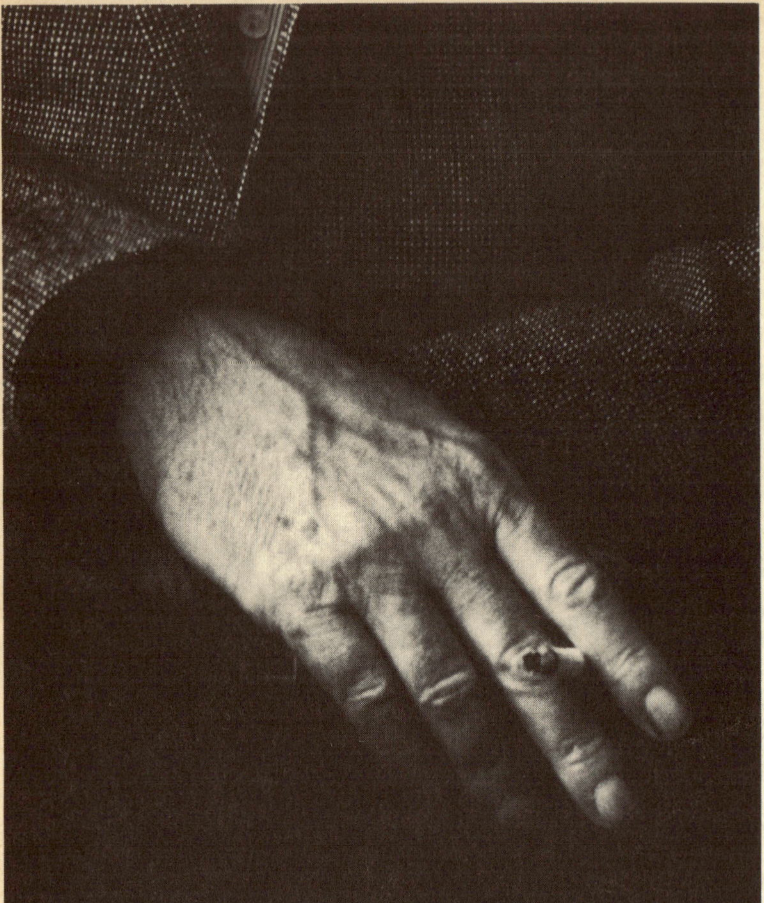

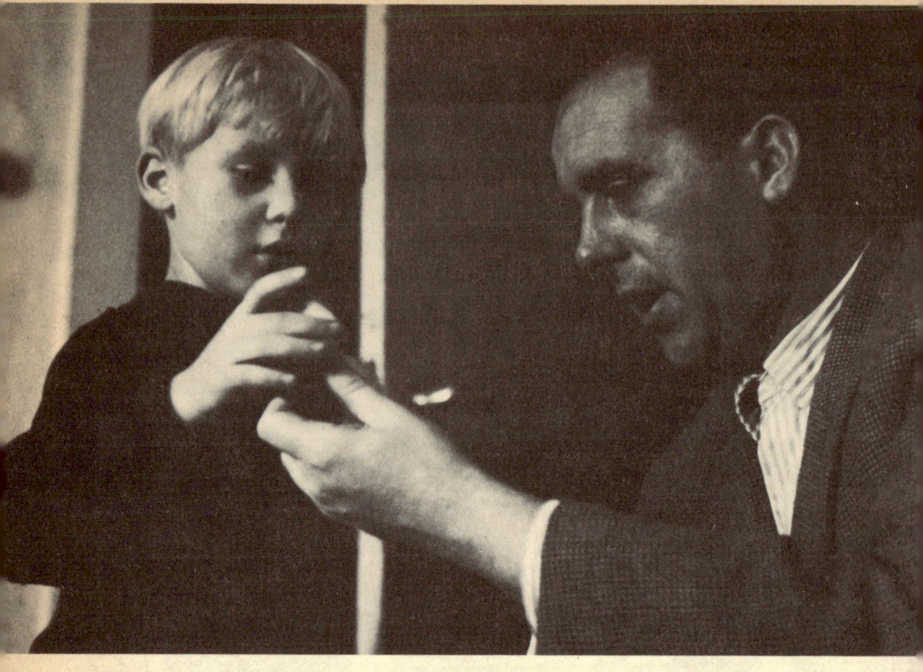

1953.

1953.

1953.

1953.

Signierstunde in Düsseldorf, 50er Jahre. Rechts Bölls Verleger Joseph Caspar Witsch.

Verleihung des Kunstpreises von Nordrhein-Westfalen.

Konrad Adenauer.

Ende der 50er Jahre.

Schriftsteller der Bundesrepublik Deutschland

»Bauen oder sprengen, ich weiß es noch nicht.«[189] Der Satz steht gegen Ende von Bölls 1959 erschienenem Roman *Billard um halbzehn*[190]. Böll stellt darin die Architektenfamilie Fähmel im Zusammenhang von öffentlicher und privater Geschichte dar: Der Großvater hatte eine Abtei gebaut, die der Sohn 1945 gesprengt hat, und der Enkel arbeitet nun im Jahr 1958 mit an ihrem Wiederaufbau, weiß jedoch anfangs nicht, daß es sein Vater war, der die Abtei 1945 gesprengt hat; als er es erfährt, dispensiert er sich von der Wiederaufbauarbeit und will erst einmal Statik studieren, ohne allerdings schon sagen zu können, was er später mit seinen Erkenntnissen anfangen will: »Bauen oder sprengen, ich weiß es noch nicht.«

Bölls frühe Bücher sind voller Mißtrauen gegenüber dem, was in der Bundesrepublik an Wiederaufbau geschieht. Die Frage: bauen oder sprengen, stellte sich für ihn jedoch noch nicht in diesen frühen 50er Jahren, er blieb in der Rolle des Beobachters, registrierte: In dem 1953 erschienenen Roman *Und sagte kein einziges Wort*[191] beschreibt er die Ehe-Welt der Familie Bogner, ihre Art, miteinander umzugehen und auszukommen, vor allem auch ihre Wohnungsprobleme, und in dem ein Jahr später erschienenen Roman *Haus ohne Hüter*[192] sind Thema die Welt- und Lebenserfahrungen zweier Kinder, deren Väter im Krieg gefallen sind. Böll hat sich zu dem Zeitpunkt abgewendet vom Krieg und den westdeutschen Alltag darzustellen begonnen, ohne jedoch die Vergangenheit zu vergessen. »Albert fand die Nazis schrecklich, aber in der Schule wurden sie nicht so schlimm dargestellt«, heißt es in *Haus ohne Hüter*; »andere Schrecken überdeckten die der nicht so schlimmen Nazis: die Russen.«[193] Böll hat durch Kursivdruck hervorgehoben die Wörter *Nazis, nicht so*

schlimm, nicht so schlimme Nazis. Weitere Kursivhervorhebungen gelten Wörtern wie *Geld* und *unmoralisch*.
Böll schrieb nun zwar sein Thema fort: Liebe und Tod, aber der Tod ist nun nicht mehr der Tod des Soldaten im Krieg, sondern es ist die Gesellschaft, die diesen Tod repräsentiert. Auch Böll begann, Statik zu studieren, die Statik der westdeutschen Gesellschaft. »Die Physiker würden das wahrscheinlich Prüfung des Materials nennen: man setzt das Material – in diesem Fall das Material Autorität oder Überbau – Prüfungen aus, wie man etwa ein Metall chemischen beziehungsweise physikalischen Prüfungen aussetzt; im Fall Literatur sind es sprachliche Prüfungen in und am Material Sprache – und das hält eben sehr wenig aus; das ist wiederum – wie im Fall Gewalt – nicht Schuld der Autoren, daß dieses Material Autorität oder Überbau so wenig aushält.«[194]
Und sagte kein einziges Wort ist das erste Buch Bölls, das im Verlag Kiepenheuer & Witsch erschienen ist; 1952 hatte Böll den Vertrag mit dem Verlag Middelhauve, bei dem seine ersten Arbeiten erschienen sind, gelöst. *Und sagte kein einziges Wort* wurde auch das erste wirklich erfolgreiche Buch Bölls, das seinen Ruhm und seine Bedeutung nicht nur bei Kritik und Schriftsteller-Kollegen festigte – er war zu dem Zeitpunkt bereits Preisträger der Gruppe 47 –, sondern auch den Durchbruch brachte beim großen Publikum. Auch im Ausland wurde Böll jetzt zunehmend als eine der interessantesten literarischen Stimmen Westdeutschlands beachtet, der Roman erschien noch 1953 in Holland, 1954 in Frankreich und England und 1955 in Amerika; als 1957 die russische Übersetzung herauskam, war Böll bereits ein international bekannter und renommierter Schriftsteller, ausgezeichnet unter anderem mit dem Kritikerpreis für Literatur und dem Eduard-von-der-Heydt-Preis der Stadt Wuppertal. Der Erfolg von *Und sagte kein einziges Wort* und *Haus ohne Hüter* machte Böll auch ökonomisch unabhängig, *Haus ohne Hüter* wurde

damals bereits als Bestseller gehandelt, und es war wohl auch ein Ausweichen vor diesem Bestsellerrummel, als Böll kurz darauf nach Irland reiste und ebenso in den folgenden Jahren immer wieder für längere Zeit nach Irland ging, sich 1959 auch ein Haus kaufte in Dugort, einem Dorf an der Westküste der Insel. Böll hat später selber eingeräumt, daß seine Reisen nach Irland auch Flucht gewesen seien. Er war sehr bald in den 50er Jahren in heftige Kontroversen verwickelt, hauptsächlich mit der katholischen Kirche, die er immer häufiger und immer direkter attackierte, der Teilnehmerkreis weitete sich bald und die Themen lauteten nun: Böll und die Gesellschaft, Böll und der Staat, der Künstler und der Staat, der Künstler und die Gewalt; und so fort. Da boten ihm die Aufenthalte in Irland so etwas wie Abstand-Gewinnen, Möglichkeit einer neuen Orientierung. »Irland war wirklich so etwas wie eine zweite Heimat, ist es zum Teil noch«, hat Böll 1975 rückblickend gesagt. »Aber das nehme ich sofort zurück, denn natürlich weiß ich, daß es keine zweite Heimat gibt, entweder man emigriert oder behält seine Nationalität – ich bin Deutscher, schreibe deutsch. Wenn man sich irgendwo zu Hause fühlt – und ich fühle mich in diesem unserem Land zu Hause, habe das Gefühl, daß ich hierhin gehöre –, dann muß man sich auch einmischen und eingemischt werden in das politisch-gesellschaftliche – und in Irland sehr wichtige religiöse – Leben, und insofern bin ich natürlich in Irland ein Fremder, immer Tourist geblieben.«[195]
Böll hat seine Irland-Erfahrungen der 50er Jahre in einem *Irischen Tagebuch*[196] beschrieben. Es sind achtzehn mehr oder weniger längere Erzählungen, von denen einige ab Weihnachten 1954 in Zeitungen vorabgedruckt wurden, vornehmlich in der *Frankfurter Allgemeinen Zeitung*, deren Mitherausgeber und Feuilleton-Chef Karl Korn Böll sogar ausdrücklich aufgefordert hatte, ins Ausland zu gehen, und ihn zu dem Irland-Buch angeregt hatte; Böll hat die 1957 erschienene

Buch-Ausgabe des *Irischen Tagebuchs* deshalb auch Karl Korn gewidmet.

Daß Böll in den frühen 50er Jahren sich nicht in sein Arbeitszimmer einschloß und ausschließlich Romane und Erzählungen und Kurzgeschichten schrieb – was er, wie er gesagt hat, sehr gern getan hätte –, sondern daß er widerstand und in die aktuellen politischen Diskussionen eingriff in Aufsätzen, Reportagen und Reden, hat zum großen Teil seinen Ruf als engagierter Schriftsteller begründet. Er hatte nie, wie viele andere Schriftsteller, Berührungsangst vor dem Schmutz des Alltags; auch deshalb konnte er der große gesellschaftskritische Schriftsteller der Nachkriegszeit werden. Er äußerte sich zum ungarischen Aufstand 1956 und zur Woche der Brüderlichkeit, er stellte in einem Hörspiel das Problem der Justiz in der Nachkriegszeit dar anhand des Falls eines Gerichtspräsidenten, der auch in der Nazizeit »in seiner blutroten Robe«[197] unter anderem bei der Hinrichtung von fünf 17- bis 18jährigen Kommunisten dabei war, er griff die Zusammenarbeit von Kirche und Militär an in seinem *Brief an einen jungen Katholiken,* beschrieb die Lage der Juden in Westdeutschland und legte sich mit den Gewerkschaften an, als er zu einem Fotobuch von Chargesheimer über das Ruhrgebiet den Begleittext schrieb – die Zeitungen waren anschließend voll von Leserbriefen, und auch der Oberbürgermeister von Essen »trat als Buchkritiker auf«: »Wir haben nicht die Absicht, derartige Veröffentlichungen unwidersprochen zu akzeptieren, besonders nicht, wenn wir glauben, leider eine deutliche Tendenz erkennen zu müssen.«[198] Der Herausgeber der Böllschen Werk-Ausgabe, Bernd Balzer, hat darauf hingewiesen, daß in der Diskussion um diesen Chargesheimer/Böll-Band das Grundmuster öffentlicher Reaktionen auf das Engagement Bölls zum ersten Mal deutlich sichtbar geworden ist: »Das inzwischen etablierte Image des Moralisten Böll veranlaßt die jeweils von seiner Kritik Betroffenen zu besonders heftigen Reaktionen, wobei der Ruf seiner Unparteilichkeit vor allem dadurch entstand, daß ihm von unterschiedlichsten, ja entgegengesetztesten Seiten Parteilichkeit und Tendenz vorgeworfen wurde.«[199]

Einmischung erwünscht[200] ist der Titel eines 1977 erschienenen Essay-Bandes von Böll. Zu dieser Einmischung ist er immer bereit gewesen, und er hat sich auch einmischen lassen. »Daß der Autor engagiert sein sollte, halte ich für selbstverständlich. Für mich ist das Engagement die Voraussetzung, es ist sozusagen die Grundierung, und was ich auf dieser Grundierung anstelle, ist das, was ich unter Kunst verstehe.«[201]

Bölls Engagement beruhte dabei kaum auf Optimismus, es war entstanden aus Abwehr, aus Einsicht in die Bedrohungen, die aus der Politik kommen, war entstanden aus Illusionslosigkeit. Der letzte Satz des *Briefes an einen jungen Katholiken* ist unmißverständlich: »Wir werden gezwungen, von Politik zu leben – und das ist eine fragwürdige Kost, da gibt es, je nach den Erfordernissen der Taktik, an einem Tag Pralinen, am andern Suppe aus Dörrgemüse: unser Brot müssen wir selber backen und das Wort uns bereiten.«[202]

»Mit einer in Deutschland wahrhaft beispiellosen Freiheit hat er den Stand des Ungedeckten und Einsamen dem jubelnden Einverständnis vorgezogen ... Ausgebrochen ist er aus jener abscheulichen deutschen Tradition, welche die geistige Leistung ihrem affirmativen Wesen gleichsetzt ... Seit Karl Kraus hat es nichts dergleichen unter deutschen Schriftstellern gegeben.«[203] Diese Worte Adornos beschreiben Bölls Rolle als engagierter Schriftsteller der Bundesrepublik Deutschland genau. Nur ein Blick in seine Essaybände, und schon durch Lektüre der Überschriften wird die Umfassenheit seiner Zeitgenossenschaft deutlich. Der Impuls, der all seine verschiedenartigen Reaktionen zusammenfaßt, ist dabei jene geschichtliche Sensibilität, die wie ein Seismograph auf Entwicklungen reagiert hat, die seinen Hoffnungen von 1945 entgegenliefen. Man lese nur einmal Bölls Rezension der Adenauer-*Memoiren*, in ihr sind alle seine wesentlichen Motive gebündelt. Bölls Argumentationen, die poetischen und politischen Bilder, die er gebraucht, lassen keinen anderen Schluß zu. Böll eröffnet seine Rezension bezeichnenderweise mit dem Vorwurf, Adenauer habe nie »der Dämon Erinnerung geplagt, ihn plagen nicht die Dämonen der Genauigkeit. Er hat nach 1945 keine Zeit verloren, und so sucht er sie nicht; es war seine Stunde, er hat die Zeit gewonnen, sie zu seiner gemacht, er hat unsere Zeit in seine Hand genommen ...«[204] Böll wirft Adenauer vor, das Ahlener Programm, die Währungsreform, die Berliner Blockade und die Wehrdebatte »beängstigend hurtig übersprungen«[205] zu haben. Er schreibt: »Ich weiß nicht, ob die Hirten und Oberhirten der verschiedenen Konfessionen noch an ethischen Fragen interessiert sind, aber sein könnte es ja, und dann könnte der Fall eintreten, daß Konrad Adenauers Erstling in die Kategorie der jugendgefährdenden Schriften eingereiht würde. Es sei denn, eine solche Einübung in Materialismus, Opportunismus, Pragmatismus und Zynismus werde der Jugend sogar zur moralischen Aufrüstung empfohlen, denn natürlich rollen da im trägen Fluß der nicht etwa trockenen, sondern ganz und gar vertrockneten, armseligen Prosa Vokabeln mit wie ›christlich-abendländisch‹ und ›christliche Ideale‹; versuchte aber ein jugendlicher Leser herauszubekommen, worin denn dieses ›christliche Abendland‹, woraus diese ›christlichen Ideale‹ bestehen, er würde nicht viel mehr finden als ›Privatbesitz, eine starke Armee, jenen zu verteidigen‹, und: nicht nur nicht Kommunist, sondern auch kein Sozialist zu sein. Mag sein, daß manchen diese Magermilch der frommen Denkungsart genügt ... Ich lese ...: ›Mäßiger Besitz ist eine wesentliche Sicherung des demokratischen Staates. Der Erwerb mäßigen Besitzes für alle ehrlich Schaffenden ist zu fördern.‹ Oh, ... was machen wir da bloß mit dem unmäßigen Besitz der unehrlich Schaffenden ... Es ist viel von Adenauers Menschenverachtung gesprochen, und von gar manchem ist sie als Kompositum seiner Größe angesehen worden. Aber große Menschen haben immer die verachtet, die über, niemals die, die unter ihnen standen. Wer's wie Adenauer zu machen versucht, trägt zur Nihilisierung der Demokratie bei ... Zwei wichtige, durchs ganze Buch sich hindurchschleppende Motive: die Diffamierung jeglicher Form des Sozialismus, oft gegen Parteifreunde, die ... versuchten, die Sozialdemokraten mit in die Regierung zu nehmen; hartnäckig, böswillig hat Adenauer das zu verhindern gewußt, und er hat nicht nur die Gegenkräfte in seiner eigenen Partei gelähmt, entmannt, entwürdigt, er hat auch die Sozialdemokratie auf eine fürchterliche Weise zerstört. Das zweite Motiv: die mit Hinterlist und Niedertracht, gegen den Willen und gegen die Einsicht eines damals friedfertigen Deutschland nicht nur betriebene, sondern hochgetriebene Wiederaufrüstung. Mag er nicht verstanden haben, wie das mit der Währungsreform so vor sich ging, das Geschäft der Wiederaufrüstung verstand er ... Kein Zweifel ist möglich: Adenauer nahm seine Stunde wahr ... er hatte weder vor Churchill noch vor Dulles, nicht vor Schumann und noch vor den Hochkommissaren Angst, und er hatte nicht die geringsten Komplexe. Sie zwangen ihm nicht ihre Konzeption auf, diese entsprach genau der seinigen, es war die Konzeption alter Konservativer, und so war Adenauer ihr Mann. Er nutzte, wie es eines Politikers Recht ist, jede Situation, ließ sich die Angst vor Stalin teuer bezahlen, bekam das Saargebiet ›geschenkt‹; er handelte die unpopuläre Wiederaufrüstung, die auch er wollte, gegen die große Freiheit für die Großindustrie ein; immer zwei Fliegen mit einer Klappe. Er bekam die Kriegsverbrecher frei, und er wurde mitschuldig an der moralischen Fäulnis, die alles zu befallen droht, was in diesem Land offiziell unter ›Bewältigung der Vergangenheit‹ läuft. Da können junge Deutsche unschuldi-

gen Herzens und allerbesten Willens nach Israel fahren, solange sie nur nicht wissen, daß Himmler am 25. Januar 1944 im Posener Theater 250 Wehrmachtsgeneräle über die Endlösung der Judenfrage informierte, ihnen offenbarte, daß alle Juden, auch Frauen und Kinder, ausgemerzt würden, und nur fünf von 250 Generälen klatschten nicht Beifall ... Wie viele von diesen 250 Mitwissern mögen unter denen gewesen sein, die Adenauer Zug um Zug, schon von 1950 an, freizuhandeln suchte, zuletzt mit dem zynischen Rat, den er Dulles und Kontant gab: ›Ich erklärte, ich verriete in diesem Kreis wohl kein Geheimnis, wenn ich mitteilte, der britische Hohe Kommissar habe mir versichert, daß niemand, der wegen Krankheit vorübergehend entlassen worden sei, wieder in Haft genommen werde. Die Amerikaner könnten sich ja diesem System anschließen, Leute aus Krankheitsgründen entlassen und sie dann einfach nicht wieder gesund werden lassen.‹ Es kommt also gar nicht darauf an, ob einer schuldig und wie schuldig er sein mag, es kommt darauf an, ob einer noch gebraucht wird, ob seine Schuld oder Unschuld politisch gerade opportun ist ... Es ist viel Niedertracht in diesem Buch, und es bedurfte wohl des letzten Restes von Menschenverachtung, auch der allerletzten Verachtung unserer Sprache, es zu publizieren, nicht ahnend, wieviel Sprache verraten kann. Die Lektüre ist niederschmetternd, sie ist verderblich, weil sie lähmt, und sie verblüfft, weil das Geschäft der Selbstoffenbarung trotz aller Verschweigeversuche mit solcher Ahnungslosigkeit betrieben wird. Da wundere sich noch einer über die Auflösung der bundesdeutschen Gesellschaft, über die Tatsache, daß ›Emigrant‹ ein Schimpfwort blieb ...«[206]
Böll als engagierter Schriftsteller, als Moralist; dieses Bild hat die Literaturkritik immer wieder neu ausgeschrieben, zum Teil ist es auch ein Bild gewesen, das sich sehr bald verselbständigt hat. Bölls Produktion hat sehr früh große Aufmerksamkeit der entscheidenden, die öffentliche Meinung bestim-

menden Kritiker auf sich gezogen. Es war wieder Karl Korn, der Bölls Arbeit durch seine Kritik unterstützt hat, es waren Kritiker wie Günter Blöcker, Marcel Reich-Ranicki und Joachim Kaiser, die seine Bücher ausführlich besprochen haben. Daß sich das Bild Bölls vom engagierten Schriftsteller und Moralisten verselbständigen konnte, lag zum großen Teil daran, daß seine Bücher immer wieder kontroverse Standpunkte ausgelöst haben, wobei aber allmählich der Gegenstand, die Bücher Bölls, in den Hintergrund gerieten und jetzt nur noch die kontroversen Ansichten unter Kritikern wie Reich-Ranicki und Blöcker im Vordergrund standen. Daß der eine immer anderer Ansicht war als der andere, das hat Bölls Bücher natürlich auch ins Gerede gebracht. Auffallend ist, daß aber kaum ein Kritiker auf Bölls Literatur jemals ausschließlich positiv reagiert hat. Böll ist von Anfang an, bis heute, immer umstritten gewesen. »Er nötigt uns, mit dem Vortrefflichen und dem Unvergeßlichen fast immer auch das Schwache, oft das Mißlungene, bisweilen das Peinliche hinzunehmen«,[207] schrieb 1963 Marcel Reich-Ranicki in einem *Der Moralist Böll* überschriebenen Aufsatz. »Die allen seinen größeren Arbeiten eigentümliche Parallelität der guten und der schlechten oder zumindest fragwürdigen Passagen wurde besonders deutlich in dem Roman *Ansichten eines Clowns* (1963).«[208] Gerade diesen Roman fand aber ein Kritiker wie Günter Blöcker, der bis dahin die Bücher Bölls mit am negativsten beurteilt hatte, wieder gelungen. Uneinigkeit also, bis heute, und ohne Zweifel ist diese Uneinigkeit zum großen Teil darauf zurückzuführen, daß zu Bölls Büchern immer nur Ansichten geäußert wurden, es gibt kaum wirklich fundierte Urteile, die seinen gesamten Hintergrund, den Zusammenhang seines Schreibens mit seinem Leben einbeziehen. Bezeichnenderweise gibt es immer nur Darstellungen von Einzelproblemen: Böll und die Religion, Böll und die Politik, Böll und die Moral; und so fort. Die Oberflächlichkeit in der

Resonanz auf Böll resultiert daraus, daß er immer nur in erster Linie als engagierter, sich moralisch äußernder Schriftsteller gesehen worden ist. Ohne Zweifel war er auch ein solcher Schriftsteller-Typ, aber das Engagement ist ein sekundäres Kennzeichen. In erster Linie war Heinrich Böll ein autobiographischer Schriftsteller, sein politisches moralisches Engagement beruhte darauf, daß er der politischen Entwicklung der letzten Jahrzehnte Widerstand entgegengesetzt hat, indem er sein Leben innerhalb der geschichtlichen Entwicklung erzählt hat. Künftige Biographen können sich ausführlich an seine Bücher halten; er hat alle Daten angegeben, alle Namen, alle Fakten – direkt autobiographisch und natürlich auch literarisch versetzt.
Böll als engagierter Schriftsteller; daß die Öffentlichkeit ihn hauptsächlich so und damit einseitig gesehen hat, darunter hat Böll ohne Zweifel sehr gelitten. Seine literarisch-ästhetische Arbeit wurde kaum noch gewürdigt. Ein Roman wie *Ansichten eines Clowns* wurde weniger in den Literaturblättern als im politischen Teil der Zeitungen diskutiert. In den 70er Jahren drohten Bölls Bücher sogar fast völlig hinter seinen politischen Kommentaren und seiner Person zu verschwinden, auch nicht wenige politische Freunde Bölls sahen den Schriftsteller Böll out of time. Joachim Kaiser hat für alle Zeiten die richtige Antwort gegeben: »... Autoren und Kollegen, die sich insgeheim für ›klüger‹ halten als Böll – und die nur eben nicht klug genug sind, mit ihrer Klugheit episch fertig zu werden und immer wieder Werke zu produzieren, die so selbstverständlich, märchenhaft, anarchistisch, unverkrampft und sanft-wild sind wie diejenigen Bölls.« [209]
Böll selber hat sich gegen diese Entwicklung gewehrt, so gut er konnte. Oft mußte er sogar darauf hinweisen, daß seine Intentionen gar nicht verstanden worden seien. Dieses »Phänomen« (Bernd Balzer [210]) tritt schon früh auf, in der Resonanz auf *Und sagte kein einziges Wort*. Der Roman wurde

damals als ehefreundlicher Roman gelesen, der Ruhe und Hoffnung ermöglichte in ungewissen, noch unsicheren Zeiten, während Böll ihn noch 1975 als einen ehekritischen Roman verstanden wissen wollte – aber er selber mußte eben erst darauf hinweisen; oder in der Resonanz auf *Ansichten eines Clowns*, einer Liebesgeschichte um Hans Schnier, der seine Industriellenfamilien-Herkunft abschüttelt und mit der aus ärmlichen Verhältnissen stammenden Marie Derkum zusammenlebt, das nötige Geld verschafft er sich als Clown und Pantomime; als Marie ihn verläßt, weil sie unter dem weder kirchlich noch staatlich legitimierten Verhältnis leidet, bricht der Clown Hans Schnier zusammen, psychisch, künstlerisch, ökonomisch, er sitzt am Ende des Romans als Bettler auf der Treppe vor dem Bonner Hauptbahnhof – Böll: »Ich glaube, daß kein Buch so mißverstanden worden ist wie die *Ansichten eines Clowns*. Es war eigentlich nur eine Liebesgeschichte, wirklich nicht mehr. Es ist hier auf eine Weise politisiert worden in diesem Land, wie in keinem anderen Land der Welt, noch nicht einmal in der Sowjetunion«[211] – die westdeutsche Öffentlichkeit behandelte das Buch unter anderem als »Abrechnung mit dem deutschen Staat«.

Er sei keine moralische Auskunftei, nicht das moralische Gewissen der Bundesrepublik, er sei Schriftsteller, der in erster Linie Romane und Erzählungen und Kurzgeschichten schreibe. »Es findet Betrug statt, wenn ein Autor seiner (jeweils für gut befundenen) Gesinnung wegen gelobt wird, ihm die Form verziehen oder diese nicht gewürdigt wird.[212] – Der Inhalt einer Prosa ist doch ihre Voraussetzung, ist doch geschenkt.«[213] Böll hat die Kritik aber nicht bewegen können, seine Bücher nun endlich einmal mit literaturästhetischen Maßstäben zu beurteilen und Kriterien wie »Engagement«, »Moral« beiseite zu lassen. Am Ende dieser Entwicklung, Mitte der 70er Jahre, mußte Böll sich sogar gegen den Vorwurf verteidigen, eine moralische Instanz zu sein, nachdem ihn die Öffentlichkeit zwanzig, fünfundzwanzig Jahre lang ausdrücklich in der Rolle des Moralisten und engagierten Autors hatte sehen wollen. »Daß eine Öffentlichkeit, eine Gesellschaft, auch ein Staat keine moralische Instanz mehr hervorbringt, die sensibel funktioniert – wie es etwa in Frankreich der Fall ist, in der Tradition der französischen Moralisten selbstverständlich ist, da gibt es sehr viel Krach, man bekämpft sich auf die bösartigste Weise, aber bestimmte moralische Voraussetzungen sind immer noch da, und die sind bei uns nicht da, und deshalb wird natürlich jemand, der sich hierzulande hin und wieder mal moralisch oder moralistisch geäußert hat, sehr schnell zu einer Instanz, die er gar nicht allein darstellen kann: das finde ich sehr viel beunruhigender, ... das ist eine zutiefst undemokratische Entwicklung«,[214] hat Böll noch 1975 auf den Vorwurf des Soziologen Helmut Schelsky geantwortet, er gebärde sich in der Rolle einer moralischen Instanz als »Kardinal und Märtyrer«[215]. Schelsky »sollte sich überlegen, wie solche Bilder entstehen; wie ein Mensch, der eigentlich nur ein Schriftsteller ist, in eine solche Rolle gedrängt werden kann und warum er immer wieder von allen Seiten aufgefordert wird, diese Rolle zu übernehmen ... Was einen Soziologen von der Intelligenz und dem Range Schelskys beunruhigen müßte, ist nicht meine Person, sondern die Tatsache, daß es zu dieser Entwicklung gekommen ist. Es ist ja nicht so, daß sich irgendein Schriftsteller oder zwei oder drei diese Autorität einfach genommen haben. Da ist also etwas leer oder hat sich entleert. Da wird Autorität von anderen nicht ausgeübt ... Der Verfall der öffentlichen Meinung ... und der Verfall der öffentlichen Kontrolle ist die Ursache dafür, daß Intellektuelle und Schriftsteller und ähnliche Figuren eine Bedeutung bekommen haben, der ihre reale Macht nie entsprochen hat und entsprechen wird ... Die öffentliche Meinung funktioniert einfach nicht ... Ein Beispiel: der Freispruch für den Euthanasiearzt Dr. Borm. Das war

wirklich eine fast unglaubliche Sache. In diesem Augenblick hätten alle moralischen Autoritäten aufschreien müssen, nicht um Herrn Borm ins Kittchen zu bringen, es ist ja kein Rachegedanke dabei, sondern ... also sagen wir mal: wenn die katholische Bischofskonferenz über den Schutz des Lebens redet und Euthanasie verwirft, hätte sie und auch die Instanzen der evangelischen Kirche in diesem Augenblick Alarm schlagen müssen. Wenn ein solches Vorgehen wie seines straffrei würde und in der Öffentlichkeit sich keine einzige Stimme meldet, dann kommen diese ... komischen Intellektuellen und protestieren. In dem Fall habe ich also gemeinsam mit Freunden eine Anzeige in verschiedenen Zeitungen aufgegeben, die wir selber finanziert haben. Wir haben also eine moralische Instanz gebildet ... Es funktioniert eben nicht ... Wenn die staatlichen Stellen nicht mehr genug Sensibilität haben, um zu sehen, wie schlimm ein solcher Freispruch ist, wenn keine Kirche und keine Partei ... den Mut haben, zu sagen: nein, das geht nicht, und Verfassungsbeschwerde einlegen und was weiß ich, dann entsteht so eine Leere, die völlige Entleerung der öffentlichen Moral ... Ich finde das Ganze absurd und lächerlich, und darin stimme ich mit Herrn Schelsky überraschenderweise überein. Ich würde nur von ihm erwarten, daß er die Ursachen analysiert. Es ist ja keine Usurpation, wir können ja nicht Macht und Herrschaft usurpieren, wie kämen wir denn dazu: sitzen in unserem Zimmer und haben eine Schreibmaschine und ein Telefon; das ist ja als Machtinstrument doch sehr wenig ...[216]«
Natürlich besitzt ein moralisch sich äußernder Schriftsteller doch ein entscheidendes Machtinstrument, aber das ist nicht die Schreibmaschine und nicht das Telefon, sondern das ist der Moralismus selber: nicht von ungefähr wird er von denen, die über die reale Macht verfügen und sogar über den Ausnahmezustand entscheiden können, als Waffe gefürchtet; seit jeher sind totalitäre Regime – und nicht nur sie – sehr emp-

findlich gegenüber intellektueller Kritik, fürchten eine öffentliche negative moralische Beurteilung ihres Systems. Und unter den deutschen Schriftstellern der Nachkriegszeit ist es Heinrich Böll gewesen, dessen moralisch-politisches Engagement sehr beachtet wurde, im Westen wie im Osten gleich stark. Unbestreitbar verfügte er seit den 50er Jahren über große Macht, und selbstverständlich übte er als Moralist auch Herrschaft aus. Nietzsche würde sagen: die Herrschaft der Schwachen; wer beurteilt, was gut und was schlecht ist, gerecht und ungerecht, der will Herrschaft ausüben über die, die seiner Meinung nach nicht das moralisch Gute, nicht die Gerechtigkeit vertreten. Böll war dabei der Typ eines Moralisten, der alte Werte verteidigt; entgegengesetzter Typ ist ein Autor wie James Joyce, der alte tradierte Moralvorstellungen in seinem Werk zu zerstören versucht hat. Absurd nur ist, daß Böll als jemand, der in seinen wesentlichen Impulsen konservativ orientiert war, für den Begriffe wie Ehre und Gerechtigkeit, Nachbarschaft, Familie und Liebe noch Substanz hatten, der gegen Umweltzerstörungen und Bürokratisierung und Rationalisierung aller Lebensformen eintrat, daß jemand wie er mit seinen konservativen politisch-moralischen Vorstellungen attackiert worden ist von Leuten, die sich selbst als konservativ definieren – das läßt nur den Schluß zu, daß diese Gesellschaft kaum noch wirklich konservative Positionen besetzt hält.
Bezeichnenderweise hat ein sich konservativ verstehender Soziologe wie Schelsky Böll angegriffen wegen der Art seines moralisch-politischen Engagements, eigentlich hätte sein Thema sein müssen die Untersuchung der Inhalte von Bölls moralischen Wert-Vorstellungen und die Frage, ob sie zeitgemäß sind oder gar vorwärts weisende Kritik beinhalten. Aber seinen politischen Gegnern – die Bölls Position gar nicht mehr wahrnehmen konnten, weil sie ihn in der Vergangenheit nur noch diffamierten, indem sie ihm etwa vorhielten, er kri-

tisiere nur westlich-demokratische Zustände und tue nichts für seine gefährdeten sowjetischen Schriftsteller-Kollegen, was Böll nicht zurückweisen konnte, weil er seine Hilfe im Untergrund für diese gefährdeten Kollegen nicht gefährden wollte; erst sehr viel später hat einer dieser gefährdeten Autoren, Solschenizyn, als er schon im Westen war, mitgeteilt, es sei Böll gewesen, der seine, Solschenizyns, Manuskripte jahrelang in den Westen geschmuggelt habe – seinen politischen Gegnern konnte eine genaue Beschäftigung mit diesen Böllschen Wert-Vorstellungen nicht gelegen sein, eben weil es konservative Werte sind.

Böll als ein seiner Grundorientierung nach konservativer Mann – das mag wieder überraschend klingen, die öffentlichen Bilder beschreiben ihn ja entgegengesetzt. Fest steht, daß Böll sich an keiner Stelle seines Werkes revolutionär geäußert hat. Fest steht aber auch, daß Böll sich in dieser Gesellschaft nicht geborgen fühlte und, indem er das Lustprinzip, seine relativ heile Kindheit verteidigte, eine der Stützen dieser Gesellschaft, dieses Realitätsprinzip, attackiert hat: das Leistungsprinzip. Man könnte dies eine »revolutionäre« Tat nennen, weil die gesellschaftlichen Entwicklungen in die entgegengesetzte Richtung liefen. Es ist scheinbar paradox: Böll war konservativ, wo er in seinem Werk Nicht-Eingelöstes aufbewahrte, während die anderen über dieses Nicht-Eingelöste lässig hinweggehen und sich dabei besonders progressiv fühlen; die utopische Dimension der Böllschen Literatur hat ihren Nährboden in seinem Blick zurück in die Vergangenheit, die Vergangenheit bot ihm das Modell, Bilder zu entfalten einer ersehnten anderen kommenden Gesellschaft. Das ist ein widerspruchsvoller Vorgang. Die Utopie, die da ausgebreitet wird, ist ja keine »saubere« Utopie, sondern durchsetzt mit Spuren der Realität, der erinnerten und der in der Gegenwart erlebten Realität. Es gibt also notwendigerweise auch Widersprüche; zum einen hat Böll sie selbst gesehen und in seinem

Werk auch bewußt dargestellt, zum anderen sind es Widersprüche, die seine Arbeit erst hervorgetrieben hat, also auch ihr Ergebnis sind. Nur diese Widersprüche sind interessant. Nur die Bedeutung dieser Widersprüche entscheidet über die Bedeutung eines Schriftstellers. Ich möchte eine der Hauptaporien der Böllschen Literatur darin sehen, daß seine konservative Grundhaltung Tabus am Leben hielt, die auf den ersten Blick völlig unvereinbar sind mit dem utopischen Element seiner Literatur. Ein Beispiel, wo dies besonders deutlich wird – um eine Formulierung Bölls über Adenauer zu verwenden: eine Beschränkung, die in seiner Person liegt –, ist Bölls Behandlung der Liebe, eines seiner Hauptthemen. Er bemüht sich in seinen Büchern um den vollen Begriff der Liebe, stellt ihn auch gegen Sexualität, aber darin verbirgt sich auch wieder ein Tabu. In dem Roman *Ansichten eines Clowns* gibt es einige komische Dinge: Die sexuelle Handlung heißt dort »die Sache machen«[217] – ein typischer Verdrängungsausdruck –, und hinterher wäscht man die Bettücher aus, wegen der Samenflecken – da ist Böll noch ganz den 50er Jahren verhaftet. Überhaupt die Situation: eine Frau hat Skrupel, mit einem Mann in einer wilden Ehe zusammenzuleben, ohne staatliche oder kirchliche Legitimierung des Verhältnisses – das konnte aber schon in den 50er Jahren nicht mehr das Problem sein, das den Zusammenbruch einer Liebesbeziehung erklärt. Man kann Bölls Verhältnis zur Sexualität, wie es in seinen Büchern sich abgebildet hat, als große Sensibilität in sexuellen Dingen interpretieren – er hatte ja eine eigene »Theologie der Zärtlichkeit«[218] entwickelt; oder aber als Scheu und Behindertsein, als Zeichen, daß Böll weit hinter den heute üblichen Standards zurück blieb – positiv also oder negativ, je nach eigenem Standort und Interesse. Aber immer, wenn Böll in seinen Büchern von und über Liebe spricht, ist in der ganzen Atmosphäre seiner Schilderungen eine Spur von Verdrängung. Liebe, das ist ja auch ein altes Betrugs- und

Sublimierungswort, damit wurde immer schon der Verzicht veredelt, und man müßte einmal ausführlich untersuchen, in welchem genauen Sinne Böll das Wort Liebe gebraucht.
Es gibt noch andere Widersprüche bei Böll: Einerseits politisch entschiedenes Eintreten für demokratisch-sozialistisch-humanistische Positionen, andererseits Festhalten an Religiösität, die nicht frei ist von Mystizismus. Es ist ein Humanismus, der schwer zu definieren ist, weil er politisch und religiös ausgerichtet ist, eine Mischung, in der jedes einzelne Element noch einmal gemischt ist, mit Kleinbürgerlichem und mit Proletarischem. Wie soll man, ferner, in diesen Zusammenhängen sein Pochen auf die Wirkung des Feministischen deuten? Und was bedeutet in diesen Zusammenhängen das Anarchische bei Böll? Man kann also ohne Mühe Positionen Bölls beschreiben, die kaum Kontakt miteinander haben oder nur zusammengehalten werden durch seine Person. Oder gibt es möglicherweise in seinem Denken und Empfinden eine Tendenz, die alle diese auf den ersten Blick voneinander getrennten Positionen miteinander koppelt? Das Konservative mit dem Anarchischen und Fortschrittlich-Utopischen? Das Politische mit dem Religiösen? Das Aufklärerische mit dem Mystizismus? Da praktizieren seine Romanpersonen die »Große Weigerung« und sind doch auch noch abhängig von tiefen ungelösten Bindungen, die einerseits Potential bieten für nach vorn weisende Kritik – auch und vor allem politische –, andererseits aber als bloßes Behindertsein erkennbar sind. Kann man das zusammenfassend interpretieren, sind die verschiedenartigen Motive verknüpfbar, könnte es sein, daß hier nicht eine Entweder-Oder-Kritik am Platze ist, die lediglich feststellt, daß dies positiv und das negativ zu beurteilen ist, sondern eine Kritik, die zeigen würde, daß gerade Bölls Beschränkungen utopische Dimensionen seiner Literatur auch mitproduzieren?

Exkurs II:
Ein Interpretationsmodell

Ein Klischee der Böll-Kritik ist der Vorwurf der Schwarz-Weiß-Zeichnung, auch und vor allem der Romanpersonen. Aber trifft dieser Vorwurf? Es ist die – schon zu Anfang aufgestellte Hauptthese dieses Buches, daß ein Schlüssel zu seinen Büchern nicht nur die Verteidigung der Kindheit ist, sondern auch die Identifizierung Bölls mit seinen positiven Romanfiguren und ihren Konflikten, die daraus entstehen, daß sie in einer Welt leben, deren Tendenz gegen die Utopie und die Werte seiner Kindheit gerichtet ist; ja daß Bölls Verteidigung der Kindheit literarisch praktiziert wird auf dem Wege der positiven Identifizierung mit seinen Romanfiguren. Ich möchte ein Interpretationsmodell vorschlagen.

Bölls Behandlung seiner Personen hat sich von den 50er bis zu den 80er Jahren verändert. In den Romanen der 50er und 60er Jahre hat er das Personal seiner Bücher zunächst deutlich eingeteilt in positive und negative Personen. Stellt man ihre positiven und ihre negativen Eigenschaften gegenüber und untersucht, aus welcher Gesellschaftsschicht die positiven, aus welcher die negativen Figuren kommen, dann zeigt sich ein Schema, das sich in allen frühen Büchern wiederholt: die Figuren, die leiden, also die positiven Figuren, vertreten die Werte seiner Kindheit und der alten Gesellschaft, agieren aber in der aktuellen Welt, repräsentieren somit die alte Gesellschaft nicht mehr äußerlich, sondern vertreten sozusagen nur auf verinnerlichte Weise die alten Werte. Man kann mit dieser Methode das Grundmuster seiner frühen Bücher entfalten. Es war ein dualistisches Welt-Bild, trotz aller Anstrengungen Bölls, auch ein mögliches Drittes zu sehen – Gegenüberstellungen von Menschen, Gesellschaftsschichten dominierten. Später ist Böll durchaus dazu übergegangen, die Personen

und Werte mehr zu mischen, und auch negativen Personen konnte Böll jetzt durchaus Sympathie entgegenbringen. Deutlich werden solche Mischungen besonders in einem Roman wie *Gruppenbild mit Dame*, in dem sehr viel Personal aufgeboten wird. Da sind etwa die Enkel der Hoyers, über die es heißt, sie seien »von ihrer verstorbenen Großmutter und ihrem noch lebenden Großvater nur auf eins dressiert worden: Vorteile zu schinden und Werte anzusammeln[219]« – diese Enkel werden keineswegs in grober Schwarz-Weiß-Zeichnung nur kritisch gesehen. Oder: Da ist Pelzer, ein Nazi, der sich an Lenis »Gesang erfreut«[220] und ihre Liebe zu dem russischen Kriegsgefangenen Boris beschützt.
Böll selbst hat seine Perspektive so erläutert: »Ich glaube, daß Leni innerhalb des Romans ... durchaus ihre Fraglichkeit hat. Das ist sozusagen ihre Voraussetzung. Die Fraglichkeit, das klingt jetzt oberflächlich paradox, gehört zum Nicht-in-Frage-Stellen. Eine solche Person wie Leni, die ja eine gewisse Reinheit ausstrahlt, kann nur rein bleiben, weil andere unrein werden ... Ja, die Reinen und die Guten und die Braven leben ja immer nur, weil es auch die anderen gibt ... Oder zum Beispiel Katharina Blum hat durchaus fragliche Züge ... ich sehe sie als eine durchaus angepaßte Figur, die das Wirtschaftswunder mitmacht, überzeugt davon ist, sehr tüchtig und strebsam sich verhält – was ich jetzt gar nicht ironisch meine –, und die plötzlich durch dieses Erlebnis aus der Bahn geworfen wird ... aber sie ist doch ein lädierter Engel ... und insofern ist das In-Frage-Stellen immer in jeder Figur drin. Auch in den Kriegsgeschichten sind die Figuren doch nicht so rein und unschuldig, wie das manchmal erschienen ist, das kann ich nicht verstehen ...«[221]
Tatsächlich aber ist dieses Infragestellen den Personen nicht immanent. Böll schreibt vielmehr seinen positiven Figuren Vorstellungen und Eigenschaften zu, die von der Gesellschaft, von der herrschenden Moral als zweifelhaft angesehen oder

sogar als gegen sie gerichtet verstanden werden, und so ist es nicht Böll, der die Figuren in Frage stellt, sondern er baut seine Figuren so auf, daß sie immer nur von der Gesellschaft in Frage gestellt werden. Er nimmt also eine Umwertung der herrschenden Moral vor. Das ist eine Relativierung, kein In-Frage-Stellen seiner Personen. Im Gegenteil; indem seine Personen durch die Gesellschaft in Frage gestellt werden, mit all ihren Wert- und Moralvorstellungen und Lebensformen, wird ihre Position in den Augen Bölls bestätigt und sogar gestärkt. Das ist der Mechanismus, mit dem sich die Verteidigung der Kindheit in der literarischen Praxis vollzieht.
Ich habe diesen Mechanismus beschrieben, um zeigen zu können, daß der Vorwurf der Schwarz-Weiß-Zeichnung irrelevant ist, er nur einen realistischen Schriftsteller voll treffen würde. Dieser realistische Schriftsteller ist Böll aber nie gewesen, und gerade an der Behandlung seiner Romanpersonen wird das erkennbar: daß er vielmehr ein Schriftsteller war, der seine Welt aus seiner subjektiven Menschlichkeit entwickelte, die ihre eigenen moralischen Gesetze hat. Böll ist in der Neuordnung der Werte, die seinem literarischen Konzept zugrunde liegt, ebenso subjektiv wie objektiv gewesen. Die Schwarz-Weiß-Zeichnung ist höchstens in der Zuordnung von Werten und Personen zu erkennen, in seiner Sympathie und Antipathie für bestimmte Personen, nicht aber in den Werten selbst. Daß dies nicht erkannt worden ist, darauf beruhen viele Mißverständnisse und Fehl-Interpretationen. Hat man erst einmal diesen Mechanismus in der Behandlung seiner Romanfiguren erkannt, muß das Interesse deshalb vor allem Bölls positiven Romanpersonen gelten, ihren Lebensformen, ihren Moral- und Wertvorstellungen. Welche Alternativen bieten sie, für heute und morgen, aktuell sofort einlösbare Alternativen wie auch utopische?
Und da muß man, zum Beispiel, ein Problem wie das der Sexualität noch einmal neu sehen; an diesem Beispiel läßt sich

besonders deutlich zeigen, welche Utopien aus seinem Werk hervorscheinen. Das Böllsche Verständnis von Liebe, das einem aufgeklärten Bewußtsein zunächst verengt erscheint, ist nämlich in einem anderen Sinne zugleich eine Erweiterung. Denn Böll stellt den Begriff der Liebe nicht nur gegen Sexualität, sondern möchte ihn erweitern in Richtung Eros, wobei Liebe in Bölls Verständnis dann zusätzlich auch eine politische Dimension bekommt – man denke an die Provokation in *Gruppenbild*, die für die Gesellschaft in der Liebe Lenis zu dem russischen Kriegsgefangenen Boris liegt oder darin, daß Leni einen Türken »erhört« und von ihm ein Kind bekommt. Eros als eine das ganze Leben umfassende und die ganze Person durchdringende Erscheinung, das ist eine von Bölls Utopien, keine ausgeschriebene Utopie, sondern nur eine angetippte, die Ahnung verhinderter Lebensmöglichkeiten. Es gibt in dem Roman *Gruppenbild mit Dame* eine Szene, die Bölls Theorie der Sinnlichkeit schlaglichtartig veranschaulicht. Über Leni heißt es da: »Morgens, als sie beim Brötchenholen die Straße überquerte, hat ihr rechter Fuß eine kleine Unebenheit auf dem Straßenpflaster wiedererkannt, die er – der rechte Fuß – vor vierzig Jahren, als Leni dort mit anderen Mädchen Hüpfen spielte, zum letzten Mal erfaßt hatte ... Lenis Fuß gab die Mitteilung sofort an ihren Hirnstamm weiter, jener vermittelte diesen Eindruck an sämtliche Sensibilitätsorgane und Gefühlszentren, und da Leni eine ungeheuer sinnliche Person ist, der sich alles, aber auch alles sofort ins Erotische umsetzt, erlebte sie vor Entzücken, Wehmut, Erinnerung, totaler Erregtheit jenen Vorgang, der – womit dort allerdings etwas anderes gemeint ist – in theologischen Lexika als ›absolute Seinserfüllung‹ bezeichnet werden könnte; der von plumpen Erotologen und sexotheologischen Dogmatikern, auf eine peinliche Weise reduziert, mit Orgasmus bezeichnet wird.«[222]

Oder die Szene in Margrets Wohnung, als das Klo durch

einen Apfel verstopft ist; alle bemühen sich mit den verschiedenartigsten Mitteln, den Abfluß wieder frei zu bekommen, vergeblich, bis Leni »einfach mit der Hand rein packte«[223] – ohne jede Berührungsangst vor gewöhnlich als Schmutz geltenden Exkrementen. Auch da praktiziert Leni die »Große Weigerung«, sie ist eine Person, die von früh an sich ihre Instinkte nicht hat domestizieren lassen, mit großem Spürsinn für Lebensformen, die nicht die ihren sind und ihr von den gesellschaftlichen Institutionen aufgezwungen werden sollen, wogegen sie rebelliert, schon in der Schule, dann im Pensionat, so daß am Ende ihrer beruflichen Ausbildung auch der vorzeitige Abbruch steht.

Die »Große Weigerung« ist eine Parole Herbert Marcuses. Eines der zentralen Themen der Lebensarbeit auch Marcuses ist die Beschreibung eines Zustandes, in dem Lust- und Realitätsprinzip wieder miteinander versöhnt sind; und ist der Angriff gegen alles, was diesem ersehnten utopischen Zustand entgegensteht. Marcuses Arbeit an einem *Versuch über die Befreiung*[224], seine Analysen von *Triebstruktur und Gesellschaft*[225], haben auf philosophischem Wege Bilder und Einsichten hervorgebracht, die Böll literarisch dargestellt hat. Die Parallelität ist auffällig, und verblüffend. Alle wesentlichen Ideen Marcuses bilden auch den Hintergrund der Bücher Bölls. Die Idee der Umwandlung von Sexualität in Eros findet sich bei Marcuse wie bei Böll; ebenso die Komponente des Anarchischen und auch die Komponente des Feministischen; das Thema »Phantasie und Utopie« ebenso wie das Thema »Phantasie und Religion«; und so fort. Man kann die Philosophie Marcuses als einen umfassenden Kommentar der Literatur Bölls lesen. Marcuses Philosophie bietet das Interpretationsmodell, das all die verschiedenen Positionen Bölls, die scheinbar auseinanderlaufen, zusammenfaßt und die Produktivität der wirklichen oder scheinbaren Widersprüche beschreibt. Böll ist auch genau der – von mir beschriebene –

Schriftsteller-Typ, den Marcuse im Auge hat, wenn er sagt, die orphisch-narzißtischen Urbilder seien die Urbilder der »Großen Weigerung«; »der Weigerung, die Trennung vom libidinösen Objekt (oder Subjekt) zu ertragen.«[226] »Die Weigerung«, sagt Marcuse, »zielt auf Befreiung ab – auf die Wiedervereinigung dessen, was getrennt wurde ... Der orphische und narzißtische Eros ist bis zum Ende die Verneinung dieser Ordnung – die ›Große Weigerung‹. In der vom Kulturhelden Prometheus symbolisierten Welt ist es die Verneinung ›aller‹ Ordnung; aber Orpheus und Narziß lassen in dieser Weigerung eine neue Wirklichkeit ahnen, mit eigener Ordnung, geleitet von anderen Prinzipien. Der orphische Eros verwandelt das Dasein: er überwindet Grausamkeit und Tod durch Befreiung. Seine Sprache ist *Gesang*, sein Werk ist *Spiel*.«[227]

Wie soll man diesen Zusammenhang zwischen den Werken des Philosophen Marcuse und des Schriftstellers Böll erklären? Sicher kannte der eine das Werk des anderen, aber eine direkte Abhängigkeit ist nicht nachzuweisen. Marcuse emigrierte 1933 nach Genf, ein Jahr später in die USA; in Westdeutschland ist er mit der Studentenbewegung Ende der 60er Jahre erneut bekannt geworden als einer der »Väter der neuen Linken«, seine Bücher, englisch geschrieben, mußten damals erst wieder übersetzt werden. Böll hat von Beginn seiner Arbeit an seine eigenen Träume verfolgt und ausgeschrieben, es ist undenkbar, daß er in den frühen 50er Jahren Marcuses philosophische Arbeiten bereits gekannt hat. So kann die auffällige Gemeinsamkeit der beiden Autoren nur darauf zurückgeführt werden, daß sie, unabhängig voneinander, das Wesen einer Utopie unserer Zeit, in der die elementaren Bedürfnisse vielfach vergessen werden, berührt haben. Die Evidenz dieser Gemeinsamkeit wird sofort klar, wenn man einige der von mir betonten Stichwörter, Themen und Oppositionen Bölls heraus und dazu parallel Marcuse liest:

Erinnerung, Wahrheit und Phantasie. »Wenn das Erinnerungsvermögen als entscheidender Modus des Erkennens in den Mittelpunkt der Psychoanalyse gerückt wird, so ist das viel mehr als nur eine therapeutische Methode; die therapeutische Rolle des Gedächtnisses stammt aus dem Wahrheitsgehalt des Erinnerungsvermögens. Sein Wahrheitsgehalt liegt in der spezifischen Funktion des Gedächtnisses, Versprechungen und Möglichkeiten zu bewahren, die vom erwachsenen zivilisierten Individuum zwar verleugnet und sogar verdammt werden, die aber in seiner dämmrigen Frühe einmal erfüllt worden waren und niemals ganz dem Vergessen anheimfielen. Das Realitätsprinzip schränkt die Erkenntnisfunktion des Gedächtnisses ein – sein Verhaftetsein an frühere Glückserlebnisse, das den Wunsch nach ihrer bewußten Wiederholung erregt. Die ... Befreiung des Erinnerungsvermögens wirft die Vernunfthaltung des unterdrückten Individuums über den Haufen. Während das Erkennen dem Wiedererkennen weicht, beginnen die verbotenen Bilder und Impulse von der Wahrheit zu reden, die die Vernunft ableugnet. Die Regression übernimmt eine progressive Funktion. Die wiederentdeckte Vergangenheit liefert kritische Maßstäbe, deren Anwendung die Gegenwart verwirft und verbietet. Mehr noch, die Wiederherstellung des Erinnerungsvermögens geht Hand in Hand mit der Wiederherstellung des erkennenden Gehalts der Phantasie ...«[228]

Leben und Arbeit. »Das Leistungsprinzip, das das herrschende Prinzip einer auf Erwerb und Wettstreit ausgerichteten Gesellschaft im Prozeß ständiger Ausdehnung ist, setzt eine lange Entwicklung voraus, während derer die Herrschaft zunehmend rationalisiert wurde: die Kontrolle über die soziale Arbeitsleistung sichert jetzt die Fortdauer der Gesellschaft in vergrößertem Maßstab und unter sich verbessernden Bedingungen. Auf lange hinaus stimmen die Interessen der Herrschaft und die der Gesamtheit überein: die auf Profit eingestellte Verwendung des Produktionsapparates erfüllt die

Bedürfnisse und Möglichkeiten des Individuums. Für die überwiegende Mehrheit der Bevölkerung werden Ausmaß und Art der Befriedigung durch ihre eigene Anstrengung bestimmt, aber diese Anstrengung ist Arbeit für einen Apparat, den sie nicht selbst lenken, der als eine unabhängige Macht wirkt, der die Individuen sich zu unterwerfen haben, wenn sie leben wollen. Und diese Macht wird um so fremder, je spezialisierter die Arbeitsteilung wird. Die Menschen leben nicht ihr eigenes Leben, sondern erfüllen schon vorher festgelegte Funktionen. Während sie arbeiten, befriedigen sie damit nicht ihre eigenen Bedürfnisse und Fähigkeiten, sondern arbeiten entfremdet ...«[229]

Religion, Wissenschaft und Utopie. »In ihrer augenblicklichen Haltung verleugnen Wissenschaft und Religion beide die Hoffnungen, die sie einst erregten und lehren die Menschen, die Tatsachen in einer Welt der Entfremdung hinzunehmen. In diesem Sinne ist die Religion keine Illusion mehr und ihre akademische Forderung steht im Einklang mit der herrschenden positiven Tendenz. Wo die Religion weiterhin das kompromißlose Streben nach Frieden und Glück bewahrt, haben ihre Illusionen noch einen höheren Wahrheitsgehalt als die Wissenschaft, die an der Ausschaltung dieser Ziele arbeitet.«[230]

Erinnerung und Phantasie. »Die Phantasie spielt eine höchst entscheidende Rolle in der gesamten seelischen Struktur: sie stellt eine Verbindung zwischen den tiefsten Schichten des Unbewußten und höchsten Hervorbringungen des Bewußtseins (in der Kunst) her, zwischen dem Traum und der Wirklichkeit, sie bewahrt den Archetypus der Gattung, die fortdauernden, aber verdrängten Vorstellungen des kollektiven und individuellen Gedächtnisses, die tabuierten Urbilder der Freiheit ...«[231]

Kunst und Befreiung. »Die Kunst ist vielleicht die sichtbarste ›Wiederkehr des Verdrängten‹ nicht nur auf der individuellen, sondern auch auf der genetisch-historischen Ebene. Die künstlerische Vorstellungskraft verleiht der ›unbewußten Erinnerung‹ von der verfehlten Befreiung, von dem verratenen Versprechen, Form. Unter dem Regiment des Leistungsprinzips setzt die Kunst der institutionalisierten Unterdrükkung das ›Bild des Menschen als eines freien Subjekts‹ entgegen ...«[232]

Kunst und Utopie. »Die ›Große Weigerung‹ ist der Protest gegen unnötige Unterdrückung, der Kampf um die höchste Form der Freiheit, ›ohne Angst zu leben‹. Aber nur in der Sprache der Kunst konnte diese Idee ungestraft geäußert werden. Im wirklichkeitsnäheren Zusammenhang der politischen Theorie und selbst Philosophie galt sie fast allgemein als Utopie ...«[233]

Kultur und Gesellschaft. »Das Argument, daß die Vorbedingung der Freiheit ein immer höherer Lebensstandard sei, dient allzu leicht einer Rechtfertigung der Unterdrückung. Die Definition des Lebensstandards im Sinne von Autos, Fernsehapparaten und Traktoren ist die Definition des Leistungsprinzips an sich. Jenseits dieses Prinzips würde das Lebensniveau mit anderen Kriterien bemessen; dort würde es sich um andere Dinge handeln: um die weltweite Befriedigung menschlicher Grundbedürfnisse und um die Freiheit von Schuld und Angst – sowohl äußere wie internalisierte, triebhafte wie ›vernunftgemäße‹ ...«[234]

Glück und Geld. »Die Reinheit, die Regelmäßigkeit, die Reinlichkeit und die Fortpflanzung, wie das Leistungsprinzip sie fordert, sind nicht von Natur aus in dieser Form Eigenschaften jeder reifen Kultur. Und die Reaktivierung prähistorischer und kindlicher Wünsche und Haltungen ist nicht notwendigerweise schon eine Regression, ein Rückschritt; sie kann durchaus das Gegenteil bedeuten – die Annäherung an ein Glück, das schon immer das verdrängte Versprechen einer besseren Zukunft war. In einer seiner großartigsten Formulierungen definierte Freud einmal das Glück als die nachträgliche Erfüllung eines prähistorischen Wunsches. Das sei der Grund, warum Reichtum so wenig Glück beschere – Geld war kein Kindheitswunsch ...«[235]

Zeit und Macht. »Diese Fähigkeit, zu vergessen – selbst das Ergebnis einer langen und fruchtbaren Erziehung durch die Erfahrung –, ist ein unerläßliches Erfordernis der seelischen und körperlichen Hygiene, ohne die das Leben in der Kultur unerträglich wäre; aber sie ist auch das seelische Vermögen, das die Unterwürfigkeit und den Verzicht unterstützt. Vergessen heißt auch, all das vergeben, was nicht vergeben werden dürfte, wenn Gerechtigkeit und Freiheit gelten sollen. Solch ein Vergessen bringt immer von neuem die Bedingungen hervor, die immer von neuem Ungerechtigkeit und Knechtschaft hervorbringen; vergangene Leiden vergessen, heißt den Kräften nachgeben, die diese Leiden verursachen – ohne diese Kräfte zu überwinden ... Ohne die Freisetzung der verdrängten Gedächtnisinhalte, ohne die Lösung der befreienden Macht der Erinnerung ist eine nicht-repressive Sublimierung unvorstellbar. Von der Orpheussage bis zu den Romanen Prousts waren Glück und Freiheit stets mit der Vorstellung der wiedergefundenen Zeit verbunden: »le temps retrouvé«. Die Erinnerung bringt die verlorene Zeit zurück, die die Zeit der Erfüllung und der Befriedigung war. Der Eros, der ins Bewußtsein eindringt, wird von der Erinnerung bewegt; mit ihr wendet er sich gegen die Ordnung des Verzichts; er benutzt die Erinnerung in seiner Bemühung, die Zeit in einer Welt, die von der Zeit beherrscht wird, zu überwinden.«[236]

Und so fort.[237]

Im Arbeitszimmer in Köln-Müngersdorf. 60er Jahre.

In Irland, 60er Jahre.

Bölls Haus
in Dugort/Irland.

Mit dem Zauberer Alexander Adrion. 1967.

Signierstunde in einer Buchhandlung in Darmstadt. 1967.

Bei einer Veranstaltung gegen die Bonner Notstandsgesetzgebung.
Rechts von Heinrich Böll Theodor W. Adorno. 1968.

Heinrich Böll mit seinem Sohn René in Prag. 1968.

In der Bibliothek, Köln, Hülchrather Straße 7.

1970.

Das Haus in Langenbroich.

In Langenbroich.

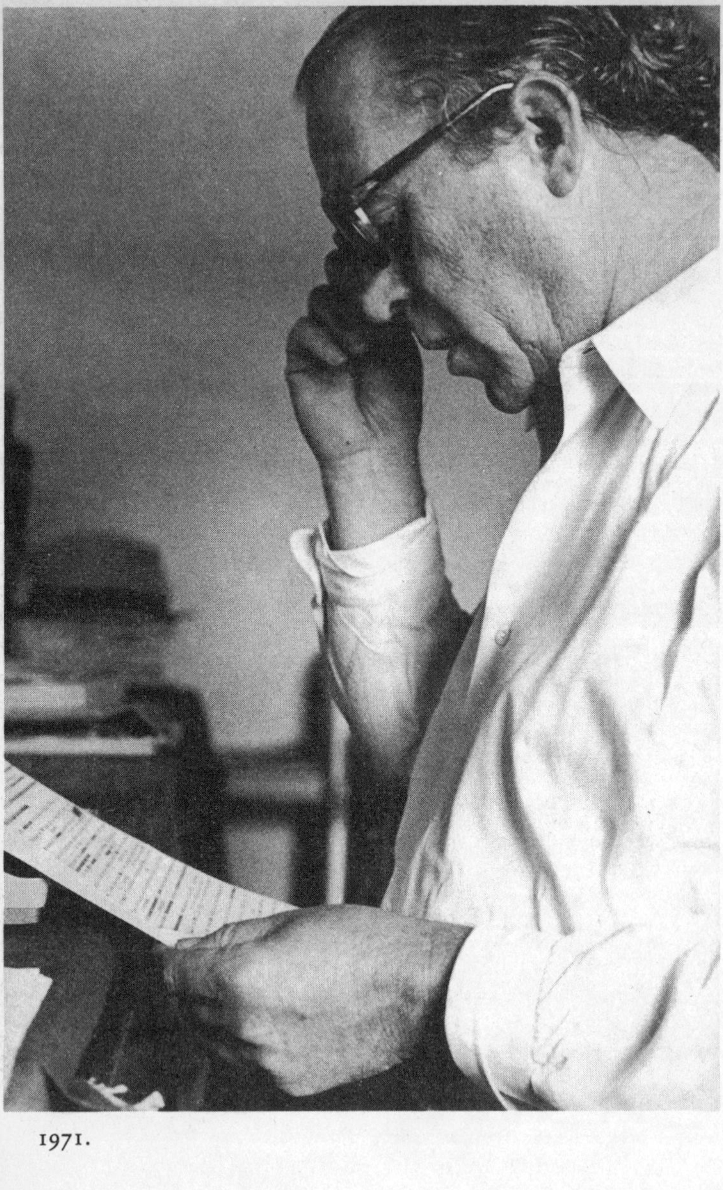

1971.

Köln, Hülchrather Str. 7.

Köln, Hülchrather Str. 7.

70er Jahre.

Heinrich und Annemarie Böll.

Ankunft von Alexander Solschenizyn nach dessen Ausbürgerung in Langenbroich.

Heinrich und Annemarie Böll im Garten des Hauses in Langenbroich.

Heinrich Böll und Alexander Solschenizyn, in Langenbroich.

70er Jahre.

Im Arbeitszimmer in Bölls Haus in Langenbroich/Eifel.

Marcuses Sätze beschreiben sogar über weite Strecken den Verlauf von Heinrich Bölls äußerem Leben. Ende der 60er Jahre hatte er sich in »geschichtliche Aktionen« eingemischt und sich für die sozialliberale Koalition von SPD und FDP eingesetzt. Sein Verhältnis zur SPD ist lange Zeit gebrochen gewesen. 1967 sagte er: »Im Jahr 1965 konnte einer noch, was er heute beim besten Willen nicht mehr kann: auf die SPD hoffen.«[238] Hoffen konnte er wohl vor allem deshalb nicht, weil ihn mißtrauisch machte, daß die SPD in einer Koalition mit der CDU, unter einem von der CDU gestellten Bundeskanzler Kurt Georg Kiesinger trotz dessen nationalsozialistischer Vergangenheit eingewilligt hatte. »Ein Bundeskanzler mit dieser Vergangenheit und in diesem Europa ..., das war ein starkes Stück.«[239] Gerade deshalb engagierte er sich aber 1969 für einen Wahlsieg von SPD und FDP, in der Bundestagswahl 1972 verstärkte er sein Engagement für die sozialliberale Koalition noch. Es war vor allem auch die Person des SPD-Vorsitzenden Willy Brandt, die ihn wieder auf die SPD hoffen ließ. »Was für Willy Brandt spricht: Er ist der erste deutsche Kanzler, der aus der Herrenvolktradition herausführt; natürlich ist er (und das fast zu sehr), mißt man seine Höflichkeit, seine Geduld, seine Treue und Fairneß am bürgerlichen Ideal des ›Herren‹, ein solcher ... und doch ist Willy Brandt kein Herrenvolkkanzler, und er ist kein Herr und Herrscher, der mit den Sporen klirrt und die Peitsche gelegentlich blicken läßt. Ich glaube, das ist noch nicht begriffen worden, woher diese wütende, haßgekränkte Abneigung gegen ihn kommen mag; nicht nur, daß er ein ›Sozi‹ ist, nein, er ist auch kein ›Herr‹ und ›Herrscher‹.«[240]
Dieses Einmischen in »geschichtliche Aktionen« hat Böll in

den 70er Jahren Polemiken und Diffamierungen eingebracht wie keinem anderen Schriftsteller, der sich auch an diesen Aktionen beteiligt hat, Günter Grass etwa, der sich immer weit mehr mit einer Partei, der SPD, identifiziert hat als es Böll jemals getan hat. Daß bei Böll nicht nur parteipolitisches Engagement im Spiel war, das hat man wohl sehr deutlich gespürt. Bölls Engagement ging darüber hinaus. Es war umfassender, es berührte seine ganze Existenz, es kam aus dieser ganzen Existenz, es berührte jede Zeile seiner Literatur – während bei einem Autor wie Grass das Engagement nicht primär aus seiner Literatur gespeist wurde. 1972 erhielt Böll den Nobelpreis für Literatur. Diese Preisverleihung war Anlaß, Bölls Positionen noch heftiger zu kritisieren als zuvor. Die Verleihung des höchsten literarischen Preises wurde kleiner zu machen versucht, indem man politische Motivationen der Stockholmer Nobelpreis-Jury unterstellte; ja diese literarische Auszeichnung war in der Bundesrepublik Anlaß, das Werk Bölls in seiner literarischen Bedeutung herabzusetzen. Böll habe den Preis doch gar nicht verdient. Es gebe andere, bessere Schriftsteller. Und außerdem, ein engagierter Schriftsteller wie Jean Paul Sartre habe den Preis abgelehnt. Es sei der Preis einer bürgerlichen Institution. Diese Einwände verlieren ihre Bedeutung sofort und werden sogar, um ein Lieblingswort Bölls zu verwenden, »peinlich«, wenn man Bölls Reaktion auf die Preisverleihung dagegenhält. »Ich kann es mir nicht leisten, als Angehöriger eines Volkes, das nicht verwöhnt worden ist, diesen Preis abzulehnen«, sagte er. »Ich freue mich im Gegenteil jeden Tag mehr, daß ich ihn bekommen habe. Warum? Oh, nicht aus persönlicher Eitelkeit, sondern einfach, weil ich Deutscher bin. Es gibt Dinge, die die Franzosen sich erlauben können, weil sie ein wenig verwöhnt sind. Wir nicht. Welches auch die Fehler unserer Vergangenheit sein mögen, verwöhnt waren wir nie. Ein französischer Intellektueller, der sich engagiert, kann sich auf eine lange nationale humanistische Tradition beziehen. Wenn wir uns engagieren, verbirgt sich dahinter immer ein wenig Angst, die Angst jener, die wissen, wie die Dinge von einem Tag zum anderen sich ändern können ... Ich glaube nicht, daß jemand schuldig ist, weil er geboren ist, wo er geboren wurde, aber auch keiner unschuldig, weil er geboren ist, wo er geboren wurde. Die Schuld der Zeitgenossen tragen wir alle. Es gibt natürlich eine Schuld, die jeden Deutschen drückt, der nicht mehr so ganz jung war. Das ist die Schuld, viele Dinge nicht getan zu haben. Aber ich bin nicht unglücklich darüber, ein Deutscher zu sein. Daß wir Deutsche waren, war für uns zu selbstverständlich, als daß wir darüber nachgedacht hätten. Daß wir auf eine unangenehme Weise gezwungen wurden, uns deutsch zu fühlen, haben wir erst 1933 gemerkt. Für einen Deutschen ist es sehr schwierig, sich selbst als solchen zu akzeptieren. Aber man kommt in einen Zwang und empfindet das Deutschsein nach 12 Jahren Naziherrschaft doch schon als einen Fluch. Nur gerät jeder in eine Geschichte, die er selbst nicht bestimmen kann. Aber dann kam auch für mich eine merkwürdige dialektische Deutschheit hinein. Weil dieses Volk so verachtet wurde, wollte ich auch dazugehören ... Aber durch das Erlebnis, zu diesen Menschen zu gehören ..., entstand eine Beziehung zum Deutschen, die ich fast metaphysisch nennen möchte. Ich hätte auf keinen Fall nicht dazugehören mögen.«[241] Auch hier der Rückblick auf die Situation 1945; auch Bölls Solidarität läßt sich aus dieser Situation damals erklären.

»Gewalt, Zerstörung, Schmerz, Mißverständnisse liegen auf dem Weg, den einer daherkommt, aus den Schichten vergangener Vergänglichkeit in eine vergängliche Gegenwart«, sagte Böll in Stockholm bei der Nobelpreis-Verleihung. »Und es schufen Scherben, Geröll und Trümmer, schufen Ost- und Westverschiebungen nicht, was nach so viel, viel zu viel Geschichte zu erwarten gewesen wäre: Gelassenheit; wohl, weil man uns nie ließ; den einen zu westlich, den anderen nicht westlich genug. Immer noch herrscht Mißtrauen unter den Demonstrativ-Teutschen, als wäre die Kombination westlich und deutsch doch nur eine Täuschung der inzwischen unheilig gewordenen Nation. Wo doch gewiß sein müßte: wenn dieses Land je so etwas wie ein Herz gehabt haben soll, lag's da, wo der Rhein fließt. Es war ein weiter Weg in die Bundesrepublik Deutschland. Als Junge hörte auch ich in der Schule den sportlichen Spruch, daß der Krieg der Vater aller Dinge sei; gleichzeitig hörte ich in Schule und Kirche, daß die Friedfertigen, die Sanftmütigen, die Gewaltlosen also, das Land der Verheißung besitzen würden. Bis an sein Lebensende wohl wird einer den mörderischen Widerspruch nicht los, der den einen Himmel *und* die Erde, den anderen nur den Himmel verheißt, und das ist eine Landschaft, in der auch Kirche Herrschaft begehrte, erlangte und ausübte, bis auf den heutigen Tag. Der Weg hierhin war ein weiter Weg für mich ... Das Schreiben hat mich hierhergebracht. Gestatten Sie mir, die Tatsache, daß ich hier stehe, für nicht so ganz wahr zu halten, wenn ich zurückblicke auf den jungen Mann, der da nach langer Vertreibung und langem Umhergetriebensein in eine vertriebene Heimat zurückkehrte; nicht nur dem Tod, auch der Todessehnsucht entronnen; befreit, überlebend; Friede – ich bin 1917 geboren – nur ein Wort, weder Gegenstand der Erinnerung noch Zustand; Republik kein Fremdwort, nur zerbrochene Erinnerung. Ich müßte hier sehr vielen danken, ausländischen Autoren, die zu Befreiern wurden, das Befremdende und das Fremde aus der Eingeschlossenheit befreiten, das sich selbst um seiner Materialität willen in die Eigenheit zurückverwies. Der Rest war Eroberung der Sprache in dieser Zurückweisung an das Material, an diese Handvoll Staub, die vor der Tür zu liegen schien und doch so schwer zu greifen und zu begreifen war. Danken möchte ich auch für viele Ermutigung durch deutsche Freunde und Kritiker, danken auch für viele Versuche der Entmutigung, denn manches geschieht ohne Krieg, nichts aber, so scheint mir, ohne Widerstand.«[242]

An Widerstand hat es dann, nach der Nobelpreisverleihung, nicht mehr gefehlt – auch weil Böll jetzt, wie Heinrich Vormweg meinte, den durch den Literaturnobelpreis bestätigten Ruhm benutzte, um sich »erzählend wie auch sonst noch offener, noch ungeschützter, noch ruppiger als zuvor all dem zu konfrontieren, was er erfuhr als Gefährdung der Menschlichkeit in der Gesellschaft, in der er lebte, und in anderen Ländern auch[243].« Nur ein Blick in seine in den 70er und 80er Jahren erschienenen Essaybände wie *Einmischung erwünscht, Vermintes Gelände*[244] und *Ein- und Zusprüche*[245], und sofort wird die Umfassenheit seines Engagements deutlich. Sartres Problem des Intellektuellen mit den schmutzigen Händen war dabei nie sein Problem, weil sein Einstieg, wie er selber meinte, kein intellektueller gewesen ist. Er verstehe Sartre, sagte Böll; aber für ihn sei dieses Problem nie aufgetaucht, weil Schreiben, so wie er es verstehe, per se auch schmutzige Arbeit sei, weil es Reinheit und Integrität gar nicht gebe und er sie auch nie angestrebt habe.

Diese Essaybände dokumentieren sehr genau Bölls Stellung im politisch-literarischen Leben Deutschlands, Europas, in der Welt. Sein Engagement entzündete sich dabei oft an der Tatsache, daß die weltweite Entspannung in den 70er Jahren ausgerechnet denen am wenigstens einzubringen scheine, wie Böll meinte, die unter den verschiedenen politischen Systemen, unter ständigem Risiko der Denunziation oder der Verhaftung am heftigsten für diese Entspannung eingetreten seien: den Intellektuellen aller Provenienz. Zugleich sind diese Essaybände ein weiterer Beleg dafür, daß Böll auch in seinen späteren Arbeiten aus seinen allerersten Antrieben heraus geschrieben hat, so wenn er in diese direkt politisch argumentierenden Kommentare Erinnerungs-Texte einstreute über die

Nachkriegszeit, über den Schwarzmarkt, über das Geldverdienen, über seine Jugend, oder über seine Mutter, deren Erfahrungen er zitiert. Auch daß er mit Tausenden anderen in den 80er Jahren auf die Straße ging und gegen die Aufstellung neuer Raketen in der Bundesrepublik demonstrierte, erklärte er mit seinen frühesten Erfahrungen: er sei nun einmal »traumatisiert durch die Straße«[246], weil er den Nazi-Terror auf der Straße erlebt habe, »eine Heimatvertreibung von der Straße«[247], und von der Straße wollte er sich nicht noch einmal vertreiben lassen. In diesen späten 70er, den 80er Jahren hatte Böll eine richtige Gier nach Berührung mit den Dingen des Alltags. Er altere »mit der Zeit«, schrieb er, und denke immer häufiger an jenen chinesischen Weisen, den er aus einem Salinger-Roman kenne: »Auf dem Sterbebett interessierte ihn nichts mehr als der Klatsch der Waschfrauen, die am nahen Flußufer die Wäsche spülten; ganz verrückt war dieser Veteran der Weisheit auf dieses merkwürdige, nie so recht definierte Etwas, das man das wirkliche Leben nennt.«[248] Was sei aus uns geworden, fragte Böll, »was haben wir aus uns gemacht, oder: was haben wir aus uns machen lassen? Ist die Erinnerung an den Hunger, das Elend der Flucht, der Gefangenschaft, der Bombennächte, die Gewißtheit, daß Auschwitz wirklich war – nur noch als Stolz auf die Aufbauleistung, nur noch als Bramarbasieren überlieferbar?«[249] Was Böll, wieder, aus seinen eigenen Erinnerungen ableitete, war der »Mut zum Widerstand«, für den er warb, wo immer er ihm begegnete, etwa in Jiri Grusas Anthologie *Verfemte Dichter*. Er zitierte aus dieser Anthologie Václav Havel mit seinem Hinweis auf die »Verdummung der Völker«, auf die »Produktion Tausender neuer thermonuklearer Bomben« und auf »die Zerstörung der Erdkugel« – nach Bölls Worten beschränkt Havel dabei keinen dieser Termini auf die sozialistisch oder kommunistisch beherrschten Völker und Staaten, und dieser Blick in die Welt unterscheide ihn von den meisten sowjetischen Emigranten; und schließlich und vor allem zitierte Böll Havel mit dem Satz, daß man sich verantwortlich verhalten müsse, »trotz allem«, denn es habe Sinn.[250] Daß es Sinn hat, fand auch Böll. Und so ergriff er das Wort für all diejenigen, die in dieser Welt politisch verfolgt werden. Das 20. Jahrhundert, so meinte er, wenn es einmal einen Namen bekommen sollte, müßte dann das Jahrhundert der Flüchtlinge genannt werden. Für sie trat er ein, und zwar »unausgewogen in der Meinung[251]«, wie er selber sagte. Denn gegen die gerade in der Bundesrepublik in den 70er und 80er Jahren erhobene Forderung nach »Ausgewogenheit« wandte er ein, daß der »total ausgewogene Mensch« aufhöre, ein Mensch zu sein. »Ein total ausgewogenes Fernseh- und Rundfunkprogramm etwa müßte so ungefähr die Hölle sein,« schrieb er, »symmetrisch, sauber, aufgeräumt – und leer wie ein Kasernenhof am Sonntagnachmittag.«[252] Wie wolle man, fragte er, eine Welt, die voller Konflikte, Spannungen und Probleme sei, ausgewogen darstellen?

Böll schrieb in diesen Jahren vieles und verschiedenartiges: Essays, Rezensionen, Reden, politische Kommentare; pro Tag vier bis fünf Seiten waren keine Seltenheit. Das tägliche Schreiben dieser kleinen Neben-Arbeiten, die oft auf Auftrag zustande kamen und die unter seiner Hand oft auch zu kleinen Hauptarbeiten wurden, nannte er sein tägliches intellektuelles Training, ohne das er verkümmern würde. Er brauchte dieses tägliche Schreiben, um sich zu organisieren und zu strukturieren, und er brauchte es um so mehr, weil seine Gesundheit inzwischen auch einen Knick bekommen hatte. Er war schon seit langem an Diabetis erkrankt. Die Müdigkeit, die Erschöpfung, die man ihm ab Mitte der 70er Jahre ansah, war teilweise zwar auch eine Pose nach außen, um den Anforderungen der Umwelt ausweichen und sie abwehren zu können – was ihm allerdings selten gelang; andererseits war es eben auch die Müdigkeit der Diabetiker. Und sich bei dieser zerrütteten Gesundheit einen komplexen Roman abzuverlangen, das bedurfte größter Anstrengung. Schon einen Roman wie *Gruppenbild mit Dame* hatte Böll Ende der 60er, Anfang der 70er Jahre nur unter größten Mühen zu Ende schreiben können. Damals steckte er auch als Schriftsteller in einer großen Krise, dachte wohl manchmal, er schaffe es nicht mehr, diesen mühseligen Weg jedes Autors, mit jedem Buch stets aufs neue von ganz unten nach ganz oben kommen zu müssen. Mit der *Verlorenen Ehre der Katharina Blum*, seiner ersten Arbeit nach der Nobelpreisverleihung, war ihm dies noch gelungen. Mit dem Roman *Fürsorgliche Belagerung*[253] erfuhr er dann die ganzen Kränkungen einer ablehnenden Kritik.

Äußerlich ist die *Fürsorgliche Belagerung* eine direkte Fortschreibung von *Die verlorene Ehre der Katharina Blum*, indem auch diesmal wieder die Diskussionen über Terroristen und die Reaktionen des Staates auf diese Bedrohung den Hintergrund der Geschichte bilden. Und wieder ist für Böll auch in diesem Buch die Zerstörung privaten Lebens ein zentrales Motiv. In einer Gesellschaft, in der ein Höchstmaß an Sicherheitsvorkehrungen getroffen worden ist, kann sich niemand mehr in seinem privaten Leben ausbreiten. Bölls Hauptfigur ist Fritz Holm, ein Zeitungsverleger, der soeben zum Präsidenten eines Unternehmensverbandes gewählt worden ist, zu einem machtlosen allerdings, machtlos sogar in seinem eigenen Betrieb. Was es für ihn und seine Umgebung heißt, »fürsorglich belagert zu werden«, erfahren Holm und die ihm nahestehenden Personen auf quälende Art. Dabei hätte Fritz Holm, wie Böll schreibt, am liebsten den Rest seines Lebens damit verbracht, den Flug der Vögel zu beobachten, Tee zu trinken oder seiner Frau beim Stricken zuzusehen – altbekannte Böllsche Bilder von seinem Traum eines Privatlebens. Böll schildert Holms Leben in einer Sprache, die die meiste Zeit mit einem einzigen stilistischen Ton auskommt. Diese fehlende stilistische Komplexität und auch das Fehlen der gewohnten spielerischen Vorstellungskraft haben ihm die Kritiker brutal vorgehalten. Tatsächlich tauchen da die Muster und Motive früherer Böllscher Bücher, auch das bekannte dualistische Weltbild, in einer Deutlichkeit wie vielleicht selten zuvor auf: auf der einen Seite wieder die kalten, machtbesessenen und Macht gebrauchenden Technokraten und Verwalter, auf der anderen Seite die Leute, die opponieren, indem sie sich an ihre Erinnerungen halten, an die Träume aus der Kindheit, die sie nicht verleugnen wollen. All die Widersprüche Bölls, diese Mischung aus Utopischem und bloß Sentimentalem, aus Politisch-Öffentlichem und Privatem sind in diesem Roman in beinahe reiner Form zu studieren.

Böll war von der Kritik sehr getroffen. Hinzu kam, daß sich seine Krankheit verschlimmerte. Das Rauchen, während und nach dem Krieg als Gegenmittel zur täglichen Not eingesetzt, war längst zur Notwendigkeit in seinem Leben geworden. Zusammen mit der Zuckerkrankheit hatte das Rauchen zur Folge, daß die Blutzirkulation gestört war. Es gab eine dramatische Rückreise im Notflugzeug aus Lateinamerika. Anschließend in der Bundesrepublik ein langer Klinik-Aufenthalt. Ein Stück des Fußes mußte amputiert werden. Böll rauchte gleichwohl weiter – wie süchtig er längst geworden, sieht man daran, daß er, wie er einmal berichtet hat, im Krieg beinahe kriminell geworden wäre, um an Zigaretten heranzukommen. Ganz langsam erholte er sich wieder ein bißchen; und versuchte auch wieder zu schreiben. Aber es kamen persönliche Verluste hinzu. Der Krebs-Tod seines Sohn Raimund hatte ihn tief erschüttert. Diesen Tod zu ertragen, überstieg beinahe seine Kraft. Aber noch einmal raffte er sich auf, indem er sich das für ihn immer noch beste Medikament verschrieb: Arbeit. Auch »Schmutz«-Arbeit, für die er sich im Gegensatz zu vielen anderen nicht zu schade war, weil er meinte, daß sie auch aus politisch-hygienischen Gründen getan werden müsse. Also nahm er sich die politischen Kommentare des langjährigen Chefredakteurs der *Bild*-Zeitung, Peter Boenisch, als der Sprecher der Bundesregierung unter Helmut Kohl geworden war, noch einmal vor und unterzog sie in dem Buch *Bild Bonn Boenisch*[254] einer Analyse. Er wollte dieses Buch vor allem als Dokumentation verstanden wissen über die Arbeit von Boenisch, der als *Bild*-Chefredakteur gegen Minderheiten gehetzt und mit einer »demagogischen Taktik immer nur seine Meinung gesagt habe, und zwar so, daß man dahinter Tatsachen habe wittern können, die er nicht hätte beweisen müssen«.[255] Daß dieser Journalist Sprecher der Bundesregierung geworden sei, sei ein Skandal, den die Presse merkwürdigerweise kaum aufgegriffen habe. Böll hat in dem Buch zahlreiche Kommentare von Boenisch im Faksimile abdrucken lassen und daneben seine Analyse gestellt. »Eines Tages,« so schreibt Böll, »wird sich vielleicht einer in die Archive vergraben, eine Liste der Opfer von *Bild* zusammenstellen, Opfer der Schlagzeilen und des Meinungsmulms dieser Schlagzeilenpistoleros, die Gewalt natürlich ablehnen, weil sie der Gewalt vertrauen können, die ihre Schlagzeilen sät.«[256] Das Überraschende, resümiert Böll, sei für ihn die »niederschmetternde Eintönigkeit« gewesen, »trotz all der witzigen Hopser, die mich dann doch an die Brausewürfel meiner Kindheit erinnerten: das schäumt auf, fällt rasch zusammen – und schmeckt, wenn man nach kurzer Täuschung den Daumen ehrlich befragt, abscheulich. Sich dieser Lektüre auszusetzen, war notwendig, um den Ton zu erkennen, der kaum je zur Melodie wird und als einziges Instrument den Holzhammer kennt ... Da wird immer auf Menschen geschlagen«[257].

Wie bitter ihm diese Lese-Arbeit vorgekommen ist, ist dieser kleinen Arbeit deutlich anzumerken. Auch um sich selber seine Ängste und die Motive seines Widerstandes noch einmal zu erklären, schrieb er für die Anthologie *Das Ende* einen

Brief an meine Söhne[258], in dem er sich wieder an die eigene Situation bei Kriegsende hielt: als er desertiert war und den innenpolitischen Terror in der Zeit zwischen dem 20. Juli 1944 und dem April 1945 fürchtete – sein Oberbefehlshaber hieß damals Heinrich Himmler –; beinahe wäre er auch einmal von der Feldgendarmerie (»Kettenhunde genannt«[259]) erwischt worden, wenn er sich nicht in einer Besenkammer hätte verstecken können, »die die Kettenhunde zum Glück nicht betraten«[260]. Hinzu kam der tägliche Hunger: »Hier muß des Bauern Johann Peters aus Berzbach bei Much gedacht werden, der uns nicht nur täglich (!) um zwei wertlose Nazikriegsmark zwei (!) Liter Milch gab, der auch, beinamputiert aus dem Ersten Weltkrieg, katholisch, anarchistisch, zwei deutsche Deserteure an seinem Ofen beherbergte, ihnen manche Pfeife Tabak stiftete,« schreibt Böll seinen Söhnen. »Oh, ihr Milchsuppen des Winters 44/45, vielleicht verdanken wir euch, verdanken dem Bauern Johann Peters unser Leben! Zwei Liter Milch täglich in einem Kriegswinter. Die abendliche Milchsuppe war die einzige Nahrung ... Angst und Hunger, Hunger und Angst vor den Deutschen. Vielleicht, Vincent und René, versteht Ihr jetzt noch besser, was wir Euch oft zu erklären versucht haben: daß jeder meiner Einkäufe auch heute noch ein Angsteinkauf ist, wenn ich immer wieder zu viel Brot, zu viel Milch, Eier und Butter kaufe und die Zigaretten möglichst stangenweise; vielleicht versteht ihr auch besser, wenn ich mich immer wieder darüber wundere, daß ich nicht den Rest meines Lebens am Ofen sitzend, lesend, ein paar Zigaretten neben mir, verbracht habe; immerhin war ich mit einer wohlbestallten Realschullehrerin verheiratet, deren Gehalt, wenn auch knapp, für uns alle gelangt hätte. Am Ofen sitzend und lesen, nur ein paar Stunden lang keine Angst haben vor Kettenhunden, dem Herrn Reichsinnenminister Himmler und dem Herrn Oberbefehlshaber Himmler und seinen Gesetzen und Abgeordneten; besser versteht Ihr wohl auch, daß mich der leiseste Anhauch von Faschismus in Panik versetzt; warum ich mein Auto immer voll getankt habe, mindestens für eine Woche Geld in der Tasche haben möchte und nicht allzuweit von der holländischen und belgischen Grenze entfernt wohne. Verrückt, verrückt, ich weiß.«[261]

Doch irgendwann in diesen 80er Jahren muß sich in Böll die Gewißheit festgesetzt haben, daß sich die Hoffnung auf Veränderung nicht mehr erfüllen würde. Von tiefer Resignation über die politischen Verhältnisse zeugt jedenfalls sein letzter Roman *Frauen vor Flußlandschaft*[262]. Auch wie krank Böll war, kann man an diesem Buch sehen: Während er früher lange über ein Buch nachdachte und es dann meistens innerhalb eines Jahres in die Maschine tippte, brauchte er für das Schreiben dieses letzten Romans gut drei Jahre. Als er fertig war, war da auch wieder diese alte Unsicherheit: Sollte er das Buch überhaupt veröffentlichen? Würde die Kritik nicht wieder darüber herfallen? Er zeigte das Manuskript Freunden, und die sagten spontan, natürlich müsse das veröffentlicht werden. Böll überarbeitete den Text noch einmal. Als er ihn dann im Verlag abgegeben hatte, sagte er allen, das Buch sei längst nicht fertig, er werde diesmal noch in den Korrekturfahnen vieles ändern. In Wirklichkeit war es für ihn jedoch fertig: er hat in die Korrekturfahnen kaum noch Änderungen eingetragen. Statt dessen tat er wahrscheinlich das, was er so liebte: die Erschöpfung nach der Arbeit zu genießen, seiner Ansicht nach die einzige Möglichkeit für einen Künstler, so etwas wie einen Feierabend zu haben, Erschöpfung als feierabendliches und »sehr feierliches Gefühl«. Er besuchte Freunde, um über Gott und die Welt zu reden. Dann stand auch wieder ein notwendiger Krankenhaus-Besuch an. Ein weiterer sollte folgen. Zwischendurch kam er wieder nach Hause, auch weil sein Sohn Vincent seinen Besuch angekündigt hatte. Kurz darauf, am 16. Juli 1985, ist Heinrich Böll in

Langenbroich gestorben, schnell und nach einer ruhig durchschlafenen Nacht.
Als die Agenturen die Nachricht von seinem Tode meldeten, unterbrach Deutschland sein Programm. Es begann der lange Abschied von Heinrich Böll. Die Beerdigung sollte zwar in kleinem Familienkreis stattfinden, aber viele ließen es sich nicht nehmen, ihm die letzte Ehre zu erweisen. Obwohl Böll aus der katholischen Kirche ausgetreten war, wurde er kirchlich beerdigt. Wie der Pfarrer sagte: Er sehe keinen Unterschied zwischen »seinem und meinem« Glauben. In der Tat war Böll ja aus der Kirche ausgetreten, *weil* er Christ war, und nicht weil er seinen Glauben verloren hatte. Während des Ganges von der Kapelle zum Grab auf dem kleinen Bergfriedhof in Bornheim-Merten, wo Böll in den letzten Jahren oft für längere Zeiten in der Nähe seines Sohnes René gelebt hatte, spielte eine Sinti-Kapelle Zigeunerweisen. Der schlichte Eichensarg wurde von Bölls Söhnen René und Vincent, seinem Neffen Christoph sowie von Günter Grass, Lew Kopelew und Günter Wallraff zu Grabe getragen. Es war Annemarie Böll, die für die Trauernden Worte des Trostes fand.
Tröstende Worte für die Nachlebenden fanden sich dann aber überhaupt nicht in dem wenige Wochen nach Bölls Tod posthum erschienenen Roman *Frauen vor Flußlandschaft*. Ein bitteres, düsteres Schlußwort. Die Kritik schwieg zunächst betreten – weil vielen die Schwächen dieses Romans so offensichtlich erschienen. Es geht seither das Gerücht um, dieser Roman sei mißlungen, aber niemand wage das offen zu sagen, weil Böll kurz vor Erscheinen des Buches gestorben sei. Lobte jemand das Buch, wie Joachim Kaiser, der zwar auch »die Kolportage-Flammen durchs Text-Gebäude schlagen«[263] sah, gleichwohl von einem »Glanzstück absurder Literatur«[264] sprach, schrieb ein Kritiker wie Marcel Reich-Ranicki sofort zurück, er verstehe die »hochherzigen Mo-

tive«[265] seines Kollegen, könne dessen Deutung aber nicht zustimmen. Reich-Ranicki wollte die Form des Buches – eine szenische Form, der Roman besteht aus lauter Dialogen und Monologen – mit Bölls Erschöpfung und Ungeduld erklären. Böll habe gehofft, vermutete Reich-Ranicki, der Roman lasse sich in der Dialogform rascher und leichter bewältigen – eine These, mit der auch Joachim Kaiser geliebäugelt hatte. Nun mag es vielleicht wirklich so gewesen sein, daß Böll zunächst zur Dialog-Form griff, weil er so schneller und einfacher mit dem Buch fertig zu werden hoffte. Doch unter der Hand, beim Schreiben, ist er da in beinahe schlafwandlerischer Sicherheit auf etwas gestoßen und hat es festgehalten und ausgeschrieben, das diesem Roman im Zusammenhang von Bölls Gesamtwerk und im Rahmen seines Fortschreibungsprozesses eine unerbittliche Logik zuweist. Sicher hat der Roman unbestreitbare Mängel, die auch aus Bölls physischer Erschöpfung resultieren. Aber daß Böll die Dialogform gewählt hat – ist das wirklich nur ein Beleg für die nachgelassenen Kräfte des alten Böll? Daß in dem Roman überhaupt keine Handlung mehr passiert – ist das wirklich nur ein Beleg für Bölls ausgebrannte Vorstellungskraft? Sollte sich Böll wirklich nichts dabei gedacht haben? Ich möchte folgende These begründen: Mit diesem Roman *Frauen vor Flußlandschaft* hat Böll sein Werk in einem bitteren Sinne buchstäblich zu Ende geschrieben, indem er Konsequenzen gezogen hat, die sich auch in der Form des Buches niedergeschlagen haben – die Form diente ihm also keineswegs zur Erleichterung der Arbeit. Böll hat sich ferner mit diesem Roman so freigeschrieben, daß er noch nicht einmal davor zurückschreckte, sein ganzes Werk für sich selber zur Disposition zu stellen, indem er für sich selber Deutschland als politisch-literarisches Thema verabschiedete. Für ihn war es ausgeschrieben. Insofern ist *Frauen vor Flußlandschaft* keineswegs ein unbedeutendes Alterswerk,

sondern ein notwendig dazugehörender Bestandteil des Gesamtwerks.
Ein Werk zu Ende schreiben – das sei vorweg gesagt –, so etwas vollzieht sich natürlich nicht in der einfachen Fortschritts-Vorstellung von Anfang und Ende; denn wie man die Ereignisse und Abläufe eines Lebens meistens nicht auf eine Gerade bringen kann, so ist auch die Vorstellung falsch, daß ein literarisches Werk sich immer weiterentwickeln kann. Ein solches Werk hat wie jedes Leben seine Kurven und hat auch seine Abwärts-Kurven, die manchmal sogar spannender sein können als die sogenannten Höhepunkte. Und wenn man sich Bölls Perspektive aneignet und als Leser sich mit auf diese Böllsche Abwärtskurve begibt, dann wird *Frauen vor Flußlandschaft* zu einer spannenden Lektüre.
Dieser letzte Roman Heinrich Bölls ist zunächst einmal ein Totalverriß der Bundesrepublik Deutschland. Kein objektiver Verriß, sondern rein subjektiv geschrieben, in einer Stimmung von resigniertem Abschiednehmen. Für mich hat's keinen Sinn mehr, das sagt Böll hier, diese ganze Raffgier, diese Korruption, diese falsche Vitalität, dieses Aufgeblasene, diese Heuchelei, dieses Den-anderen-Ausstechen, diese Geld-Anbeterei, diese verlogene Kirche, diese ganze frisierte, verseuchte Konsum- und Scheinwelt – damit möchte ich nichts mehr zu tun haben. Vorbei. Ich will mich dagegen nicht mehr wehren. Das ist alles schon viel zu kaputt. Da ist nichts mehr zu retten. Von dem, was mir einmal heilig war, woran ich geglaubt und wofür ich gekämpft habe, ist nichts mehr übriggeblieben. In dieser synthetischen Welt ohne Erinnerung ist alles dem Untergang geweiht. Ich ziehe mich jetzt zurück, was zählt, sind nur noch »die Meinen«, denen dieses Buch gewidmet ist, »den Meinen an allen Orten, wo immer sie sein mögen.«[266]
Das ist die Stimmung, die man aus dem Roman herausliest, und diese Stimmung fängt einen ein und löst Betroffenheit

aus. Als Leser Bölls war man allerdings nicht ganz unvorbereitet, einer solchen Stimmung zu begegnen. Schon mit seinen letzten Essays hatte er sich zu der Erkenntnis hingeschrieben, daß angesichts der politischen Verhältnisse an so etwas wie Utopie überhaupt nicht mehr zu denken sei. Der kranke Böll, der da auf seiner Krücke am Zaun vor dem amerikanischen Raketenlager Mutlangen gegen die Aufstellung neuer Raketen demonstrierte, wurde in seinem Protest nun weiß Gott nicht mehr von einer Utopie angetrieben. Das war nackter Widerstand. Wenn aber alle Utopien für Böll geschrumpft waren – und daran läßt dieser letzte Roman überhaupt keinen Zweifel, noch nicht einmal ein Schein von Utopie ist darin zu entdecken –, dann kann auch in der Welt nicht mehr gehandelt werden – folgerichtig kommt der Roman ohne eine einzige Handlung aus. Wenn aber nicht mehr gehandelt werden kann, bleibt nur noch Reden übrig – und deshalb ist die Dialog- und Monolog-Form dieses Buches nicht nur ästhetisch absolut plausibel, sie ist sogar notwendig. Das einzige Material, das Böll am Ende für seinen Roman noch passend erschien, war das Reden. Das Reden und das Gerede der Gesellschaft. Ein ewig banales Gerede. Ein lächerliches Palaver. Und er konnte nichts anderes mehr tun, als dieses Gerede vorzuführen und es von der Beschaffenheit des sprachlichen Materials her zu analysieren – so wie er es vorher schon in dem Buch *Bild Bonn Boenisch* getan hatte, das von daher auch keine Nebenarbeit ist, sondern ebenfalls seine Logik in Bölls Fortschreibungsprozeß hat. Daß auch die Personen in dem letzten Roman mehr aneinander vorbeireden als zusammen reden, hat ebenso seine Logik. Alle Personen reden hier nämlich notgedrungen ins Leere hinein, weil der Hintergrund leer ist, und dieser leere Raum im Hintergrund ist die Bundesrepublik Deutschland.

Der Roman spielt in Bonn in den großen prunkvollen Villen mit Rheinblick, und die auftretenden Personen sind Politiker, die meisten allerdings Schmierenpolitiker; es gibt einige Sieger, die aber im nächsten Moment auch zu den Verlierern gehören können, und es gibt viele Erpreßte und Gedemütigte. Aber es gibt auch die Frauen der Männer, und sie sind es, denen Böll, noch einmal, seine Sympathie schenkt. Diese Frauen versuchen sich zu wehren und möchten dieses miese Spiel nicht mehr mitmachen, diesen Krieg um den Profit und den eigenen Vorteil. Böll ist sich nicht zu schade, die drastischsten, an Klischees heranreichenden Bilder zu montieren, um diese lächerlichen Aktionen zu bezeichnen: Da macht Paul Chundt, ein hoher Parteifunktionär, der die Fäden in der Hand hält und selbst über die Regierung die Macht hat, einen Parteifreund zum Minister, um ihn sich selber stürzen zu lassen: »Er wird an seinem Amt ersticken, weil er keins seiner übrigen Ämter aufgeben will: Landtagsabgeordneter, Kreistagsabgeordneter, Landrat, Präsidiumsmitglied des Planungsrates, Landespolizeibeirat, Talsperrenverband, Aufsichtsrat bei der Kreissparkasse und bei Krankenhäusern – und dann noch die Partei.«[267] Da werden Dossiers vernichtet und Ehefrauen, die lästig werden und Geschichten in die Welt setzen, in Sanatorien abgeschoben, wo man ihnen »die Erinnerungen korrigiert[268]«. Oder da staucht Chundt einen Parteifreund zusammen, als der an dem Tag, an dem dessen frühere Frau sich in einem Sanatorium umgebracht hat, als neugewählter Minister in Gegenwart seiner jetzigen, zweiten Frau seine Ernennung feiert: »Weiß ich nicht, ob die Frau eines Ministers nun gerade jedermann, aber wirklich jedermann ihren allerdings makellosen Busen zeigen muß. Verflucht, Weiber hattest du doch genug, mußtest du unbedingt wieder heiraten, auch noch kirchlich, mit Pomp und Pappe und Prälaten. Natürlich brauchten wir die Pfaffen, als Dekoration und auch als Dekorateure, wir brauchen sie für die Stimmung, für die Armee und die Rüstung und die Wirtschaft, aber wir haben sie auch derart abgenutzt, aufgebraucht, daß wir sie nicht mehr nötig haben und sie uns bald lästig werden könnten. Stimmen bringen sie jedenfalls keine mehr. Und du, du mußtest unbedingt einen Bischof haben, um deine Trude heimzuführen.«[269] Oder da heißt es über die neueste Gegenwart: »(Es geht) nicht um Gesetz und Ordnung ... Es geht darum, auch mal was zu haben, was die anderen haben, und um das zu bekommen, muß man Dinge tun, bei denen man sich nicht schnappen lassen darf. Ich lese auch Zeitung ..., ich sehe fern, ich höre Radio. Und wenn mal einer geschnappt wird, der's eigentlich gar nicht nötig gehabt hätte, ein krummes Ding zu drehen – ich meine, die mit den Hunderttausenden und Millionen – und wenn ich lese, wie sie an einem Tag schwer herzkrank sind und am nächsten Tag braungebrannt und strahlend vor Gericht erscheinen: unschuldig, strahlend – und ich sehe sie, wie sie vor Gericht stehen, wie sie vor Ausschüssen erscheinen: strahlen, gnädig, und lachen, lachen – da soll ich, ausgerechnet ich, Gesetze einhalten und an Ordnung glauben? ... Wir, wir können nicht strahlend wie die Sieger vor Gericht auftreten, wir sind schon verurteilt, bevor das Urteil gesprochen ist.«[270]

Ein von Moral, Anstand, Ehre, Treue und Glauben völlig entleertes Land – so beschreibt Böll die Bundesrepublik. Nichts ist mehr wichtig. Handlungen – lächerliche Szenarien; selbst die Intrigen, die der Roman andeutet, sind völlig belanglos – weil auch der Gesellschaft nichts mehr wichtig ist. Von daher liegt auch eine Logik darin, daß sich in diesem Roman alles auflöst, kein Plot zu Ende geführt wird. Das gesellschaftliche Leben, meinte Böll, hat keine Konsistenz mehr.

Wie immer man das nun bewertet, ob man Bölls letzten Blick auf die Gesellschaft nachvollziehen kann oder nicht, wichtig ist vor allem, welche Konsequenzen Böll für sich selber gezogen hat. Mit diesem Roman hat er all das, was er in vierzig

Jahren in seinem Werk an Utopie aufgebaut hatte, für sich selber zur Disposition gestellt. Er war im Alter derartig radikal kritisch geworden, daß er an seine eigenen Utopien nicht mehr glauben wollte, und zwar nicht, weil er an ihre Kraft und ihre Durchsetzbarkeit nicht mehr glaubte, sondern weil er zu der Überzeugung gekommen war, daß so etwas wie Utopie in dieser Amüsiergesellschaft keinen Platz mehr habe. Man schaue nur einmal in das *Gruppenbild mit Dame*: wie Böll darin, zusammen mit dem Reden der Personen, auch Handlungs-Utopien entworfen hatte. In den *Frauen vor Flußlandschaft* findet sich nichts mehr davon. Nur noch Wahnsinns-Szenen sind übriggeblieben. Welch ein Mut, sein Werk auf diese Art zu Ende zu schreiben. Böll hätte natürlich mit und in seinen Büchern, mit den Utopien, die er sich darin erarbeitet hatte, für sich in aller Ruhe zu Ende leben können; er hätte auch seine Werte, das, was ich Kindheit genannt habe, weiter ausschreiben und sich auch ganz direkt in seine Kindheit zurückschreiben können – aber wäre dies nicht eine Fiktion geworden und sogar eine Illusion, so wie Prousts Vorstellung, er habe die »wiedergefundene Zeit« in den Händen gehalten, wahrscheinlich auch eine Illusion war. Schon Proust hatte ja Mühe, diese angeblich wiedergefundene Zeit überhaupt vorzuführen; nicht von ungefähr ist der letzte Band von *Die Suche nach der verlorenen Zeit* der schwächste. Bölls Größe lag auch darin, daß er *Le temps retrouvé*, *Die wiedergefundene Zeit*, nicht geschrieben hat. Denn heute mehr als je zuvor wäre ein solches Buch die vollkommene ästhetische und politische Lüge.[271] Das wußte Böll. Andererseits war ihm natürlich auch von seiner Schreibmotivation her dieser Weg zurück in die fiktive Vergangenheit versperrt. Denn da er nie geschrieben hat, um in seinen Büchern ein Ersatzleben zu führen, sondern um seine bedrohten Werte in der Welt durchzusetzen, mußte er sich immer nach vorne, in die Gegenwart hineinschreiben, die er aber zuletzt in ihrem Wesen als verdünnt und immer unwesentlicher empfand. Welch bescheidene und zugleich mutige Geste Bölls, uns auszuliefern, was für ihn selber übriggeblieben war: »Bleib bei mir und schau mit mir auf den Rhein,« sagt da eine Frau zu ihrem Mann, »da flattert die blitzsaubere Wäsche auf den Leinen, die Hunde laufen an der Reling, und die Kinder spielen in ihren Ställchen.«[272]

Da ist sie noch einmal, seine Kindheit, aber das Bild ist nur noch ein kleines Abziehbild. Eine düstere Abschiedsstimmung, die man aus diesem Buch herausliest. Man schaue, wohin er seine Bilder treibt in diesem letzten Versuch, die Trümmer zu verteidigen. Dieses ganz frühe Motiv findet sich in diesem letzten Roman, wenn ein prächtiges Grundstück am Rhein, auf dem eine Ruine steht, verkauft werden soll, um einer Botschaft Platz zu machen. Aber das werden einige zu verhindern wissen. Der Besitzer dieses Grundstücks, der lange nicht aufzuspüren war, ist jetzt nämlich gefunden, erzählt eine Frau: »Jeremias Arglos, fünfzehn, lebt in New York – der Erbe derer, die zu Asche geworden sind, zu Staub in Auschwitz und Treblinka – Staub auch auf Jerusalems Friedhöfen, in Kalifornien und New York. Er war bei uns, der Junge, mager, blaß, hochaufgeschossen. Ich machte mit ihm eine Abendfahrt, auf dem Rhein: Lampions, Gesang, oh du fröhliches Rheinland. Er ging hier, in Jeans mit violettem Hemd, durch die Ruine, den Garten und sagte: Nicht verkaufen, nie verkaufen. Es soll ein Denkmal bleiben für meinen Urgroßvater, der's gebaut hat, für meinen Großvater und Vater, die hier geboren sind, die die hiesige Sprache ... gesprochen haben – es soll ein Denkmal für sie bleiben – Schandfleck oder Denkmal. Oder Denkmal der Schande ...«[273] Wie schön sei diese Ruine, wie schön ihre Verfallenheit, sagt Böll; wenn da die Bagger anrückten, sei an einem einzigen Tag alles weggeräumt, »ein Jahrhundert Erinnerung[274]«. Heimat? Keine Rede mehr davon. Das einzige, was sie Heimat nennen könnte, sagt eine Frau, das sei der Rhein. Aber auch der Mythos Rhein hat seine Ausstrahlung und Kraft teilweise verloren und ist längst auch schon ein Grab geworden. »Vielleicht wäre hier irgendwo der Nibelungenschatz zu finden – rheinabwärts gespült, verkrüppelte Kronen, das bißchen Gold vom Rheinwasser und Geröll längst abgewaschen, von rollenden Kieseln zerbeult, zu etwas wie Karnevalsorden herabgeschunden, nicht einmal mehr aufputzbar zu Schützenkönigslametta,« sinniert eine Frau abends auf einer Bank am Rhein. »Oh, Kriemhild und Brunhild, eure Armreifen, von Rolling Stones zerdöngelt, haarig von Flußalgen, vielleicht einem Nazi-Emblem benachbart, das ein erschrockener Bürger hastig abwarf, als die amerikanischen Panzer einfuhren. Was mag sich da alles vermischen im grünen Schleim: Totenköpfe und schwarz-weiß-rot betrodelte Degen, Ehre, abgeworfen in Schrecksekunden der Geschichte, als grinsende Neger focken German Nazis suchten. Oh, ihr schwarzen Natobrüder, deren gibt's noch genug ... Ach, ihr sieben Zwerge hinter den sieben Bergen, was könntet ihr alles erzählen?«[275] Die Frau sitzt dort am Rhein immer abends um acht, wenn im Fernsehen die *Tagesschau* läuft, und all dieser öffentlichen Bilder und Informationen ist sie überdrüssig: »Freiheit, Flaute, Flankenschutz für die Nato, Frohsinn, Feindseligkeiten, Moskaus natürlich, Förderungen, Fußballerwaden, Fürstenhochzeiten. Zum Schluß dann die Feine, die Törichte, die Kultur, oder als lyrisches Finale ein tiefbesorgter Bankier, der um sein Frühstücksei zu bangen scheint. Nur das eine verkünden sie nicht: daß wir sterblich sind, vergänglich und zu Höherem bestimmt.«[276]

Ob Heinrich Bölls Werk Bestand hat oder sich als schnell vergänglich erweist, ist schwer zu sagen. Sicher wird es als historisches Dokument auf lange hin mit das interessanteste Material sein, das die deutsche Nachkriegsliteratur anzubieten hat. Ob die literarische Substanz dieses Werkes ausreicht, daß man es in hundert Jahren noch lesen wird, ist eine andere Frage. Viele seiner Bücher sind vielleicht zu nah an der Gegenwart der letzten Jahrzehnte entlanggeschrieben, als daß spätere Generationen sich darin wiedererkennen können, zu voll auch von deutscher Provinzialität. Es könnte allerdings genauso sein, daß gerade die Böllsche Variante von Provinzialismus dem Werk bleibendes Interesse sichert. »Ich glaube, im Zusammenhang mit dieser Frage nach der großen, weiten Welt und den ›kleinen Leuten‹ müßte man über den Begriff des Exotischen sprechen,« sagte er. »Ich denke mir, daß in jedem kleinen Dorf, in Mexiko, im Ural oder in Indien, die Welt ganz ist, nicht im Sinne von heil, sondern vollständig – in ihrer Problematik und in ihrer Zerbrechlichkeit, Verletzlichkeit; und da gibt es natürlich, regional, klimatisch, auch durch die Rasse und die soziale Struktur bedingt, Variationen und Differenzen – keine erheblichen. Insofern gibt es keine Exotik. Die Probleme, die sich das kleine Fritzchen ... als die Probleme der großen Leute in der großen, weiten Welt vorstellt, sind meistens Probleme der Langeweile, oft künstliche Probleme, oder oberflächliche, und sie werden meist oberflächlich – durch Geld nämlich – gelöst, oder durch Gewalt. Insofern ist das Regionale oder sogar das Lokale das eigentlich Internationale. Man hat zum Beispiel in der Sowjetunion einen Roman wie *Ansichten eines Clowns*, der ja extrem rheinisch ist und im rheinischen Milieu sozusagen wohnt, sehr gut verstanden. Das Regionale hat man als Mitteilung ganz interessant gefunden, aber die Struktur einer labyrinthischen Gesellschaft, in der man dauernd mit dem Kopf gegen die Wand rennt oder vom Minotaurus aufgespießt wird – die war eben international.«[277]

Ob das Interesse von Bölls Werk weggeht oder ob es aktuell bleibt in seinem Anliegen, das hängt aber nicht ausschließlich nur vom Rang dieses Werks ab, sondern auch davon, wie und wohin sich die Gesellschaft entwickeln wird. Vielleicht ist die

Geschichte der Menschheit ja wirklich an einem Punkt angelangt, wo es sinnlos erscheint, die Frage nach dem Wesen des Menschen überhaupt noch zu stellen und ihn als sich selber erträumendes, aufbauendes, lenkendes und dann auch sich selber zerstörendes Subjekt zu definieren. Vielleicht kommt jetzt der »Mensch in Anführungsstrichen« [278], wie ihn Gottfried Benn prophezeit hat, zusammengesetzt nur noch aus Redensarten, Sprichwörtern, sinnlosen Bezügen und Spitzfindigkeiten, und vielleicht wird, wie Benn weiter meinte, der künstlerische Stil der Zukunft dementsprechend auch der Roboterstil sein, Montagekunst. Böll war einer der letzten großen europäischen Seins-Schriftsteller, während viele Autoren heute nur noch Haben-Schriftsteller sind, um diese Formel von Erich Fromm auch einmal auf die Literatur anzuwenden. Er hat das Kindliche und die Utopie Kindheit unterzubringen versucht in einer Welt, die für so etwas keinen Platz mehr hat. Alles aber, was in der Welt und in der Kunst lebendig ist – auch das hat Bölls Verteidigung der Kindheit noch einmal deutlich gemacht –, ist insofern immer der Kindheit verpflichtet, daß es Phantasie voraussetzt, die Fähigkeit, die Dinge anders wahrzunehmen als sie festgeschrieben worden sind, so für sich auch wahrzunehmen, wie Kinder das tun, die noch nicht den ganzen Kanon eingepreßt bekommen haben. Der Widerstand, den Böll mit seinem Werk gegen alle gesellschaftlichen Nivellierungs-Tendenzen aufgebaut hat, ist enorm, auch in seiner Nutzbarkeit. Wer sich hier und heute erinnern will, kann sich auf ihn berufen. Wer auch weiterhin aus sich selbst heraus leben und sich nicht vorschreiben lassen möchte, wie er die Welt und die Dinge darin wahrzunehmen hat, findet in seinem Werk Bestätigung. Vielleicht wird mancher seine Romane, je entfremdeter, banaler und trostloser die Welt wird, zunehmend lesen als Heimatromane, und das sind ja nach einem Wort Bölls »alle Romane, in denen Menschen zu Hause sind« [279], wenn schon nirgends sonst. So darf wohl auch jeder getrost in der Widmung des letztes Buches sich persönlich angesprochen fühlen: »Den Meinen an allen Orten, wo immer sie sein mögen.« Aber niemand darf auch vergessen, daß Böll mit der Geste, die sein letzter Roman ja auch darstellt, dafür gesorgt hat, daß sein Werk nach seinem Tode nicht zu falschen Repräsentationszwecken mißbraucht werden kann. Es ist dieselbe Geste, die er einmal benutzte, als er als Repräsentationsfigur mißbraucht zu werden fürchtete und dann eine Rede beendete, indem er, einen früheren amerikanischen Präsidenten imitierend, die Arme weit ausbreitete und in seinem unnachahmlichen Tonfall und in seiner liebenswürdigen Ironie uns zurief: »God bless you all and the Federal Republic of Germany.«

Heinrich Böll mit Herbert Wehner und Willy Brandt.

Heinrich Böll mit Helmut Gollwitzer (links) und Gustav Heinemann.

1973

In Langenbroich. Links Günter Wallraff.

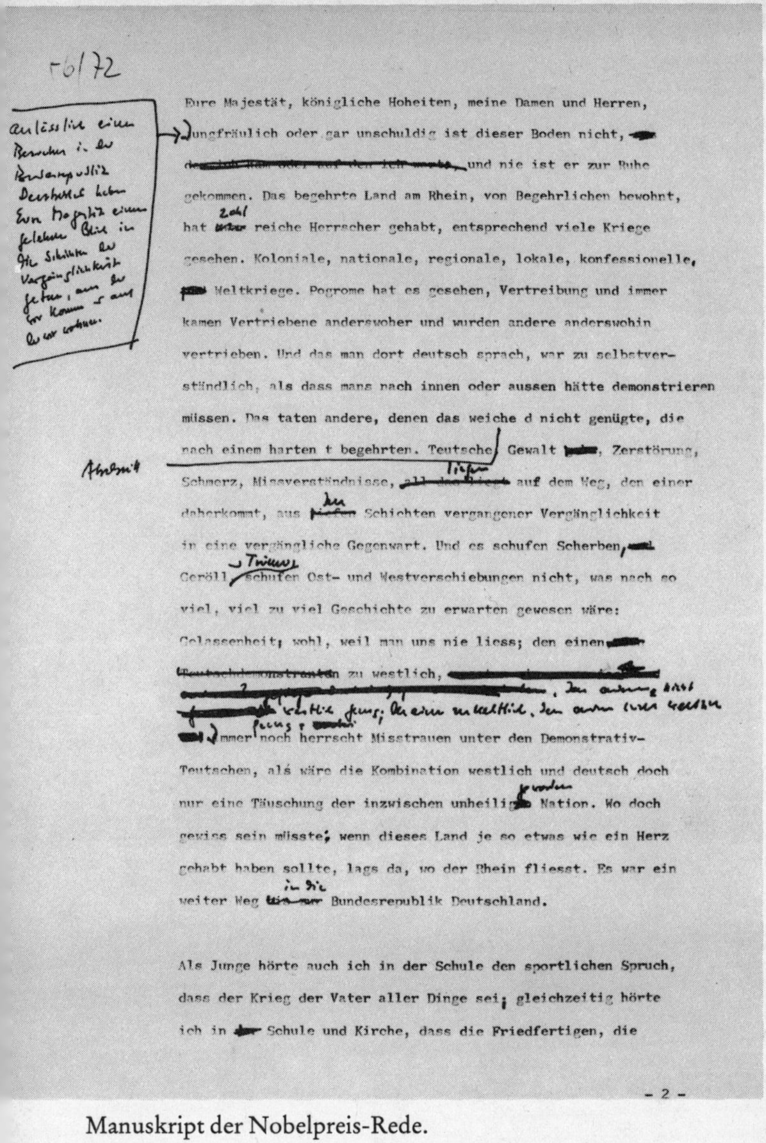

r6/72

Eure Majestät, königliche Hoheiten, meine Damen und Herren,

Jungfräulich oder gar unschuldig ist dieser Boden nicht, [redacted] und nie ist er zur Ruhe gekommen. Das begehrte Land am Rhein, von Begehrlichen bewohnt, hat zahl [redacted] reiche Herrscher gehabt, entsprechend viele Kriege gesehen. Koloniale, nationale, regionale, lokale, konfessionelle, [redacted] Weltkriege. Pogrome hat es gesehen, Vertreibung und immer kamen Vertriebene anderswoher und wurden andere anderswohin vertrieben. Und das man dort deutsch sprach, war zu selbstverständlich, als dass mans nach innen oder aussen hätte demonstrieren müssen. Das taten andere, denen das weiche d nicht genügte, die nach einem harten t begehrten. Teutsche Gewalt [redacted], Zerstörung, Schmerz, Missverständnisse, auf dem Weg, den einer daherkommt, aus den Schichten vergangener Vergänglichkeit in eine vergängliche Gegenwart. Und es schufen Scherben, [redacted] Geröll, Trümmer schufen Ost- und Westverschiebungen nicht, was nach so viel, viel zu viel Geschichte zu erwarten gewesen wäre: Gelassenheit; wohl, weil man uns nie liess; den einen [redacted] zu westlich, [redacted] Immer noch herrscht Misstrauen unter den Demonstrativ-Teutschen, als wäre die Kombination westlich und deutsch doch nur eine Täuschung der inzwischen unheilig gewordenen Nation. Wo doch gewiss sein müsste, wenn dieses Land je so etwas wie ein Herz gehabt haben sollte, lags da, wo der Rhein fliesst. Es war ein weiter Weg in die Bundesrepublik Deutschland.

Als Junge hörte auch ich in der Schule den sportlichen Spruch, dass der Krieg der Vater aller Dinge sei; gleichzeitig hörte ich in [redacted] Schule und Kirche, dass die Friedfertigen, die

- 2 -

Manuskript der Nobelpreis-Rede.

Nobelpreisverleihung, Stockholm 1972.

Nobelpreis-Urkunde.

SVENSKA
AKADEMIEN
HAR VID SITT SAMMANTRÄDE
DEN 19 OKTOBER 1972
I ÖVERENSSTÄMMELSE MED
FÖRESKRIFTERNA I DET AV
ALFRED NOBEL
DEN 27 NOVEMBER 1895
UPPRÄTTADE TESTAMENTE
BESLUTAT ATT TILLDELA
HEINRICH
BÖLL
1972 ÅRS NOBELPRIS I LITTERATUR
FÖR EN DIKTNING
SOM GENOM SIN FÖRENING
AV TIDSHISTORISK VIDSYN OCH
ÖMSINT GESTALTNINGSFÖRMÅGA
VERKAT FÖRNYANDE
INOM TYSK LITTERATUR

STOCKHOLM DEN 10 DECEMBER 1972

In Rußland, 1974.

In Jugoslawien, mit Staatschef Tito.

Heinrich und Annemarie Böll mit Kölns Oberbürgermeister John Van Nes Ziegler bei einem Empfang der Stadt Köln anläßlich Bölls 60. Geburtstag.

Bundeskanzler Helmut Schmidt bei einem Empfang von Kiepenheuer & Witsch-Verleger Reinhold Neven du Mont anläßlich Bölls 60. Geburtstag.

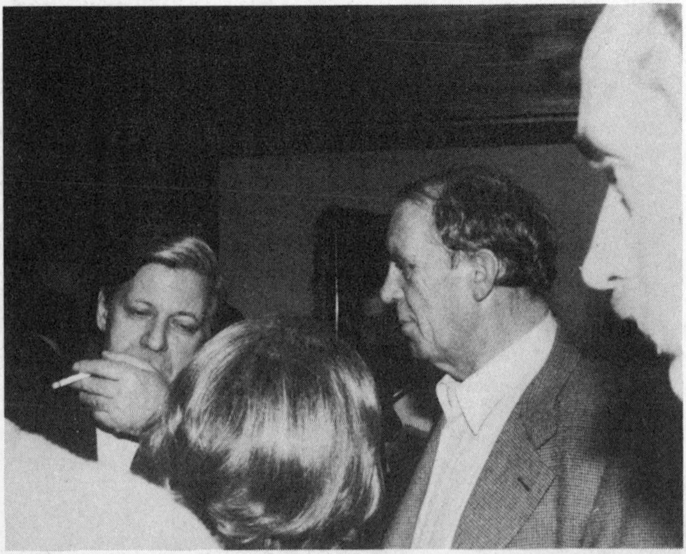

1982.

Beim Schriftsteller-Kongreß in Saarbrücken. 1983.

Bei der Blockade des US-Militärdepots Mutlangen. 1983. Rechts Klaus Staeck.

Bölls Beerdigung.

Anmerkungen

1 Heinrich Böll: *Das Risiko des Schreibens.* In: Böll, *Erzählungen – Hörspiele – Aufsätze.* Köln 1961, S. 357–360
2 Ebd., S. 358
3 Heinrich Böll: *Über mich selbst.* In: *Erzählungen – Hörspiele – Aufsätze*, a. a. O., S. 398
4 Heinrich Böll: *Rede zur Verleihung des Nobelpreises am 10. Dezember 1972 in Stockholm.* In: Böll, *Neue politische und literarische Schriften.* Köln 1973, S. 281
5 Ebd.
6 Heinrich Böll/Christian Linder: *Drei Tage im März.* Köln 1975, S. 50
7 Heinrich Böll: *Zweite Wuppertaler Rede.* in: Böll, *Aufsätze – Kritiken – Reden.* Köln 1967, S. 483
8 Ebd., S. 484
9 Ebd., S. 485
10 Heinrich Böll: *Versuch über die Vernunft der Poesie.* Nobelvorlesung gehalten am 2. Mai 1973 in Stockholm. In: Böll, *Einmischung erwünscht. Schriften zur Zeit.* Köln 1977, S. 28–44
11 Ebd., S. 31
12 Ebd., S. 30, 31
13 Ebd., S. 31
14 Ebd., S. 30
15 Heinrich Böll: *Warum ich kurze Prosa wie Jakob Maria Hermes und Heinrich Knecht schreibe.* In: Böll, *Erzählungen 1950–1970*, Köln 1972, S. 389–396
16 Ebd., S. 396
17 Walter Benjamin: *Der Autor als Produzent.* In: Benjamin, *Versuche über Brecht* (edition suhrkamp, 172), Frankfurt am Main 1966, S. 95–116
18 Walter Benjamin: *Der Erzähler. Betrachtungen zum Werk Nikolai Lesskows.* In: Benjamin, *Über Literatur.* Bibliothek Suhrkamp Nr. 232, Frankfurt am Main 1969, S. 33 ff.
19 Heinrich Böll: *Raderberg, Raderthal.* In: Böll, *Aufsätze – Kritiken – Reden*, a. a. O., S. 180
20 Heinrich Böll: *Frankfurter Vorlesungen*, Köln 1966, S. 9
21 Ebd.

22 Ebd., S. 26
23 Ebd., S. 75–76
24 Ebd., S. 77–78
25 Heinrich Böll: *Gruppenbild mit Dame*, Köln 1971
26 Ebd., S. 8
27 Ebd.
28 *Frankfurter Vorlesungen*, a. a. O., S. 74
29 Ebd., S. 73–74
30 *Drei Tage im März*, a. a. O., S. 30
31 Heinrich Böll: *Irisches Tagebuch*, Köln 1957
32 Heinrich Böll: *Zur Verteidigung der Waschküchen*. In: *Erzählungen – Hörspiele – Aufsätze*, a. a. O., S. 412–415
33 Ebd., S. 413
34 *Frankfurter Vorlesungen*, a. a. O., S. 16–17
35 Heinrich Böll: *Die verlorene Ehre der Katharina Blum oder Wie Gewalt entstehen und wohin sie führen kann*. Köln 1974
36 *Drei Tage im März*, a. a. O., S. 50–51
37 Ebd.
38 Ebd., S. 182
39 Ebd., S. 183–184
40 Heinrich Böll: *Heimat und keine*. In: *Aufsätze – Kritiken – Reden*, a. a. O., S. 201
41 Ebd.
42 Heinrich Böll: *Stichworte*. In: *Aufsätze – Kritiken – Reden*, a. a. O., S. 173–174
43 *Drei Tage im März*, a. a. O., S. 30
44 Ebd., S. 30, 33–34
45 Ebd., S. 54–55
46 Ebd., S. 52–53
47 Ebd., S. 55–56
48 Ebd.
49 Heinrich Böll: *Eine deutsche Erinnerung*, Gespräch mit René Wintzen, Köln 1979
50 Interview mit Heinrich Böll von Renate Matthaei und Peter Hamm für ein Fernsehporträt, Bavaria Atelier GmbH; zitiert nach dem Manuskript.
51 *Drei Tage im März*, a. a. O., S. 36, 37–38
52 Ebd., S. 54
53 Ebd., S. 37
54 Siehe Anmerkung 50

55 Ebd.
56 *Eine deutsche Erinnerung*, a. a. O., S. 46
57 Ebd.
58 Ebd.
59 Hermann Hesse: *Das Glasperlenspiel.* (suhrkamp taschenbuch, 79), Frankfurt am Main 1972
60 Heinrich Böll: *Der Zeitgenosse und die Wirklichkeit.* In: *Erzählungen – Hörspiele – Aufsätze*, a. a. O., S. 344
61 Ebd.
62 Ebd., S. 347
63 Ebd., S. 345
64 Ebd.
65 Ebd., S. 346
66 Ebd.
67 Ebd., S. 347
68 Ebd.
69 Ebd., S. 346
70 Ebd.
71 Ebd., S. 348
72 Ebd.
73 Ebd.
74 Ebd., S. 344
75 Dieter Wellershoff: *Mehrere Aussagen über Wirklichkeit.* Heinrich Böll zum 60. Geburtstag. In: *LiK, Literatur in Köln*, hg. von der Stadtbücherei der Stadt Köln, Heft Nr. 8, Köln 1977, S. 4–5
76 Ebd.
77 Ebd.
78 Vgl. Jürgen Habermas, *Theodor W. Adorno: Ein philosophierender Intellektueller.* In: Habermas, *Philosophisch-politische Profile*, Frankfurt am Main 1971, S. 183
79 Ebd.
80 Ebd.
81 Vgl. etwa Bölls Aufsatz zum 80. Geburtstag von Ernst Jünger: *Das meiste ist mir fremd geblieben.* In: Böll, *Einmischung erwünscht*, a. a. O.; Böll spricht darin weniger über Jünger als darüber, wann und unter welchen Umständen er Jünger gelesen hat, er spricht von seinem alten Deutschlehrer Gerhard Nebel, einem Schriftsteller auch, der über Jünger gearbeitet hat u. s. f.

82 *Drei Tage im März*, a. a. O., S. 96–97
83 Siehe Anmerkung 50
84 Ebd.
85 Habermas, *Philosophisch-politische Profile*, a. a. O., S. 185
86 Ebd.
87 Theodor W. Adorno: *Erziehung nach Auschwitz*. In: Adorno, *Stichworte. Kritische Modelle 2* (edition suhrkamp, 347), Frankfurt am Main 1969, S. 97–98
88 Heinrich Böll: *Der Zeitgenosse und die Wirklichkeit*, a. a. O., S. 344–345
89 Dieter Wellershof: *Mehrere Aussagen über Wirklichkeit*, a. a. O., S. 4–5
90 Friedrich Schiller: *Briefe zur ästhetischen Erziehung des Menschen*, zitiert nach der Reclam-Aussage Nr. 8994, Stuttgart 1977, S. 20–21
91 Heinrich Böll: *Ansichten eines Clowns*. Köln 1963
92 Heinrich Böll: *Ende einer Dienstfahrt*. Köln 1966
93 Ebd.
94 Heinrich Böll: *Einführung in die Dienstfahrt*. In: *Aufsätze – Kritiken – Reden*, a. a. O., S. 264
95 Herbert Marcuse: *Triebstruktur und Gesellschaft*, zitiert nach der Ausgabe in der Bibliothek Suhrkamp Nr. 158, Frankfurt am Main 1977, S. 187
96 Ebd., S. 187–188
97 Ernst Bloch: *Das Prinzip Hoffnung*, zitiert nach der dreibändigen Ausgabe in der Reihe suhrkamp-taschenbuch-wissenschaft, Nr. 1–3, Frankfurt am Main 1973, S. 368
98 Ebd.
99 Ebd., S. 1628
100 Ebd.
101 Heinrich Böll: *Stichworte*. In: *Aufsätze – Kritiken – Reden*, a. a. O., S. 171
102 *Eine deutsche Erinnerung*, a. a. O.
103 Wiederabgedruckt in: Heinrich Böll, *Werke, Romane und Erzählungen I, 1947–1951*, herausgegeben von Bernd Balzer. Köln o. J., S. 9–13
104 Ebd., S. 11
105 Heinrich Böll: *Wanderer kommst du nach Spa* ... Köln 1950
106 Heinrich Böll: *Der Zug war pünktlich*. Köln 1949
107 Heinrich Böll. *Wo warst du, Adam?*. Köln 1951

108 Böll, *Werke*, a.a.o., S. 7–8
109 Ebd., S. 7
110 *Drei Tage im März*, a.a.O., S. 39–40
111 Ebd., S. 40
112 Heinrich Böll: *Und sagte kein einziges Wort*. Köln 1953
113 *Eine deutsche Erinnerung*, a.a.O., S. 49
114 Ebd.
115 Ebd.
116 Ebd.
117 Vgl. das Gespräch zwischen Böll und Dieter Wellershoff über *Gruppenbild mit Dame*. In: Renate Matthaei (Hg.), *Die subversive Madonna*, Köln 1975, S. 141–155; Böll sagt darin u.a: »Ich empfinde jedes Buch als eine Erweiterung des Instrumentariums, der Ausdrucksweise, der Komposition und auch einer gewissen Erfahrung, und insofern ist dieses Buch, wie alles, was ich geschrieben habe ..., eine Fortschreibung«, S. 141
118 *Eine deutsche Erinnerung*, a.a.O.
119 Ebd.
120 *Gruppenbild mit Dame*, a.a.O., S. 11
121 Ebd., S. 10
122 *Drei Tage im März*, a.a.O., S. 72
123 Ebd.
124 Ebd., S. 43
125 *Wo warst du, Adam?*, zitiert nach der *Werk*-Ausgabe, a.a.O., S. 408
126 Ebd.
127 *Drei Tage im März*, a.a.O., S. 43
128 *Wo warst du, Adam?*, zitiert nach der *Werk*-Ausgabe, a.a.O., S. 447
129 *Ich habe nichts über den Krieg aufgeschrieben*. Gespräch mit Heinrich Böll und Hermann Lenz von Jürgen Manthey und Nicolas Born. In: *Literaturmagazin 7*: Nachkriegsliteratur (das neue buch, 87), Reinbek 1977, S. 54–55
130 Böll, *Stichworte*, a.a.O., S. 168
131 Ebd., S. 173
132 *Eine deutsche Erinnerung*, a.a.O., S. 145
133 Vgl. *Drei Tage im März*, a.a.O., S. 14f.
134 *Ich habe nichts über den Krieg aufgeschrieben*, a.a.O., S. 59
135 Heinrich Böll: *Bekenntnis zur Trümmerliteratur*. In: *Erzählungen – Hörspiele – Aufsätze*, a.a.O., S. 339–343

136 Heinrich Böll, *Billard um halbzehn*. Köln 1959

137 Ebd.

138 Heinrich Böll: *Die Spurlosen*. In: *Erzählungen – Hörspiele – Aufsätze*, a. a. O., S. 295–326

139 *Drei Tage im März*, a. a. O., S. 90

140 Gespräch zwischen Böll und Dieter Wellershoff über *Gruppenbild mit Dame*, a. a. O., S. 149

141 Heinrich Böll: *Die Freiheit der Kunst*. Dritte Wuppertaler Rede. In: *Aufsätze – Kritiken – Reden*, a. a. O., S. 491

142 *Ich habe nichts über den Krieg aufgeschrieben*, a. a. O., S. 57–59

143 *Drei Tage im März*, a. a. O., S. 73

144 Wolfgang Koeppen: *Tauben im Gras*. Stuttgart 1951

145 Alfred Andersch: *Das junge Europa formt sein Gesicht*, zitiert nach: *Der Ruf*. Eine deutsche Nachkriegszeitschrift, herausgegeben von Hans Schwab-Felisch (dtv Nr. 39), München 1962, S. 21–22

146 Ebd., S. 21–22

147 Urs Widmer: *1945 oder die ›Neue Sprache‹*. Düsseldorf 1966, S. 198

148 *Der Ruf*. Eine deutsche Nachkriegszeitschrift, a. a. O., S. 18

149 Wolfgang Koeppen: *Tauben im Gras*, zweite Auflage, Stuttgart

150 *Frankfurter Vorlesungen*, a. a. O., S. 80

151 Hermann Stresau: *Heinrich Böll*. Berlin 1964, S. 8–9

152 Hans Bender: *Ortsbestimmung der Kurzgeschichte*. In: *Akzente 9*, München 1962, S. 205–225

153 Heinrich Böll: *Die schwarzen Schafe*. In: *Werke I*, a. a. O., S. 299–307

154 Stresau, a. a. O., S. 9

155 Ebd., S. 9–10

156 Wolfgang Koeppen: *Tod in Rom*. Stuttgart 1953

157 Wolfgang Koeppen: *Das Treibhaus*. Stuttgart 1954

158 Klaus Harpprecht: *Die Treibhausblüte*. In: *Christ und Welt*, 17. 12. 1953

159 Jürgen Peters: *Wolfgang Koeppen, ein Schriftsteller der Bundesrepublik*. In: *Literaturmagazin 7*, a. a. O., S. 304

160 Hans Schwab-Felisch: *Der frühe Böll*. In: Marcel Reich-Ranicki (Hg.), *In Sachen Böll*. Köln 1968, S. 217f.

161 Heinrich Vormweg: *Prosa in der Bundesrepublik seit 1945*. In:

Dieter Lattmann (Hg.), *Kindlers Literaturgeschichte der Gegenwart: Die Literatur der Bundesrepbulik Deutschland.* München 1973, S. 217

162 Heinrich Böll: *Will Ulrike Meinhof Gnade oder Freies Geleit?*. In: *Der Spiegel*, 10. Januar 1972, wiederabgedruckt in: Böll, *Neue politische und literarische Schriften*, a. a. O., S. 230–238

162 Vgl. Reinhold Neven du Mont: *Das Engagement des Schriftstellers*. In: *LiK, Literatur in Köln*, a. a. O., S. 5

164 Zitiert nach dem Artikel in der Buchausgabe, a. a. O., S. 231–232

165 Ebd., S. 325–336

166 Ebd., S. 233

167 *Drei Tage im März*, a. a. O., S. 74–75

168 Böll hat wiederholt darüber gesprochen; vgl. etwa das Gespräch mit Böll von Renate Matthaei und Peter Hamm, a. a. O.

169 *Drei Tage im März*, a. a. O., S. 45

170 Interview mit Heinrich Böll von Marcel Reich-Ranicki. In: *Aufsätze – Kritiken – Reden*, a. a. O., S. 503–504

171 Interview mit Böll von Renate Matthaei und Peter Hamm, a. a. O.

172 Ebd.

173 Ebd.

174 Ebd.

175 *Drei Tage im März*, a. a. O., S. 73

176 Theodor W. Adorno: *Eingriffe. Neun kritische Modelle*, zitiert nach der Ausgabe edition suhrkamp Nr. 10, Frankfurt am Main 1963, S. 139

177 Ebd., S. 135

178 Ebd.

179 Ebd., S. 130

180 *Frankfurter Vorlesungen*, a. a. O., S. 38–39

181 *Ich habe nichts über den Krieg aufgeschrieben*, a. a. O., S. 61

182 Heinrich Böll: *Hierzlande*. In: *Erzählungen – Hörspiele – Aufsätze*, a. a. O., S. 436

183 Heinrich Böll: *Brief an einen jungen Katholiken*. In: *Erzählungen – Hörspiele – Aufsätze*, a. a. O., S. 380

184 Ebd.

185 *Hierzulande*, a. a. O., S. 429

186 Ebd.
187 Ebd., S. 429, S. 431, 432
188 Ebd., S. 433 f.
189 *Billard um halbzehn*, a. a. O., S. 283
190 Ebd.
191 Ebd.
192 Heinrich Böll: *Haus ohne Hüter*. Köln 1954
193 Ebd., S. 288
194 *Drei Tage im März*, a. a. O., S. 91
195 Ebd., S. 60
196 Ebd.
197 Heinrich Böll: *Bilanz*. In: *Erzählungen – Hörspiele – Aufsätze*, a. a. O., S. 292
198 Zitiert nach Bernd Balzer, *Heinrich Bölls Werke: Anarchie und Zärtlichkeit*, Vorwort zur *Werk*-Ausgabe, a. a. O., S. 65
199 Ebd.
200 *Einmischung erwünscht*, a. a. O.
201 Horst Bienek: *Werkstattgespräche mit Schriftstellern*. München 1962, S. 149
202 *Brief an einen jungen Katholiken*, a. a. O., S. 395
203 Theodor W. Adorno: *Keine Würdigung*. In: Reich-Ranicki (Hg.), *In Sachen Böll*, a. a. O., S. 9–10
204 Heinrich Böll: *Keine so schlechte Quelle*. In: *Aufsätze – Kritiken – Reden*, a. a. O., S. 352
205 Ebd., S. 253
206 Ebd., S. 253 f.
207 Marcel Reich-Ranicki: *Böll, der Moralist*. In: Reich-Ranicki, *Deutsche Literatur in West und Ost*, München 1963, S. 138–139
208 Ebd.
209 Joachim Kaiser: *Ein Unfeierlicher wird gefeiert*. In: *Süddeutsche Zeitung*, 20. Oktober 1972
210 Bernd Balzer, *Heinrich Bölls Werke: Anarchie und Zärtlichkeit*, a. a. O.
211 Interview mit Heinrich Böll von Klaus Harpprecht, In: *Zweites Deutsches Fernsehen*, 6. Juli 1967
212 *Frankfurter Vorlesungen*, a. a. O., S. 98
213 *Frankfurter Vorlesungen*, a. a. O., S. 15
214 *Drei Tage im März*, a. a. O., S. 105
215 Helmut Schelsky: *Heinrich Böll – Kardinal und Märtyrer*. In:

Schelsky, *Die Arbeit tun die anderen, Klassenkampf und Priesterherrschaft der Intellektuellen*, Opladen 1975, S. 342–363
216 *Drei Tage im März*, a. a. O., S. 105 f.
217 *Ansichten eines Clown*, a. a. O., S. 48
218 *Die verlorene Ehre der Katharina Blum*, a. a. O., S. 25
219 *Gruppenbild mit Dame*, a. a. O., S. 272–273
220 *Gruppenbild mit Dame*, S. 220
221 Ebd., S. 62 f.
222 *Gruppenbild mit Dame*, a. a. O., S. 11–12
223 Ebd., S. 87
224 Herbert Marcuse: *Versuch über die Befreiung*. (edition suhrkamp, 329), Frankfurt am Main 1969
225 Herbert Marcuse: *Triebstruktur und Gesellschaft*. Ein philosophischer Beitrag zu Sigmund Freud, a. a. O.
226 Ebd., S. 168
227 Ebd., S. 68 f.
228 Ebd., S. 24 f.
229 Ebd., S. 49 f.
230 Ebd., S. 74 f.
231 Ebd., S. 140 f.
232 Ebd., S. 143 f.
233 Ebd., S. 149 f.
234 Ebd., S. 152
235 Ebd., S. 201 f.
236 Ebd., S. 228 f.
237 Nach Vorabdruck eines Kapitels aus meinem Buch in der *Frankfurter Rundschau* Weihnachten 1977 hat mir Heinrich Herlyn im Januar 1978 eine Staatsexamensarbeit zugeschickt, in der er, was die Parallelität zwischen Böll und Marcuse betrifft, auf einem anderen Wege zu demselben Ergebnis gekommen ist. Herlyn sind, wie er schreibt, die Parallelen nur durch einen Zufall aufgefallen; er hat sie dann in seiner Arbeit ausführlich entwickelt und beschrieben: Herlyn, *Heinrich Bölls Gruppenbild mit Dame Versuch einer Deutung mit Hilfe sozialpsychologischer Kategorien*. Schriftliche Hausarbeit im Rahmen der fachwissenschaftlichen Prüfung für das Lehramt an Gymnasien, Göttingen 1977. – In den Vergleich Böll-Marcuse mündet auch meine Arbeit in einem ihrer Aspekte, aber diese Parallelität ist hier nicht weiter mein Thema. Ich empfehle zur weiteren Vertiefung dieser Überlegungen die Lektüre von Herlyns Arbeit. Sehr eingeleuchtet hat

mir, daß Herlyn diese Perspektive noch erweitert hat in Richtung der Arbeiten von Leo Kofler, Erich Fromm und Norbert Elias: da öffnet sich in der Tat ein weiterer interessanter Zusammenhang.

238 Interview mit Heinrich Böll von Marcel Reich-Ranicki, a.a.O., S. 502

239 Eine deutsche Erinnerung, a.a.O.

240 Heinrich Böll: *Über Willi Brandt*. In: *Neue politische und literarische Schriften*, a.a.O., S. 251

241 *Weil dieses Volk so verachtet wurde, wollte ich dazugehören*. Interview mit Heinrich Böll von Jean-Louis Rambures. In: *Le Monde*, 13. Dezember 1973

242 Heinrich Böll, *Rede zur Verleihung des Nobelpreises am 10. Dezember 1972 in Stockholm*, a.a.O., S. 280f.

243 Heinrich Vormweg: *Heinrich Böll der Schriftsteller*, in: *L'80*, Heft 36, Dezember 1985, S. 14

244 Heinrich Böll, *Vermintes Gelände*, Essayistische Schriften 1977–1981, Köln 1982

245 Heinrich Böll: *Ein- und Zusprüche*, Schriften, Reden und Prosa 1981–1983, Köln 1984

246 Vgl. *Drei Tage im März*, a.a.O.

247 Ebd.

248 Heinrich Böll, *Ein- und Zusprüche*, a.a.O., S. 35

249 Ebd., S. 40

250 Ebd., S. 174

252 Heinrich Böll, *Vermintes Gelände*, a.a.O., S. 53

252 Ebd.

253 Heinrich Böll, *Fürsorgliche Belagerung*, Köln 1979

254 Heinrich Böll, *Bild Bonn Boenisch*, Bornheim-Merten 1984

255 Heinrich Böll auf einer Pressekonferenz in Bonn am 2.10.84

256 *Bild Bonn Boenisch*, a.a.O., S. 18

257 Ebd., S. 20

258 Heinrich Böll, *Brief an meine Söhne*, in: *Das Ende*. Autoren aus 9 Ländern erinnern sich an die letzten Tage des Zweiten Weltkriegs, Köln 1985

259 Ebd., S. 17

260 Ebd.

261 Ebd., S. 18

262 Heinrich Böll, *Frauen vor Flußlandschaft*, Köln 1985

263 Joachim Kaiser, *Bitter absurdes Theater mit Bonn*. Zu Heinrich

Bölls letztem Roman *Frauen vor Flußlandschaft*, in: *Süddeutsche Zeitung*, 21. September 1985

264 Ebd.

265 Marcel Reich-Ranicki, *Ein letzter Abschied von Heinrich Böll*. Aus Anlaß seines Buches *Frauen vor Flußlandschaft*, in: *Frankfurter Allgemeine Zeitung*, 8. Oktober 1985

266 *Frauen vor Flußlandschaft*, a. a. O., S. 9

267 Ebd., S. 223

268 Ebd., S. 26

269 Ebd. S. 179

270 Ebd., S. 237

271 Über dieses Thema hat Jürgen Peters gearbeitet. Vgl. Peters, *Die schöne Leiche aus der Rue Belchasse*, Realität-Kunst/Kunst-Realität, in: Elmar Buck, Leo Kreutzer, Jürgen Peters, *Die schöne Leiche aus der Rue Belchasse*. Einiges über Schreiben Spielen Filmen (das neue buch Nr. 88), Reinbek 1977, S. 11–41

272 *Frauen vor Flußlandschaft*, a. a. O., S. 42

273 Ebd., S. 109–110

274 Ebd., S. 210

275 Ebd., S. 98–99

276 Ebd., S. 96

277 *Drei Tage im März*, a. a. O.

278 Gottfried Benn, *Doppelleben*, in: Benn, Gesammelte Werke, herausgegeben von Dieter Wellershoff, München 1975, S. 2029.

279 Heinrich Böll, *Schöne Aussichten für Zwanzigjährige*. Über Silvio Blatter, *Zunehmendes Heimweh*, in: Böll, *Vermintes Gelände*, a. a. O., S. 48

Zeittafel

1917	Geboren am 21. Dezember in Köln am Rhein. Vater Victor Böll, Schreinermeister und Bildhauer; Mutter: Maria, geb. Hermanns. Die Vorfahren väterlicherseits: Schiffszimmerleute, die von Holland herauf rheinaufwärts gezogen waren; die Vorfahren mütterlicherseits: Bauern und Bierbrauer. Zwei ältere Brüder, drei ältere Schwestern.
1924–1928	Volksschule Köln-Raderthal.
1928–1937	Staatliches humanistisches Kaiser-Wilhelm-Gymnasium in Köln. Abitur.
1937	Beginn einer Buchhändlerlehre (Verlag, Sortiment, Antiquariat) bei der Firma Matthias Lempertz Bonn.
1938	Abbruch der Lehre.
1938–1939	Reichsarbeitsdienst
1939	Immatrikulation zum Sommersemester an der Universität Köln. Fächer: Germanistik und alte Philologie.
1939–1945	Teilnahme am Zweiten Weltkrieg in Frankreich, in der Sowjetunion, Rumänien, Ungarn und Deutschland.
1942	Heirat mit Annemarie Zech.
1944	Tod der Mutter bei einem Fliegerangriff auf Ahrweiler. Evakuierung im Bergischen Land.
1945	April: Kriegsgefangenenlager in Frankreich; Oktober/November: Kriegsgefangenenlager in Belgien. Dezember: Rückkehr nach Köln. Einrichtung in einem zerstörten Haus. Geburt und Tod des Sohnes Christoph. Wiederaufnahme der schriftstellerischen Arbeit.
1946	Formelle Wiederaufnahme des Studiums, um eine Lebensmittelkarte zu erhalten.
1946–1949	Erste Veröffentlichung von Kurzgeschichten in Zeitungen und Zeitschriften, etwa in der Kasseler Zeitschrift *Karussell*: u.a. *Die Botschaft* und *Der Mann mit den Messern*.
1947	Geburt des Sohnes Raimund

1948	Geburt des Sohnes René.
1949	*Der Zug war pünktlich* (Erzählung): Erste Buchveröffentlichung im Verlag Middelhauve.
1950	*Wanderer, kommst du nach Spa ...* (Erzählungen). Geburt des Sohnes Vincent.
1950–1951	Aushilfsangestellter beim Statistischen Amt der Stadt Köln.
1951	Erste Einladung zu einer Tagung der Gruppe 47 in Bad Dürkheim. Preis der Gruppe 47 für die Erzählung *Die schwarzen Schafe. Wo warst du, Adam?* (Roman). Seit Sommer 1951; freier Schriftsteller.
1952	Lösung des Vertrags mit dem Verlag Middelhauve in gegenseitigem Einverständnis. Vertrag mit dem Verlag Kiepenheuer & Witsch. *Nicht nur zur Weihnachtszeit* (Erzählung). René-Schickele-Preis.
1953	*Und sagte kein einziges Wort* (Roman). *Ein Tag wie sonst* (Hörspiel) *Mönch und Räuber* (Hörspiel) Kritikerpreis für Literatur. Ehrengabe des Kulturkreises im BDI. Erzählerpreis des Süddeutschen Rundfunks.
1954	*Haus ohne Hüter* (Roman). Literaturpreis des Bundesverbandes der deutschen Industrie. Erster Irland-Aufenthalt.
1955	*Das Brot der frühen Jahre* (Erzählung). Preis der französischen Verleger für den besten ausländischen Roman. *So ward Abend und Morgen* (Erzählungen). *Zum Tee bei Dr. Borsig* (Hörspiel)
1956	*Unberechenbare Gäste* (Erzählungen).
1957	*Irisches Tagebuch.* *Im Tal der donnernden Hufe* (Erzählung). *Die Spurlosen* (Hörspiel)
1958	*Dr. Murkes gesammeltes Schweigen und andere Satiren.* *Stunde der Wahrheit* (Hörspiel) *Ich begegne meiner Frau* (Hörspiel) *Eugenie Grandet* (Hörspiel)

	Ich habe nichts gegen Tiere (Hörspiel)
	Eduard-von-der-Heydt-Preis der Stadt Wuppertal.
	Kauf eines Hauses an der Westküste Irlands.
1959	*Billard um halbzehn* (Roman).
	Großer Kunstpreis des Landes Nordrhein-Westfalen.
1960	*Klopfzeichen* (Hörspiel)
	Charles-Veillon-Preis.
	Tod des Vaters.
1961	*Erzählungen, Hörspiele, Aufsätze* (Sammelband).
	Literaturpreis der Stadt Köln
1962	*Ein Schluck Erde* (Theaterstück).
	Als der Krieg ausbrach. Als der Krieg zu Ende war (Erzählungen).
	Die Sprechanlage (Hörspiel)
	Konzert für vier Stimmen (Hörspiel)
1963	*Ansichten eines Clowns* (Roman).
1964	*Entfernung von der Truppe* (Erzählung).
1965	Premio d'Isola d'Elba, Literaturpreis.
1966	*Frankfurter Vorlesungen.*
	Ende einer Dienstfahrt (Erzählung).
	Premio Calabria, Literaturpreis.
1967	*Aufsätze, Kritiken, Reden* (Sammelband).
	Georg-Büchner-Preis.
	1. Preis des internationalen Wettbewerbs für humoristische Kurzgeschichten Alecko.
1969	*Hausfriedensbruch* (Hörspiel)
	Aussatz (Theaterstück)
1970–1972	Präsident des westdeutschen PEN-Clubs.
1971–1974	Präsident des internationalen PEN-Clubs.
1971	*Gruppenbild mit Dame* (Roman).
1972	*Erzählungen 1950–1970* (Sammelband).
	Gedichte.
	Nobelpreis für Literatur.
1973	*Neue politische und literarische Schriften* (Sammelband).
	Ehrendoktor des Trinity College, University of Dublin.
	Ehrendoktor der University of Aston, Birmingham.

Ehrendoktor der Brunel University, Uxbridge.

1974 *Die verlorene Ehre der Katharina Blum* (Erzählung).

Carl-von-Ossietzky-Medaille.

Ehrenmitglied der American Academy of Arts and Letters, New York.

1975 *Berichte zur Gesinnungslage der Nation* (Satiren).

Gedichte (mit Collagen von Klaus Staeck).

Drei Tage im März (zusammen mit Christian Linder).

1977 *Einmischung erwünscht. Schriften zur Zeit* (Sammelband).

Romane und Erzählungen 1947–1977 (die ersten fünf Bände der Werkausgabe).

1978 *Hörspiele, Dramen, Aufsätze, Kritiken, Reden und Interviews* (die abschließenden fünf Bände der Werkausgabe).

Eine deutsche Erinnerung (Zusammen mit René Wintzen).

1979 *Fürsorgliche Belagerung* (Roman).

Du fährst zu oft nach Heidelberg (Erzählungen)

1981 *Was soll aus dem Jungen bloß werden Oder: Irgendetwas mit Büchern* (Autobiographische Erinnerungen)

1982 *Vermintes Gelände.* Essayistische Schriften 1977–1981

Das Vermächtnis (Erzählung von 1948)

Tod des Sohnes Raimund

Professoren-Titel des Landes Nordrhein-Westfalen

1983 *Die Verwundung und andere frühe Erzählungen*

Ehrenbürger der Stadt Köln

1984 *Bild Bonn Boenisch*

»Ordre des Arts et des Lettres« (Französischer Kulturorden)

1985 *Weil die Stadt so fremd geworden ist* (zusammen mit Heinrich Vormweg)

Tod am 16. Juli in Langenbroich / Eifel

Beerdigung in Bornheim-Merten

Frauen vor Flußlandschaft (Roman)

Zeugnisse

Henri Plard

Noch schwieriger ist es, abzuschätzen, in welchem Maße man späterhin das günstige Urteil der Kritik über das Werk Bölls unterschreiben wird. Es wäre denkbar, daß es in dem Maße an Interesse verliert, wie Krieg, Nachkrieg und ihre Probleme sich im Bewußtsein verwischen: ich halte es für wichtig, daß man seinen doppelten Charakter von Realismus und Allegorie unterstreicht: es ist jedenfalls mehr als ein Zeugnis, denn alles Vergängliche, wie die Engel am Ende des Faust singen, ist nur ein Gleichnis, und bislang haben deutsche Romanciers sich in den seltensten Fällen darauf beschränkt, ein Bild ihrer Zeit zu geben, ohne damit eine religiöse oder metaphysische Interpretation zu verbinden. Das Werk Bölls ist in zweifacher Hinsicht unseres Interesses würdig: es beschreibt mit äußerster Minuziösität den deutschen Alltag der Kriegs- und der Nachkriegszeit: es klebt am Konkreten, ohne sich in den Konventionen des Miserabilismus zu verlieren. Vor allem jedoch tröstet es den Leser, da es aufzeigt, welche Heilkräfte die Liebe des Menschen birgt und welche Lebenskraft die Absage an Stolz und Verzweiflung. Diese Tugenden der Bescheidenheit und des Mutes verdienen unsere brüderliche Sympathie.

Aus: *Mut und Bescheidenheit.* 1957

Karl Korn

Der Satiriker ist ein heimlicher Moralist. Sein scharfes Auge kann nicht von den Abnormitäten im gesellschaftlichen Leben lassen. Dies scheint ein Widerspruch zu sein. Denn wenn der Satiriker Moralist ist, dann müßte er Norm und Maß zu erkennen und darzustellen suchen. Der Satiriker macht Umwege. Er weiß, daß der moralische Traktat und die Predigt nicht mehr verfangen. Darum hält er sich an das, was die Sprache sehr genau sagt, Ver-rückte. Die Buckel und Höcker sind, weil sie aus der Norm fallen, komisch und häßlich. Sie ergötzen, weil sie den Genuß der Schadenfreude verschaffen. Die Karikatur der Satire enthält allgemeine Wahrheit, weil die

Normalen allesamt als mehr oder minder ver-rückt erscheinen. Shaw war der größte zeitgenössische Satiriker der Szene. Thomas Mann und Musil sind es gleichsam im Nebenbei. Heinrich Böll steht als Satiriker heute ziemlich allein da. Das ist im Zeitalter der Kulturkritik und des kultukritischen Lamentierens verwunderlich. Dem Erzähler Böll kommt es aber weder auf Analysen über die Kulturindustrie oder die Seele im technischen Zeitalter noch auf Thesen zum Verlust der Mitte oder dem Kulturverfall oder zur angeblichen neuen Geborgenheit an. Bölls Salz ist satirisch. Er will vielleicht durch Darstellung wegätzen, was schlecht ist. Sicher ist, daß er treffen will. Der Satiriker ist ein Polemiker.

Aus: *Das Salz der Satire*. 1958

Günter Blöcker

Ein Talent, das so genau auf der Linie des allgemeinen, des risikolosen Geschmacks liegt, das sich mit so fataler Sicherheit auf der Bahn einer mittleren Erwartung bewegt, bedarf der Bezweiflung mehr als der Ermutigung. Bölls Erfolg ist mindestens so sehr ein Erfolg seiner Schwächen wie seiner Gaben, und das mußte gesagt werden – auch um seinetwillen. Dieser Autor hat die löbliche Teilnahme am Allzumenschlichen der Zeit so weit getrieben, daß selbst die von ihm geübte Kritik noch zu einer Bekräftigung mit umgekehrten Vorzeichen wurde. Die Schläge, die er austeilte, waren nicht allzu weit entfernt von Absolutionen, und manch einer, der ihn als Satiriker bejubelte, drückte damit seine Erleichterung aus, so billig davongekommen zu sein.

Aus: *Der letzte Mensch*. 1963

Siegfried Lenz

Die Kennkarte des Böllschen Personals ist seine manchmal lächelnde, manchmal kohlhaasische, immer aber herausfordernde Leidenswilligkeit ... Und darin scheint mir eine der unbarmherzigsten Wahrheiten im Böllschen Werk überhaupt zu liegen: seine Personen, machtlos, empfindlich beschädigt und allem ausgesetzt, diese Personen ziehen sich, da ihnen alle Hoffnungen bestritten werden, auf eine unglaubliche Gegenwehr zurück: sie bleiben ihrem Leiden treu. Ja, sie verteidigen sie gegen die Umwelt, indem sie ihr Leiden bestätigen, ihre Depressionen ins Recht setzen. Das ist fast schon zu erwarten. Es geschieht mit Notwendigkeit.

Aus: *Sein Personal.* 1968

Joachim Kaiser

Nun bleibt die mehr oder minder spezifische, mehr oder minder orginelle Sensibilität eines Autors aber so lange nur eine schöne, wahrscheinlich meist sogar mühselige Privatsache, solange dieser Autor nicht imstande ist, zugleich auch seine (erfahrungsbereiten, gutwilligen, nicht völlig abgestumpften und selbstsicheren) Leser zu sensibilisieren. Dieses Vermögen, zu sensibilisieren, aufzustacheln gegen Attituden, die hart, mit sich zufrieden, eitel-absichtsvoll, ordentlich, stolz, sauber und vornehm-affig sind, besitzt Böll in höherem Maße als jeder andere deutsche Autor unserer Gegenwart. Das ist kein ungefährlicher Vorzug: Man kann dem Böllschen Tonfall erliegen wie einem schmerzlich-süßen Sog, obwohl der Autor immer wieder durchblicken läßt und auch heftig behauptet, wie wenig ihm an Sentimentalitäten liegt, an Gewissenspopelei. Doch die radikale Trauer, die unbeirrbare »Untröstlichkeit«, die Bölls Bücher durchzieht (Böll hat mit Recht gegen die geläufige Verwechslung von »trostlos« und »untröstlich« polemisiert), sie führt dazu, daß man traurig oder ärgerlich lachend die angeberhafte Sturheit und Aufgeblasenheit von Worten und Phrasen durchschaut, die man normalerweise als positiv-harmlos hinzunehmen gelernt hat.

Aus: *Seine Sensibilität.* 1968

Fritz J. Raddatz

So sehr scheint Böll in die Anschauung der einzelnen Individuen und der bürgerlichen Gesellschaft vertieft, daß er selber doch Produkt, gar – abermaliger – Repräsentant der bürgerlichen Gesellschaft bleibt. Er fragt, aber fordert nicht. Er belächelt und beweint, aber beerdigt nicht. Er protestiert, aber versteht nicht. Aus den Fugen will er sie nicht gehoben sehen, diese Welt – auch jenem jungen Katholiken gab er nur eine Art Anti-Brevier; den Zweifel, ob Deutschland überhaupt eine Bundeswehr braucht, gab er ihm nicht. Keine

Tabula rasa ist zu erwarten von seiner kritischen Integrität, seinem überzeugenden Humanismus.

Aus: *Elf Thesen über den politischen Publizisten*. 1968

Carl Zuckmayer

Am meisten bewundere ich die Einfachheit, Klarheit, Genauigkeit seiner Sprache. Er macht keine Sprüche, und er versucht niemals zu bluffen, durch überraschende Sprünge und Volten sensationell zu sein. Er ist wohl unter den Schriftstellern seiner Generation, die nach 1945 zu Wort kam, nicht der Wortgewandteste, Fülligste oder Brillanteste. Aber mir scheint, daß seine Sprache, auch seine Erzählweise, die reinste, sauberste und eindrücklichste in der neueren deutschen Literatur ist.

Aus: *Gerechtigkeit durch Liebe*. 1968

Hermann Kesten

Böll ist selber eine epische Figur, wie von ihm erdacht und beschrieben. Er trägt die Tracht seiner Figuren, erleidet ihre Konflikte und lebt ihr Schicksal. Er beschreibt seine Zeitgenossen in der Bundesrepublik Deutschland und hadert mit ihnen wie mit sich. Er will ihr Gewissen wecken. Ihr soziales, politisches, moralisches Unrecht sollen sie einsehen. Er spricht ihre Sprache in einem Maße, als schrieben seine Figuren für ihn ihre Geschichten.

Aus: *Eine epische Figur*. 1968

Jean Amery

Nobelpreis für Heinrich Böll, das ist schließlich auch die endgültige Konsekration nicht nur eines dichterischen Werkes, sondern der definitiven Rückkehr Deutschlands auf die Weltszene – in viel höherem Grade als die Münchner Olympiade es war. Böll ist der erste Deutsche, dem nach dem Zweiten Weltkrieg dieser Preis zuteil wurde – Hermann Hesse erhielt ihn 1946 ausdrücklich als Bürger der Schweiz. Nunmehr ist Deutschland wieder da. Was man einst in den dunklen Tagen »das andere Deutschland« genannt hat, ist vielleicht jetzt schon das eigentliche – jedenfalls scheint es von der Welt, die den Präsidenten Heinemann, den Kanzler Brandt, die Schriftsteller Böll und Grass (mit so vielen anderen) kennt, als Zeugnis angenommen zu werden. Ob das Böll-Deutschland wirklich Deutschland schlechthin ist? Ich weiß es nicht und wage auch keine Prognose. Jedenfalls gibt es das Deutschland, das Männer wie Böll hervorbringt, sie wirken läßt, sie ehrt, sie liebt, worauf es schließlich am meisten ankommt. Böll, Diener und Träger der öffentlichen Sache in Deutschland und der Welt, ist eine Erscheinung, zu der namentlich jene sich beglückwünschen, die geglaubt hatten, an diesem Land für immer verzweifeln zu müssen.

Aus: *Die öffentliche Sache*. 1972

Marcel Reich-Ranicki

Ohne ein Amt zu haben, repräsentiert Böll die deutschen Schriftsteller der Gegenwart. Ohne daß er es wollte, verkörpert er heute die deutsche Literatur und mehr als die Literatur. Ein Dichter ist er und mehr noch als ein Dichter. Böll spricht – schrieb unlängst Peter Demetz ... – »gegen alle Tyrannei der Welt, der erste Deutsche nach Thomas Mann, der das tun darf«. In seiner Heimat freilich wird er nicht nur geschätzt und geliebt, sondern auch häufig verdächtigt und bösartig attackiert. Doch wer Heinrich Böll denunziert, denunziert die deutsche Literatur unserer Zeit und damit das Land, in dem sie entsteht. Was könnte man Besseres über einen Schriftsteller dieser Jahre sagen?

Aus: *Mehr als ein Dichter*. 1977

Karl Heinz Bohrer

... entpuppt sich Böll nicht als sentimentaler Lamentierer, der die Gegenwart nicht mehr versteht, sondern als ein ungeheurer instinktsicherer Seismograph. Hätten mehr Leute ihn in seiner moralischen Diagnostik des Zustandes der Bundesrepublik Deutschland ernster genommen, dann wären sie besser auf das Faktum vorbereitet, daß die Westdeutschen abermals Gefahr laufen, geistig und psychologisch isoliert zu werden. Allem Anschein nach verbauen sich selbst jetzt noch maßgebliche Leute diese Einsicht mit einer neukonstruierten Verschwörungstheorie. Danach werden die ausländischen Medien von einer linken Intelligenz beherrscht, die sich vorgenommen hat, das antibolschewistische Bollwerk Bundesrepublik zu unterminieren. Und Leute wie Böll – so weiter die Theorie – sind die nützlichen Idioten dieser Verschwörung. Wer so denkt, hat sich für immer von der Realität dispensiert. Es ist nichts als die Neuauflage der alten Einkreisungs- und Dolchstoßhysterie, mit der sich einst die konservativ-reaktionären Mittelschichten davor drückten, eigene Defekte wahrzunehmen. Schriftsteller wie Böll garantieren, daß solche Illusionen nicht unkommentiert zur allgemeinen Wahrheit werden.

Aus: *Land ohne Aufklärung? Heinrich Böll, mit englischen Augen gesehen*. 1978

Wolfram Schütte

Der Stachel, den Böll der deutschen Gesellschaft mit seiner urchristlichen Provokation ins Fleisch setzte, schwärte mehr noch in ihm. Obwohl er tapfer und mutig, einsam und verletzlich, sich mit der *Verlorenen Ehre der Katharina Blum* und der *Fürsorglichen Belagerung* – in die sich die ganze Gesellschaft aus Angst versetzte – zur Wehr setzte, so hat er sich doch von den Wunden nie mehr erholt, die ihm damals geschlagen wurden – als er, nahezu allein, schutzlos empört, sich wider eine Deutsche Nation stellte, weil er, seit er den Beruf des Schrifstellers gewählt hatte, »lebte, was er vertrat« (Egon Bahr). Wo Schweigen Einverständnis mit dem Unrecht und der Unmenschlichkeit wäre, hat er immer gesprochen – bis zuletzt in der Friedensbewegung. »Repräsentant und Märtyrer« (Thomas Mann), »Gewissen der Nation«? Heinrich Bölls Zärtlichkeit und sein Zorn, seine leise Eindringlichkeit, sein unausgesetztes Plädoyer für Güte, menschliche Wärme, Herzlichkeit, seine Hilfsbereitschaft und Solidarität, seine Bescheidenheit und Integrität: das alles repräsentierte nichts und niemanden als ihn selbst. Er lebte eine *Möglichkeit*, schrieb sie uns zu Herzen – eine *andere* Möglichkeit zu sein, auch: *deutsch* zu sein. Das gab nicht wenigen Mut für den Alltag: Aber: geben wir es nur zu: er war ein Dissident. Ein Dissident im eigenen Land.

Aus: *Entfernung von der Truppe*. 1985

Hans Magnus Enzensberger

Er paßte nicht zu dem Land, in dem er lebte, über das er schrieb, das ihn mit seinem alten Haß und seiner neuen gebrechlichen Zuneigung verfolgte. Den Mafiosi der Politik ist er vom ersten Augenblick an unheimlich gewesen. Einem Menschen, der, wie Geißler, fähig ist, sich von einer Minute zur anderen den Geifer vom Mund zu wischen, um dem wehrlosen Toten einen gerührten Nachruf zu widmen, müssen die altertümlichen Tugenden des armen Heinrich wie die Wahnvorstellungen eines gefährlichen Narren vorkommen ... Ich glaube, daß er es oft satt hatte. Er sah den hektischen Sprüngen seiner Landsleute nach, sorgenvoll, melancholisch, erstaunt darüber, daß immer wieder irgendein Hetzer über ihn herfiel. Dieses Erstaunen war ihm durch keine Erfahrung auszutreiben. Er wußte ja nur allzu gut, mit wem er es zu tun hatte, und doch schien er denen, die ihn anbrüllten, immer wieder aufs neue verwundert zuzuhören, den Kopf leicht zur Seite geneigt, aufmerksam, geduldig, und immer wieder antwortete er ihnen leise, entschieden, eigensinnig. Einmal hatten sie ihn fast so weit, daß er ausgewandert wäre, nach Irland. Natürlich hat er es nicht übers Herz gebracht. Beklagt hat er sich selten, aber er sah oft müde aus, wurde krank, ein heiteres Alterswerk war nicht von ihm zu erwarten, und die Naivität, die Unbefangenheit drohte ihm abhanden zu kommen. Es ist traurig, daß er nicht mehr da ist. In einem Land, das keine Märchen mehr erträgt, war der arme Heinrich der letzte seinesgleichen. Niemand wird seinen Platz einnehmen.

Aus: *Der arme Heinrich*. 1985

Heinrich Vormweg

Was immer Heinrich Böll zu erzählen wußte, immer war und blieb da ein Plus, ein Mehr, das sich mit den herkömmlichen Wertungen nicht fassen ließ, weder mit jenen, die jeweils gerade in der Literaturszene im Schwange waren, noch etwa mit jenen der Amtskirche, für die der Christ Böll stets eine Herausforderung war, noch mit jenen des politischen Establishments, in dessen Kreise der Demokrat Böll immer wieder störend einbrach. Millionen Leser aber haben dieses Plus, dieses Mehr früh schon gespürt, erkannt, wenn es sich auch nicht definieren ließ. Es packte sie, und manche machte es früh schon zu Gegnern. Plötzlich wußten sie mehr von dem, was um sie her und mit ihnen geschah. Plötzlich ahnten sie, daß die Menschen, daß sie selbst noch etwas anderes waren als Objekte für Versorgung, Verwaltung oder Umsatzstrategien. Daß es im Leben um etwas ging, das ihnen allzu oft systematisch verheimlicht wurde. Glaube, Liebe, Treue – diese Wörter kommen dem Unbekannten nahe, nach dem der Erzähler Heinrich Böll immer wieder in seinem Alltag und im Alltag jedermanns um ihn her auf die Suche gegangen ist, das er zu finden hoffte, das verloren schien.

Aus: *Der Schriftsteller Heinrich Böll.* 1986

Dorothee Sölle

Mir fehlt: jemand, bei dem ich mich verstecken kann; der mir zuhört und »das darfst du dir nicht gefallen lassen« sagt; der Geschichten so erzählt, daß ich die Geräusche höre und die Gerüche rieche; der schweigen kann und mich nicht wegschickt; der den Krieg so gründlich haßt wie es sonst nur Frauen tun; der ihn wittert auch in der unscheinbaren Verleugnung oder Beschönigung der Vergangenheit, auch in der harmlosesten bürokratischen Vorbereitung; jemand, der zwei in diesem Land sehr naheliegende Dinge nicht getan hat: desertieren und emigrieren. Jemand, der blieb, ohne zu Hause zu sein, nicht in diesem Land und nicht auf dieser Erde.

Aus: *Erinnerungen an einen Freund.* 1986

Willy Brandt

Wenn man über Böll nachdenkt, hat man es immer mit zweierlei zu tun: mit dem Künstler, der etwas macht, aus eigenem Interesse, eigener Freude am Machen, und mit dem Fürsprecher. Beides gab es für sich, wie auch verschmolzen. Und letztlich ist die Trennung wohl albern, denn selbst der ohne Rücksicht auf irgend etwas spielende Künstler ist ja immer auch ein Aktivist der Freiheit. Bölls Meinung, Ästhetik und Moral seien kongruent, hat mir nach mehreren Seiten hin zu denken gegeben. In der Tat, die Empfindung eines Künstlers, so wie sich die Welt entwickelt, sei der Zusammenhang zwischen Ästhetik und Moral schlichtweg gegeben, kann ich nur zu gut verstehen. Und Adornos Diktum, nach Auschwitz könne man keine

Gedichte mehr schreiben? Es war zugleich einleuchtend wie auch überwindenswert. Heinrich Böll hat uns einen Weg gezeigt, wie wir darüber hinausgelangen können, ohne es zu vergessen.

Aus: *Die Kunst des Anstands*. 1986

Quellenverzeichnis der Abbildungen

Erbengemeinschaft Böll, S. 80–91, 138–139, 179, 182, 225–227
René Böll, S. 229
Jürgen Christ, S. 10
H. Schumacher, S. 19, 187–190, 222
Anita Schiffer-Fuchs, S. 230
Heinz Held, S. 144–147, S. 149, S. 180 (oben), S. 186, S. 191–192, S. 195 bis 196
Deutsche Presse-Agentur, S. 148, S. 181, S. 183, S. 193–194, S. 223, S. 226 (oben), S. 228 (oben), S. 231–232
Yoash Tatari, S. 185, S. 224
Rheinisches Bildarchiv, S. 92 (oben)
Alle übrigen Fotos: Archiv Verlag Kiepenheuer & Witsch

In Sachen Wallraff
Von den Industriereportagen bis Ganz unten.

Berichte, Analysen, Meinungen und Dokumente
Herausgegeben von Christian Linder
KiWi 104

10 Jahre nach Erscheinen von *In Sachen Wallraff* liegt eine aktualisierte Neuausgabe des Buchs vor. Sie bringt neben Texten, die sich mit den früheren Arbeiten Wallraffs befassen, Arbeiten und Dokumente zu den Bänden *Der Aufmacher, Zeugen der Anklage* und *Bild-Störung.* Eingehend werden die Vorgeschichte und Wirkung des jüngsten Buches von Günter Wallraff *Ganz unten.* behandelt. Mit zahlreichen neuen Fotos und Materialien.

HEINRICH BÖLL
FRAUEN VOR FLUSSLANDSCHAFT
Roman

Bonn ist der Schauplatz des letzten Romans von Heinrich Böll – ein Ort höchster politischer Aktualität. Was Böll jedoch interessiert, ist nicht die Tagespolitik, sondern das Netz der Beziehungen und Geschichten hinter den Kulissen der offiziellen Selbstdarstellung. Die Frauen der Politiker, sonst nur gesellschaftliches Beiwerk auf dem Bonner Parkett, rücken in den Vordergrund des Geschehens. Sie sind das heimliche soziale Korrektiv in einer Welt der Ränke und Skandale, die die Männer fast ausnahmslos umtreibt.

»Das hat es seit Thomas Mann nicht mehr gegeben: einen deutschen Schriftsteller, von der ganzen Welt als moralische Instanz gebilligt und geehrt.«
Marcel Reich-Ranicki, Frankfurter Allgemeine Zeitung

KIEPENHEUER & WITSCH

Heinrich Böll
Gruppenbild mit Dame

Mit Materialien und einem Interview des Autors über seinen Roman
KiWi 101

Gruppenbild mit Dame, nach dessen Erscheinen der Autor 1972 den Literaturnobelpreis erhielt, ist vielleicht Heinrich Bölls wichtigster Roman, in dem alle Themen und Motive seiner früheren Werke noch einmal aufgenommen, variiert und in einen großen epischen Zusammenhang gebracht werden. Nicht zuletzt deswegen, aber auch wegen seiner komplexen, meisterhaft komponierten literarischen Struktur ist der Roman seit langem fester Bestandteil des literarischen Unterrichts an Schulen und Universitäten geworden. Gerade aus dem Bildungsbereich gibt es seit Jahren eine große Nachfrage nach zusätzlichen Materialien zu *Gruppenbild mit Dame* wie Rezensionen, Interviews oder literaturwissenschaftlichen Untersuchungen. Aus diesem Grund präsentiert der Verlag in der vorliegenden KiWi-Ausgabe den kompletten Romantext in Verbindung mit wichtigen Materialien insbesondere für den pädagogischen Gebrauch.

KiWi Paperbackreihe bei Kiepenheuer&Witsch

Heinrich Böll
Ansichten eines Clowns

Mit Materialien und einem aktuellen Nachwort des Autors
KiWi 86

Ansichten eines Clowns ist vielleicht der Roman, der die heftigste und kontroverseste gesellschaftspolitische Diskussion nach dem Krieg verursacht hat – ebenso wie eine regelrechte Spaltung der literarischen Kritik in zwei Lager. Heute füllen diese, nun schon fast historischen Debatten um die Rolle des Katholizismus in der Bundesrepublik viele Aktenordner.
So ist es an der Zeit, den Romantext einmal zusammen mit den repräsentativen Stimmen dieser Kontroversen zu präsentieren. Darüber hinaus enthält der Materialteil Heinrich Bölls 1961 veröffentlichten *Brief an einen jungen Katholiken*, der zum Verständnis des Romans unverzichtbar ist, und Ausschnitte aus Carl Amerys im gleichen Jahr wie der Roman erschienenen Studie über den deutschen Katholizismus *Die Kapitulation*.
Besonderes Interesse verdient ein aktuelles Nachwort des Autors am Ende des Bandes aus dem Jahr 1985, in dem er die denkwürdige Geschichte dieses großen Romans der neueren deutschen Literatur im Rückblick reflektiert.

KiWi Paperbackreihe bei Kiepenheuer&Witsch

Heinrich Böll
Die verlorene Ehre der Katharina Blum

Mit Materialien und einem Nachwort des Autors
KiWi 62

Seit dem Erscheinen von Heinrichs Bölls Erzählung *Die verlorene Ehre der Katharina Blum* sind mehr als zehn Jahre vergangen, ihre Aktualität hat sie nicht eingebüßt. Eher ist es Zeit, ein Resümee der literarischen und politischen Wirkungen zu ziehen, die dieses denkwürdige Buch gehabt hat.
Aus diesem Grund enthält die vorliegende Ausgabe eine Reihe von mittlerweile historischen Zeitungsartikeln, Rezensionen und Interviewtexten, die besonders Schülern, Lehrern und Studenten einen großen Dienst erweisen werden. Der Band wird abgerundet durch ein Nachwort des Autors, in dem er die Geschichte seiner Erzählung reflektiert.

Heinrich Böll
Fürsorgliche Belagerung
Einmalige Sonderausgabe

Roman
Gebunden

»Dieses am direktesten und umfassendsten in die gesellschaftliche Gesamtwirklichkeit vorstoßende Buch Bölls ist zugleich sein menschlichstes. Es ist – überraschend bei dieser Thematik – ohne negativen Gegenspieler, polemisch gegen die Verhältnisse, nicht gegen die Menschen, die sie machen und ihre schuldigen Opfer sind, aber eben dadurch für die Gefahren, die aus unseren heutigen Zuständen erwachsen, den Blick öffnend, diese Zustände in Frage stellend, zum Leben und auch zum Kämpfen gegen sie ermutigend.« *Helmut Gollwitzer*

»Ein liebevolles Buch, ein notwendiges Buch. Auch ein kämpferisches Buch, wenn damit der Kampf gegen Unmenschlichkeit und ihre Ursachen und Folgen gemeint ist. Aber kein Buch mit politischen Rezepten für irgendeinen Sieg. Pessimistisch? Vielleicht. Optimistisch vielleicht auch: Was nämlich das Überstehen, das Bewahrenkönnen der eigenen Menschlichkeit betrifft.«
Erich Fried